Jutta Mehler, Jahrgang 1949, lebt und arbeitet in Niederbayern. Sie schreibt Romane und Erzählungen, die vorwiegend auf authentischen Lebensgeschichten basieren. Im Emons Verlag erschienen ihre Romane »Moldaukind«, »Am seidenen Faden« und »Schadenfeuer« sowie die Niederbayern Krimis »Saure Milch«, »Honigmilch«, »Milchschaum«, »Magermilch« und »Milchrahmstrudel«.

Dieses Buch ist ein Roman. Handlungen und Personen sind frei erfunden. Ähnlichkeiten mit lebenden oder toten Personen sind rein zufällig.

JUTTA MEHLER

Magermilch

NIEDERBAYERN KRIMI

Fanni Rots vierter Fall

emons:

Bibliografische Information der Deutschen Nationalbibliothek
Die Deutsche Nationalbibliothek verzeichnet diese Publikation
in der Deutschen Nationalbibliografie; detaillierte bibliografische
Daten sind im Internet über http://dnb.d-nb.de abrufbar.

© Hermann-Josef Emons Verlag
Alle Rechte vorbehalten
Umschlagfoto: JBM / buchcover.com
Umschlaggestaltung: Tobias Doetsch
Druck und Bindung: CPI – Clausen & Bosse, Leck
Printed in Germany 2012
Erstausgabe 2011
ISBN 978-3-89705-898-9
Niederbayern Krimi
Originalausgabe

Unser Newsletter informiert Sie
regelmäßig über Neues von emons:
Kostenlos bestellen unter
www.emons-verlag.de

1

Fanni trug ganz allein selbst die Schuld daran, dass sie die Leiche am Fuß der Kletterwand entdeckte.

Warum hatte sie mit dem Pinkeln nicht noch eine Viertelstunde warten können? Daheim in ihrer Toilette hätte kein Toter gelegen.

Doch statt ein wenig Selbstbeherrschung zu üben, war Fanni in die Zufahrt zu dem kleinen Klettergarten in Deggendorf-Deggenau eingebogen, hatte auf Sand und Schotter geparkt, war ausgestiegen und hatte sich hinter einen Busch gehockt.

Voyeure musste sie nicht fürchten, denn die Drahtseile, die den Kletterern als Sicherung dienten, hingen vereinsamt an ihren Befestigungen, und auch im Zustieg rührte sich nichts.

Kein Wunder, dachte Fanni, wer kann schon an einem Werktag während der Arbeitszeit im Klettergarten herumturnen?

Während sie die Hose zuknöpfte und den Reißverschluss hochzog, schaute sie in die Felswand hinauf. Das Gestein glänzte feucht, weil es den halben Vormittag über geregnet hatte.

Ein weiterer Grund dafür, dass hier alles wie ausgestorben wirkte. Schmierige Drahtseile, glatte Tritte, rutschige Griffe, wirklich kein guter Tag für eine Klettersteigtour.

Sie trat ein paar Schritte zurück und ließ den Blick über die seilversicherten Routen wandern. Der luftigere der beiden Anstiege bestand aus zwei an den Felsen geschmiegten Leitern, die direkt zum Gipfelpunkt führten. Der einfachere, weniger ausgesetzte Kletterpfad schlängelte sich an einem Felsband entlang und weiter durch eine Rinne bergwärts. Beide Routen waren durch einen Quergang über ein fast senkrechtes Felswändchen miteinander verbunden.

Bis Ende der Achtziger hatte es in dem ehemaligen Steinbruch nur ein paar Haken gegeben, die entlang von einigen Kletterführen als einzelne Sicherungspunkte dienten und gleichzeitig den Aufstieg markierten. Die beiden gängigsten Trassen waren als »Kante« und »Platte« geläufig.

In jungen Jahren hatte Fanni die »Kante« ein paarmal durchstiegen. Als Seilzweite hinter Hans Rot – damals, als er noch keinen Bierbauch hatte und Kegelschieben noch nicht als Sport bezeichnete. An die »Platte« hatte sie sich nie gewagt, dazu fehlte es ihr an Talent.

Fanni seufzte. Für so vieles fehlte es ihr an Talent.

Sie schaute ein letztes Mal hinauf, wollte soeben zu ihrem Wagen zurückgehen, da entdeckte sie an der Drahtseilversicherung genau in der Mitte des Klettersteigquergangs etwas, das dort störte.

Fanni fokussierte den Blick darauf, und zögernd, wie ein digitales Bild, das sich langsam auf einem Monitor aufbaut, nahm der Schemen Form an: Drei Karabiner hingen an dem gespannten Seil. Von den äußeren beiden führten Seilstücke zu einem wie eine Acht geformten Stahlteil, das einen knappen Meter weiter unten in der Wand pendelte. Am mittleren Karabiner flatterte eine kurze Bandschlinge lose im Wind.

Fanni starrte hinauf und weigerte sich zu identifizieren, was sie seit einigen Sekunden deutlich zu erkennen imstande war.

Egal, wie lange du noch hinglotzt, das ist und bleibt ein Klettersteigset!

Ja, dachte Fanni. Ein Klettersteigset plus einem Karabiner samt extra Bandschlinge. Was fehlt, ist der Klettergurt, der dazugehört.

Und der Kletterer, der in den Gurt hineingehört!

Fanni schluckte und wandte sich ab. Ich sollte in den Wagen steigen und nach Hause fahren, dachte sie. Da oben hängen ein paar Karabiner und ein paar Schlingen, na und. Sind wohl entsorgt worden in der Wand.

Ziemlicher Aufwand, um ein Klettersteigset zu entsorgen!

Fanni kniff die Augen zusammen, starrte wieder hinauf und weigerte sich noch immer, den einzig logischen Schluss zu ziehen.

Egal, was du dir gerne zusammenreimen würdest, das Set hängt da, weil es sich aus der Schlaufe eines Klettergurts gelöst hat! Die Schlaufe muss gerissen sein!

»Unmöglich«, flüsterte Fanni, »nichts ist so gut vernäht, so fachgerecht verflochten wie die Anseilschlaufe, durch die das Set geschlungen wird.«

Gut, zugegeben, überlegte sie, hier ist jemand abgestürzt. Gestern, vorgestern, vergangene Woche. Der Unglücksrabe liegt längst im Krankenhaus, und ich fahre jetzt endlich nach Hause.

Entschieden machte sie ein paar Schritte auf den Wagen zu.

Wenn im Deggenauer Klettergarten einer abstürzt, dann steht das anderntags auf der Titelseite der Passauer Neuen Presse!

Fanni blieb stehen.

Du wirst dich ein wenig umsehen müssen!

Fanni starrte den Erdboden zu ihren Füßen an.

Rings um den Zustieg!

Widerstrebend machte Fanni ein paar Schritte auf den schmalen, noch recht feuchten Pfad zu, der durch dichtes Buschwerk an ein niedriges Felswändchen hinführte.

Los jetzt!

Sie trat entschlossener auf, erreichte den Abbruch und schickte sich an, hinaufzuklettern. Als sie die rechte Fußspitze auf die unterste Felsnase setzte, konstatierte sie befriedigt, dass sie wie immer ihrer Vernunft gehorcht hatte, die ihr schon seit Jahren riet, stets bequeme Schuhe mit Profilsohlen zu tragen.

Im nächsten Augenblick rutschte sie ab.

Fanni biss die Zähne zusammen, klammerte sich an einen verkrüppelten Strauch, der aus einer Felsspalte wuchs, und versuchte es erneut.

»Mist«, murmelte sie, weil ihre Sportschuhsohlen an dem glitschigen Gestein kaum Halt fanden.

Fanni musste sich an herunterhängenden Zweigen und aus dem Felsen ragenden Wurzeln festkrallen und sich mühsam aufwärtshangeln. Auf halbem Weg wurden die Haltegriffe spärlicher. Da zwängte sie die Ferse des linken Fußes recht ungraziös in einen schmalen Riss, bohrte die Spitze des rechten in ein mit Erde gefülltes Gesteinsloch und kam wie eine Raupe über die obere Kante gekrochen.

Mit dreckigen Händen, versauten Jackenärmeln und dunklen Schmutzstreifen auf der hellen Hose stand sie nach einigen Minuten auf dem kleinen Plateau, an dem die Kletterführen begannen.

Ihr Blick wanderte nach rechts, irrte herum, fand jedoch nur den Stahlrost, der als Standplatz unter der ersten Leiter diente. Sie wandte sich nach links.

Das Felsband, das zum Beginn der Drahtseilversicherung der zweiten Trasse führte, bog um eine Ecke. Fanni machte ein paar Schritte, umrundete einen Vorsprung und blieb abrupt stehen. Einen halben Meter vor ihr befand sich –

Was zu erwarten war!

Fanni wurde übel. Das schmale Steiglein, auf dem sie stand, begann zu schwanken.

Sie lehnte sich an die neben ihr aufragende Felswand, beugte sich vornüber und schloss die Augen.

Ein Toter!

Tot ist er, tot. Und er hängt auf eine Weise da, wie kein Toter dahängen sollte.

Weil er halt nicht so sanft entschlafen ist, wie es einem die Sterbeanzeigen und die Nachrufe gewöhnlich glauben machen wollen! Der hier ist abgestürzt – heruntergeflogen aus dem Quergang da oben!

Aber.

Auch wenn du es lieber mit einer erstklassig aufgebahrten Leiche frisch aus den Händen des Thanatologen zu tun hättest – DER KERL IST ABGESTÜRZT!

Aber.

Stell dich nicht an! Sieh hin!

Widerwillig öffnete Fanni die Augen und begann zu keuchen.

Durchatmen!

Sie atmete gepresst. Beklommen schaute sie den Toten an und las aus den Blessuren, wie die letzten Minuten im Leben dieses Kletterers verlaufen sein mussten.

Er war nicht einfach aus der Wand gestürzt, hinuntergefallen und unten irgendwo aufgeprallt. Er war gerutscht, gekollert und geschrammt. Womöglich hatte er sich ein paarmal überschlagen. Am untersten Stahlstift der Seilversicherung hatte er sich verfangen.

Fanni nahm die zerfetzte Kleidung des Verunglückten wahr, das Blut auf dem Gestein, den in einem widernatürlichen Winkel abstehenden Arm – und die Position, in der er sich befand. Der Tote hing in den Kniekehlen kopfüber an dem Drahtseil, das hier ein Stück weit waagerecht verlief. Er muss die letzten Meter der Wand relativ langsam heruntergekommen sein, dachte Fanni. Vermutlich hat sich seine Kleidung hie und da an Felszacken und Simsen verhakt und somit den Absturz gebremst. Anders ist nicht zu erklären, wie seine Beine hinter das gespannte Seil geraten konnten. Als sie feststeckten, ist der Oberkörper nach hinten gekippt.

Deshalb hängt der Bursche da wie ein Overall auf der Wäscheleine!

Fanni zuckte zusammen.

Es war nicht das erste Mal, dass sie vor dieser Gedankenstimme zurückschreckte, die sich ungerufen meldete, ungebeten einmischte, nicht abzuschalten war und zuweilen eine recht krude Ausdrucksweise an den Tag legte.

Sie zwang sich dazu, die Augen auf das Felsband vor ihren Füßen zu senken, wo der Kopf des Verunglückten zwischen zwei Steinkegeln steckte.

Das Gesicht war ihr zugewandt. Sie begann, es mit Blicken abzutasten. Auf der Stirn sah sie einen Riss klaffen. Ein Knochensplitter, der aus der rechten Schulter ragte, hatte sich ins Ohr gebohrt. Aus einem Mundwinkel war Blut gesickert.

Warum trägt er keinen Helm?

Fanni schluckte sauer schmeckenden Speichel, starrte in offen stehende, blicklose Augen.

Sie fing an zu hyperventilieren.

Genug geglotzt, genug gekeucht, Fanni Rot! Höchste Zeit, einseinszwo anzurufen!

Sie nickte dreimal hintereinander, einmal für jede Ziffer. Dann begann sie, sich über den Steig zurückzutasten. Auf dem Hintern schlitterte sie das Wändchen zum Pfad hinunter, tappte durch die Büsche auf den Schotterplatz hinaus, wo ihr Wagen stand. Sie öffnete die Beifahrertür, beugte sich hinein und klappte das Handschuhfach auf.

Nachdem jener Irre, der vor zwei Jahren im bayrischen Nationalpark die junge Annabel umgebracht hatte, Fanni während der Ermittlungen in einer abgelegenen Kapelle eingeschlossen hatte, um sie einzuschüchtern, hatte sie sich geschworen, ihr Handy nie mehr zu Hause in der Kommodenschublade liegen zu lassen. Seither hatte sie es dabei. Sehr selten allerdings steckte das Mobiltelefon in ihrer Hosentasche, meist lag es im Wagen, manchmal befand es sich in ihrem Rucksack. Eingeschaltet war es nie.

Fanni gab den PIN-Code 3575 ein – leicht zu merken, weil aus den Zahlen des Geburtsdatums ihrer Zwillinge Leni und Leo bestehend – und wartete auf das »OK«, das prompt kam. Doch statt nun »112« einzutippen, klickte sie auf eine der gespeicherten Telefonnummern.

Sprudel meldete sich nach dem dritten Läuten.

Fanni sagte drei kurze Sätze, und Sprudel antwortete: »Bin schon unterwegs.«

Von seinem Haus in Birkenweiler bis nach Deggendorf-Deggenau braucht er eine knappe Viertelstunde, rechnete Fanni. Sie setzte sich ins Auto.

Sprudel war vor zwei Tagen am Münchner Flughafen angekommen und von dort in seinem Wagen nach Birkenweiler gefahren. Seit er das Saller-Anwesen geerbt hatte, verbrachte er nur noch knapp die Hälfte des Jahres in seiner Wahlheimat Levanto an der italienischen Riviera. Regelmäßig kam er für ein, zwei Monate nach Birkenweiler, das nur vier Kilometer von Fannis Wohnort Erlenweiler entfernt lag, und für seine Aufenthalte hatte er sich ein »Bayerwaldauto« angeschafft. Am Abreisetag, in sechs Wochen genau, würde er mit diesem blauen Peugeot wieder zum Münchner Flughafen fahren und ihn bis zur nächsten Ankunft bei einem Bauern in der Nähe unterstellen.

Für die Zeit dazwischen hatten Fanni und Sprudel eine ganze Menge Pläne. Sie wollten ausgedehnte Wanderungen im Bayerischen Wald unternehmen, den beide so liebten. Beschauliche Spaziergänge am Donaudeich standen auf dem Programm und ein Ausflug nach Krumau in Tschechien. Außerdem erhofften sie sich ein Hans-Rot-freies Wochenende, das ihnen eine Bergtour in Tirol ermöglichen sollte. Vor allem aber wollten Fanni und Sprudel viele gemeinsame Nachmittage in dem Hütterl verbringen, das Fanni so gemütlich eingerichtet hatte und das mitten in ihrem eigenen Wäldchen stand.

Als Sprudel das erste Mal für längere Zeit sein Anwesen bewohnt und Fanni ihn mehrmals dort besucht hatte, dachte sie, dass es nun nicht mehr lange dauern würde, bis ihr Mann hinter ihre enge Freundschaft mit Sprudel käme. Sprudel und sie waren in der Gemeinde Birkdorf (zu der auch Erlenweiler, Birkenweiler und noch ein paar andere Weiler zählten) über Wochen Tagesgespräch gewesen; genauer gesagt so lang, bis sich zum allerletzten Einödhof das Gerücht herumgesprochen hatte, dass Fanni Rot und der pensionierte Kriminalbeamte, mit dem zusammen sie schon drei Mordfälle aufgeklärt hatte, ein Paar waren. Ein Paar im landläufigen Sinn.

»Setzt ihm Hörner auf, dem Hans«, sagten die Birkdorfer seitdem von Zeit zu Zeit, was definitiv eine falsche Auslegung des Geschehens war.

Sprudel und Fanni waren Freunde, Vertraute, Gefährten. Liiert waren sie nicht, denn Fanni bestand auf klaren Verhältnissen. Erst nach einer Trennung von Hans Rot wollte sie über mehr mit Sprudel nachdenken. Würde es je dazu kommen?

Bisher hatte Fanni auf Zeit gespielt, weil sie Angst gehabt hatte, dass ein Beziehungsalltag die wohltuende Kameradschaft mit Sprudel zerstören könnte. Recht weit wird sich die Entscheidung allerdings nicht mehr hinausschieben lassen, hatte sich Fanni gesagt, als sie ihre westseitige Nachbarin Frau Itschko, die sämtliche ihrer Telefonate auf einer Gartenbank neben Fannis Thujenhecke führte, die Neuigkeit zum dritten Mal erzählen hörte. Halb Niederbayern musste inzwischen bereits über sie und Sprudel im Bilde sein. Es war schlechterdings unmöglich, dass Hans Rot nichts zu Ohren gekommen war.

Aber Hans Rot hatte Fanni gegenüber kein Sterbenswörtchen verlauten lassen. Dafür hatte Fanni nur eine einzige Erklärung gefunden: Ihr Mann fürchtete Konsequenzen.

Wenn er stillhielt, Fanni tun ließ, was ihr beliebte, würde alles beim Alten bleiben. Hans konnte weiterhin seiner Vereinsmeierei frönen, und wenn er nach Hause kam, wartete das Mittagessen auf ihn, die gebügelten Hemden, die geputzte Wohnung ...

Fanni riss die Wagentür auf, als sie Sprudels blauen Peugeot in die Schotterstraße einbiegen sah. Eine Sekunde später fühlte sie sich von seinen Armen umschlossen.

Sie lehnte sich an ihn, atmete tief durch.

»Ich habe Marco angerufen«, sagte Sprudel. »Der Absturz muss kriminaltechnisch untersucht werden, um Fremdverschulden ausschließen zu können.«

Fanni nickte.

Und wenn sich nichts ausschließen lässt? Wenn sich herausstellt, dass irgendein Schurke die Finger am Gurt des Verunglückten gehabt hat?

Dann hat Marco einen neuen Fall zu lösen. Einen komplizierten Fall, dachte Fanni. Schwer vorstellbar, wie jemand mitten im Quergang einem anderen das Klettersteigset gewaltsam aus dem Gurt zerren soll.

Ihre Aufmerksamkeit kehrte zu Sprudel zurück, der indessen weitergesprochen hatte. »... dass Marco an einem Seminar teilnimmt. Der Beamte, der ihn vertritt, heißt Frankl. Er wird gleich hier sein.« Sprudel sah Fanni bedauernd an.

Verflixt! Wenn Marco nicht selbst kommt, wird sich kaum verheimlichen lassen, wer den Toten gefunden hat!

Marco Liebig war Kriminalkommissar bei der Polizeidirektion Straubing. Er hatte mit Hilfe von Fanni und Sprudel das Verbrechen aufgeklärt, dem vergangenes Jahr Pfarrer Winzig aus Birkdorf zum Opfer gefallen war, und er hatte sich in Fannis Tochter Leni verliebt – und sie sich in ihn.

Sprudel strich sanft über Fannis Nacken.

»Der Tote hängt da oben«, sagte sie und deutete mit dem Kopf in Richtung des Zustiegs.

Sprudel zögerte.

»Du musst nachsehen«, verlangte Fanni. »Vielleicht ist er ja gar nicht tot, sondern nur bewusstlos. Vielleicht versucht er ja gerade, sich aus dem Drahtseil zu befreien. Vielleicht ...« Sie sprach nicht aus, dass sie entgegen jeder Vernunft sogar in Betracht zog, alles nur geträumt zu haben. »Ich warte hier.« Widerstrebend löste sie sich aus seinen Armen.

Sprudel hielt ihre Hände noch einen Augenblick lang in seinen, dann eilte er auf dem Pfad davon, der sich zwischen den Büschen verlor. Fanni folgte ihm langsam, unschlüssig. Vor dem Felswändchen blieb sie stehen, sah zu, wie er recht behände hinaufkletterte.

Sobald Sprudel außer Sicht war, projizierte sich auf dem nackten Felsen vor Fanni das Bild, das er in wenigen Sekunden vor Augen haben würde.

Er blieb nicht lange fort.

Noch während Fanni einen weiteren Versuch machte (wohl der hundertste seit ihrem ersten Blick auf den Verunglückten), endlich zu akzeptieren, was ihr das Gesicht des Toten verraten hatte, kehrte Sprudel zurück und schloss sie wieder in die Arme. Im gleichen Augenblick knirschte der Schotter in der Zufahrt unter Autorädern. Hand in Hand gingen sie zum Parkplatz.

Kommissar Frankl war bereits aus seinem Wagen gestiegen. Schweigend hörte er sich Fannis knappen Bericht an, dann trat er ein paar Schritte zur Seite und sprach in sein Handy.

»Der Tote hängt noch nicht lang da«, sagte Sprudel, als Frankl zurückkam. »Die Kleidung ist trocken, obwohl es am Vormittag geregnet hat.«

»Sie waren an der Absturzstelle?«, fragte Frankl scharf.

Sprudel nickte.

»Kruzitürken!«, schrie Frankl. »Haben Sie noch nie was von Spurensicherung gehört?«

Sprudel war bei Frankls Wutausbruch zusammengezuckt und stand jetzt mit hängenden Schultern da.

»Ich …«, stammelte Fanni, »… ich habe Herrn Sprudel gebeten, hinzugehen. Hätte ja sein können, dass Willi noch zu helfen gewesen wäre.«

»Der Herr Sprudel ist wohl ein Dokt…«, begann Frankl, stutzte und fragte: »Willi?«

Es war also heraus. Was Fanni nicht hatte wahrhaben wollen, seit die hageren Gesichtszüge des Verunglückten preisgegeben hatten, wer hier den Tod fand, war nun gesagt.

Zwei Polizeifahrzeuge bogen auf den Parkplatz und hielten neben Frankls Wagen.

»Sie warten hier«, befahl der Kommissar, dann wandte er sich einem der Männer zu, die aus den Fahrzeugen gestiegen waren. Kurz darauf begab sich die Gruppe zum Zustieg.

Fanni hätte Sprudel gern gesagt, wie leid es ihr tat, dass sie ihn so in die Bredouille gebracht hatte. Sie konnte sich denken, wie er sich schämte, so wenig kriminalistischen Weitblick bewiesen zu haben.

Er muss sich vorkommen wie ein Depp – senil, verkalkt, täppisch!

Bevor Fanni den Mund aufmachen konnte, hörte sie Frankl in ihrem Rücken sagen: »Sie kennen also den Toten.«

Fanni drehte sich um und nickte. »Er heißt Willi Stolzer.«

»Verwandt? Verschwägert?«

Fanni schüttelte den Kopf. »Ein Freund aus früheren Zeiten.«

Frankl hatte sein Notizbuch gezückt und vermerkte den Namen, den Fanni genannt hatte. Plötzlich blickte er auf und fixierte sie. »Stolzer! Sakrament! Etwa einer der Brüder, denen die Holzhandlung an der Straße nach Stephansposching gehört?« Nachdenklich fügte er hinzu: »Stolzer und Stolzer.«

»Willi und Toni«, ergänzte Fanni.

Mit einem Knall klappte Frankl das Notizbuch zu. »Sie fahren jetzt Ihre Autos hier weg und«, er sah auf seine Armbanduhr, »finden sich in einer Stunde bei der Polizeiinspektion zur Vernehmung ein.« Damit ging er davon.

Fanni und Sprudel standen sich eine Weile stumm gegenüber. Endlich straffte sich Sprudel. »Wir sollten die Autos beim Donauhotel abstellen. Von da aus ist es nicht weit zur Polizeiinspektion.«

Fanni stimmte ihm zu.

Sprudel stieg in seinen Wagen und startete. Er musste als Erster wegfahren, um Fanni den Weg freizumachen.

Während sie wartete, bis er das Auto gewendet hatte, blickte sie noch mal zum Quergang hoch. Einer der Männer, die Fanni für Kriminaltechniker hielt, befand sich im Quergang und barg soeben Willi Stolzers Klettersteigset.

Ohne Sicherung turnt der Kerl da oben rum!

Am Beginn des Quergangs konnte Fanni Kommissar Frankl erkennen. Auch er hatte sich, ohne irgendwie gesichert zu sein, bis dort hinaufgewagt.

»Der Sakra traut sich was«, hörte Fanni jemanden neben sich sagen.

Einer der Männer war zurückgekommen und nahm einen Aluminiumkoffer aus einem der Fahrzeuge.

»Sakra?«

»Frankl«, erklärte der Beamte und lächelte schief. »Die meisten von uns nennen ihn Sakra, weil … Haben Sie ihn noch nicht fluchen hören?«

»Doch«, antwortete Fanni. »Und ja, er traut sich was. Aber der andere, der im Quergang, der spielt eindeutig mit seinem Leben.«

Der Beamte winkte ab. »Der Kollege dort oben ist gelernter Dachdecker. Er hatte vor ein paar Jahren einen Unfall – Milzriss –, deswegen musste er umschulen. Aber Talent verlernt man nicht. Wissen Sie, was er gesagt hat? ›Den Pipifax-Anstieg durch die paar Felsen und die paar Handgriffe in dem läppischen Quergang könnt ich sogar mit Bein- und Armprothese machen. Sicherung brauch ich da gewiss keine.‹«

Fanni beobachtete den ehemaligen Dachdecker, wie er die beiden Karabiner, an denen Willis Klettersteigset hing, und den dritten, den mit der einzelnen Bandschlinge, in seinen Gürtel hakte und sich dann am Drahtseil zurück zum Beginn des Quergangs hangelte.

»Trotzdem«, murmelte sie. »Sak… Kommissar Frankl hätte das nicht zulassen dürfen.«

Der Beamte, mit dem sie gesprochen hatte, konnte sie nicht mehr hören. Er war bereits im Zustieg verschwunden.

Fanni startete ihren Wagen und steuerte zur Hauptstraße. Dort blinkte sie rechts, schlug die Richtung nach Deggendorf ein. Kurz vor der Kreuzung an der Friedenseiche bog sie zum Donauhotel ab.

»Möchtest du im Hotelrestaurant was trinken oder lieber ein bisschen spazieren gehen?«, fragte Sprudel, nachdem Fanni neben seinem Bayerwaldauto geparkt hatte.

Eigentlich hätte er nicht fragen müssen. Entsetzen, Schock und Angst bekämpfte Fanni am wirksamsten mit langen Märschen.

»Laufen«, bat sie.

Sprudel drückte sie kurz an sich. »Sehr weit dürfen wir uns aber nicht entfernen. Ein Stündchen ist schnell um.« Er hielt kurz inne. »Wir könnten über die Kreuzung zur Himmelfahrtskirche hinübergehen. Hinter der Kirche gibt es eine Stiege zum Geiersberg.«

Berg, dachte Fanni, ein mühsamer Anstieg ist genau das Richtige, um auf den Boden der Tatsachen zu gelangen.

Sie hatte schon oft vom Geiersberg reden hören, wusste auch, dass von der Stadtpfarrkirche Mariä Himmelfahrt aus eine Treppe hinaufführte und dass sich am Fuß des jenseitigen Abhangs die Geiersbergkirche befand. Sie war bisher jedoch nie dazu gekommen, sich diesen Teil Deggendorfs anzusehen.

Die Steinstufen begannen oberhalb des Kirchenportals inmitten von Gräbern und endeten, bevor Fannis Pulsfrequenz Gelegenheit bekam, sich zu beschleunigen. Als sie von der letzten Stufe aus auf die Stadt hinunterschaute, bemerkte sie, dass dennoch etliches an Höhe gewonnen war.

Der Anblick zeigte sich imponierend. Wuchtig erhoben sich die Pfeiler der Donaubrücke aus dem Wasser, elegant spannte sich der Überbau. Breite Straßenbänder unterteilten die Landschaft in Segmente. Im Westen glänzten die Dächer über den Werkshallen der ehemaligen Deggendorfer Werft, dahinter lugte dunkelgrün bewaldet der Natternberg hervor.

»Der Geiersberg bietet ja eine erstaunliche Aussicht«, sagte Sprudel, der ebenfalls haltgemacht hatte.

»Bemerkenswert«, stimmte ihm Fanni zu. »Obwohl dieser Buckel hier die Bezeichnung ›Berg‹ bei Weitem nicht verdient.« Sie sah sich suchend um, fragte sich, wohin sie sich nun wenden sollten.

Vom Ende der Treppe, wo sie stehen geblieben waren, führte ein breiter Wanderweg, der mit »Via nova« beschildert war, geradeaus und eben weiter. Sprudel betrachtete ihn stirnrunzelnd.

Dann deutete er auf einen schmalen Pfad, der links davon verlief und ein wenig anstieg.

Sie folgten ihm.

Der Pfad endete bei einem mächtigen Holzkreuz, an dem ein vergoldeter Jesus hing. Im lichten Wald dahinter entdeckte Fanni mehrere halbhohe Pfosten, an deren Spitze jeweils ein dunkelgrünes Brettchen mit einem weißen Fragezeichen befestigt war. Sie ging auf einen der Pfosten zu und griff nach dem Brettchen. Es ließ sich wegklappen. Auf einem Stück Pappe darunter stand »Bergulme«.

Fanni und Sprudel folgten der Linie der Pfosten. Nach »Winterlinde« und »Robinie« stießen sie auf einen weiteren Pfad, der talwärts führte. Er mündete wenig später an einer anderen Stelle in die Via nova, wo sich noch mal der Ausblick auf die Donau bot.

In einer kleinen Ausbuchtung des Wegs stand ein Bänkchen vor einem schützenden Geländer. Sprudel hielt darauf zu und zog Fanni mit sich.

Dann saßen sie da und starrten aufs Wasser.

Irgendwann sagte Fanni: »Es ist wirklich Willi.«

Sprudel legte ihr die Hand auf den Arm. »Du warst mit dem Toten vom Klettergarten früher einmal befreundet?«

»Wir waren Bergkameraden«, antwortete Fanni. »Willi, seine Frau, Hans Rot und ich, Willis Bruder und dessen Frau und noch zwei Paare haben in den achtziger Jahren viele gemeinsame Bergtouren unternommen. Willi war unser Führer. Er hatte beim Alpenverein einen Ausbildungskurs für Bergsteigen gemacht, besaß sogar ein Zertifikat.«

Sprudel schüttelte den Kopf. »Es war also kein unbesonnener Bursche, sondern ein versierter Bergsteiger, der im Deggenauer Klettergarten abgestürzt ist?«

Fanni nickte. »Willi konnte sehr gut klettern, war aber trotzdem immer auf Sicherheit bedacht.«

»Willst du damit sagen, er hätte an diesem Felsen nicht abstürzen dürfen?«, fragte Sprudel.

»Keinesfalls«, bestätigte Fanni.

»Aber«, wandte Sprudel ein, »das Gestein war nass und schmierig. Es hatte ja geregnet. Auch wenn später irgendwann die Sonne herauskam, auch wenn es inzwischen schön warm ist, einige Passagen in der Felswand sind vermutlich jetzt noch nicht mal trocken.«

»Willi hatte sich doppelt gesichert«, erklärte ihm Fanni, »mit einem Klettersteigset wie vorgeschrieben und mit einer Bandschlinge samt Karabiner extra. Ich verstehe allerdings nicht, was diese kurze Bandschlinge für einen Sinn ...« Ihre Stimme versandete.

Sprudel stützte die Ellbogen auf die Knie und legte das Gesicht auf die Handflächen, wobei er seine Wangenfalten schier bis zu den Augenlidern hinaufschob.

Er denkt nach!

»Das Set und die Bandschlinge sind im Quergang hängen geblieben«, sagte Fanni.

»Wie konnte ...«, begann Sprudel.

»Gar nicht«, unterbrach ihn Fanni.

Sprudel sah sie alarmiert an.

»Schau«, fing Fanni an zu erläutern, »Willi trug einen Hüftgurt, wie es heutzutage üblich ist. Früher haben wir uns in Kombigurte geknüpft, aber die werden, glaube ich, kaum noch benutzt. Hüftgurte tragen sich angenehmer. Ungefähr in Höhe des Nabels befindet sich eine Anseilschlaufe aus reißfestem Material. Durch die wird das Klettersteigset geschlungen. So!« Sie nahm ihr Taschentuch und knotete es zu einem Ring. Dann verlangte sie Sprudels Taschentuch, drehte es zu einer Schnur und bog diese in der Mitte zusammen, sodass ein U entstand. Sie legte die Rundung des U an einer Stelle des Ringes an und zog die beiden losen Enden durch.

»Schau«, wiederholte sie und straffte die losen Enden. »Solange hier Zug ausgeübt wird, kann sich nichts lösen, nichts herausschlüpfen.«

»Verstehe«, sagte Sprudel. »An diesen Enden befinden sich die beiden Karabiner, die ins Drahtseil eingehängt werden. Das Klettersteigset kann sich also nur deshalb noch im Steig befinden, weil die Anseilschlaufe am Gurt gerissen ist.«

Fanni sah ihn an. »Du kennst dich aus mit Anseiltechniken?«

Sprudel verneinte.»Nicht im Mindesten. Aber du hast die Sache ja recht anschaulich erklärt.«

»Du flunkerst«, sagte Fanni.»Ich hab dich beobachtet, vorhin im Zustieg. Das sah geradezu professionell aus.«

»Ertappt«, lächelte Sprudel.»Als Junge bin ich viel geklettert – in den Felsen rings um unser Dorf. Aber Gurt und Seil habe ich dabei nie benutzt.«

Fanni nickte zufriedengestellt.

Es wurde für eine Weile still.

Dann hielt Fanni Sprudel den Taschentuchring vor die Nase und sagte:»Er konnte nicht einfach reißen.«

Sprudel sah sie erstaunt an.»Aber wieso denn nicht?«

»Meine Güte, Sprudel«, rief Fanni,»du kannst dir doch denken, dass ein Material, aus dem Klettergurte gefertigt werden, strengste Sicherheitstests bestehen muss. Es ist vermutlich TÜV-geprüft wie Autobremsen und Flugzeugpropeller.«

Sie bemerkte, wie Sprudel ein Schmunzeln verbarg.

»Willis Gurt könnte uralt gewesen sein, abgenutzt und zerschlissen«, wandte er nach kurzem Zögern ein.

Fanni schüttelte den Kopf.»Ich nehme an, es würde Jahrzehnte dauern, die Anseilschlaufe am Gurt bei normalem Gebrauch derart abzunutzen, dass sie reißt. Falls sie sich überhaupt so weit abnutzt. Doch selbst wenn, wäre Willi der Letzte gewesen, der es dazu hätte kommen lassen.«

Wieder war es still, bis Sprudel sagte:»Aber wie sonst ist der Absturz zu erklären?«

»Gar nicht«, antwortete Fanni,»die Anseilschlaufe muss abgerissen sein.«

Sprudel schnappte nach Luft.»Hast du mir nicht gerade auseinandergesetzt …?«

Fanni sah ihn erwartungsvoll an.

»Nein, Fanni, nein.«

2

»Lass uns zurückgehen«, sagte Sprudel, »wir sollten Herrn Frankl nicht warten lassen.«

Wenn ihr keine auf euch gemünzten Flüche riskieren wollt, besser nicht!

Fanni erhob sich.

Sie liefen die Stiege hinunter, eilten zwischen den Gräbern hinter Mariä Himmelfahrt hindurch. Als sie an der Friedenseiche ankamen, wo sich die Hengersbergerstraße mit der B 11 kreuzte, schaltete die Fußgängerampel gerade auf Grün.

Fanni und Sprudel hasteten zur Polizeiinspektion hinüber. Wenig später saßen sie in einem kahlen Raum vor einem Schreibtisch mit Resopalplatte. Fanni registrierte, dass weder Topfpflanzen noch bunte Ordnerrücken den abweisend grauen Wänden dieses Zimmers die Trostlosigkeit nahmen. Sie richtete den Blick soeben aus dem einzigen Fenster, das auf einen Hinterhof hinausging, als Kommissar Frankl eintrat.

Nachdem er ihre Personalien aufgenommen hatte, fragte er nach Fannis Verhältnis zu Willi Stolzer.

Verhältnis!

»Ich habe Willi schon etliche Jahre nicht mehr gesehen«, antwortete Fanni.

»Aber früher kannten Sie ihn gut. Wie gut?«, hakte Frankl nach.

»Wir waren Freunde, mehr nicht«, erwiderte Fanni kurz angebunden. Sie hatte entschieden, sich vor diesem Kommissar zurückzuhalten. Einerseits weil sie gemeinsam mit Sprudel so wenig wie möglich in Erscheinung treten wollte, andererseits weil sie diesem Sakra nicht nachsehen konnte, dass er Sprudel im Klettergarten dermaßen angefahren hatte.

Ich werde mit Marco reden, dachte Fanni. Marco wird … Sie horchte auf, weil Frankl sagte: »Und wie endete diese – ähem – Freundschaft? Mit Zank und Streit? Mit einer Schlammschlacht?«

Fanni presste die Lippen aufeinander.

Du musst antworten! Musst das richtigstellen!
Man konnte den Ärger in ihrer Stimme deutlich hören, als sie endlich erwiderte:»Es gab keinen Grund für einen Streit. Die Freundschaft verlief im Sande, weil sie ihre Basis verlor.« Frankl grinste anzüglich.»Sakradie! Ihre Basis verlor! Nennt man das so, wenn einer den andern sitzen lässt?« *Erklär es ihm! Das hat doch keinen Sinn, hier die Verstockte zu spielen!*

Fanni wollte gerade dazu ansetzen, da merkte sie, dass Frankls infame Anspielungen Sprudel nicht unberührt gelassen hatten. Das brachte sie in Rage.

»Was schustern Sie sich denn da für eine verrückte Theorie zusammen?«, blaffte sie den Kommissar an.»Habe ich Ihrer Meinung nach etwa jahrelang im Deggenauer Klettergarten auf der Lauer gelegen, um mich an Willi für was auch immer zu rächen? Bin ich, als er nach fünf oder sechs Jahren endlich kam, ungesichert und in Straßenkleidung die Felsen hinaufgeklettert und habe ihn – weiß der Teufel, wie – aus dem Quergang gehebelt?«

»Das mussten Sie gar nicht«, entgegnete Frankl mokant.

Fanni starrte ihn an, sah den Triumph in seinen Augen, und langsam dämmerte ihr, worauf er hinauswollte.

»Sie mussten«, sagte Frankl,»nur unten warten, bis sich Stolzer mitten im Quergang befand. Als es so weit war, haben Sie ihn durch Rufen und Gesten dazu gebracht, das Drahtseil loszulassen und sich zurückzulehnen, sodass Gurt und Klettersteigset mit seinem gesamten Gewicht belastet wurden. Und was ist da wohl passiert, Himmelherrgott?«

Es war Fanni anzusehen, dass sie es wusste. Denn der Absturz war offenbar genau so geschehen, wie sie es Sprudel auseinandergesetzt hatte.

Willi war – Schuhsohlen auf Reibung, Fäuste ums Fixseil geschlossen – im Quergang gewesen, wo ihn irgendetwas oder irgendjemand veranlasst hatte, die Hände von der Seilversicherung zu nehmen. Die Schlaufe an seinem Gurt, durch die das Klettersteigset geschlungen war, hatte der Belastung nicht standgehalten und riss. Aber *wie* hatte sie reißen können?

»Jemand«, Frankl blinzelte Fanni zu, »hat sich an Stolzers Gurt zu schaffen gemacht. Die Anseilschlaufe war eingeschnitten. Zwanzig, dreißig Kilo Belastung – und ratsch. Eine niederträchtige Mordtat. Eindeutig die Handschrift einer Frau.«

Fanni merkte, dass ihr Mund halb offen stand, und klappte ihn schnell zu.

Was staunst du so? Ist dir nicht schon am Geiersberg der Gedanke gekommen, Willis Gurt könnte manipuliert worden sein? Aber dass jemand auf die Idee kommen könnte, ich hätte das getan! Fanni fand keine Worte.

Sprudel räusperte sich. »Ich weiß, Sie müssen in jede Richtung denken. Aber diese Theorie hier hat Löcher. Wie hätte Frau Rot an Stolzers Gurt kommen sollen, um ihn zu präparieren? Woher hätte sie wissen sollen, wann er im Klettergarten ist? Und wenn sie die Täterin wäre, warum hätte sie dann die Polizei rufen sollen?«

»Das hat sie ja gar nicht, Himmelkreuz«, schnauzte Frankl. »Sie hat nur ihren *Freund* angerufen, oder etwa nicht?«

Sprudel sank in sich zusammen.

»Werden Sie mich einsperren?«, fragte Fanni beherrscht.

»Ganz so weit sind wir noch nicht«, entgegnete Frankl. »Wie der Herr Sprudel richtig gesagt hat, müssen wir in jede Richtung denken und ermitteln. Und während wir das tun, werden Sie sich zu unserer Verfügung halten.« Auf Fannis irritierten Blick hin fügte er hinzu: »Das heißt im Lande bleiben, Kruzinesen.«

»Dann kann ich wohl jetzt gehen«, sagte Fanni trocken.

Frankl hatte begonnen, in sein Notizbuch zu schreiben. Er nickte zerstreut. Fanni schob ihren Stuhl zurück. Plötzlich sah Frankl auf. »Mit Herrn Sprudel habe ich noch ein Wörtchen zu reden.«

Sie war bereits eine Viertelstunde lang vor der Polizeiinspektion auf und ab gelaufen, als Sprudel herauskam. Er wirkte verstört. Stumm gingen sie auf die Kreuzung zu, warteten auf grünes Licht und querten die Straße.

Grübelnd kaute Fanni auf ihrer Unterlippe. An der Einfahrt zum Parkplatz blieb sie stehen. »Er hat dir die Leviten gelesen!«

»So könnte man es nennen«, antwortete Sprudel. »In Wahrheit hat er mir gedroht.«

»Gedroht?«

»Obwohl Frankl nur eine Stunde Zeit hatte, hat er seine Hausaufgaben gemacht. Er weiß, wer in den vergangenen Jahren bei Mordermittlungen die Polizei nicht immer gut aussehen ließ.«

»Und deshalb verbittet er sich jede Einmischung«, sagte Fanni schnippisch.

»Zumal du unter Verdacht stehst«, fügte Sprudel an.

»Und dich hat er beauftragt, mich an die Kette zu legen?«, fragte Fanni.

Sprudel nickte unglücklich.

»Damit er ungestört seine absurden Theorien aufbauen kann«, beschwerte sich Fanni und ging zu ihrem Wagen. »Ich fahre noch mal zum Klettergarten hinaus. Willi muss einen Grund gehabt haben, warum er das Drahtseil losließ. Und den will ich herausfinden.«

»Fanni«, rief Sprudel, »was willst du denn finden, was die Spurensicherung nicht längst entdeckt hat?«

»Wenn ich das wüsste, müsste ich ja nicht suchen«, gab Fanni verstockt zurück.

»Warte wenigstens, bis Marco zurück ist. Dann wird er den Fall übernehmen«, bat Sprudel.

»Wird er nicht«, konterte Fanni und sah Sprudel böse an. »Während du noch da drin warst«, sie deutete mit dem Daumen über die Schulter, »und dich zum Handlanger von diesem fluchenden Schwachkopf hast machen lassen, habe ich Marco über Handy angerufen.«

Wie zum Beweis zog sie das Mobiltelefon, das sie nach dem Anruf im Klettergarten in die Jackentasche gesteckt hatte, heraus und hielt es Sprudel vor die Nase.

»Das Seminar dauert vierzehn Tage. Täglich von neun bis zwei, manchmal sogar bis vier, sitzt Marco im Lehrsaal. Den Fall ›Willi Stolzer‹ bearbeitet Frankl. Marco sagt allerdings, dass er nach den Vorträgen immer noch für ein paar Stunden zur Dienststelle kommen will, um ›mitzumischen‹. Nur heute nicht.« Ihr

Blick wurde freundlicher. »Heute fährt er nach dem letzten Vortrag in Regensburg nach Deggendorf zum Donauhotel, wo er sich mit uns trifft.« Sie sah auf die Turmuhr der Himmelfahrtskirche. »In einer guten halben Stunde wird er da sein. Und wir werden die Zeit bis dahin nutzen.«

Geschlagen öffnete Sprudel die Beifahrertür seines Wagens für Fanni.

Der Klettergarten lag genauso ausgestorben da wie gut drei Stunden zuvor, als Fanni dort eingebogen war, um zu pinkeln.

Zögernd betrat sie den Pfad, der zum Zustieg führte, folgte ihm bis zu dem Felswändchen. Aber diesmal kletterte sie nicht hinauf. Sie stand da, schaute hierhin und dorthin.

»Fanni«, sagte Sprudel hinter ihr, »wo willst du suchen? Da oben ist nur Felsen und hier unten nur dichtes Gestrüpp.«

Fanni schlug sich links in die Büsche.

Sie arbeitete sich durch die Sträucher, bis sie den Ort erreichte, der – wie sie vermutete – senkrecht unter der Stelle lag, an der Willi Stolzer hängen geblieben war. Halbhohe Büsche, Farne und scharfkantiges Gras bedeckten den Boden.

Sprudel holte auf. »Glaubst du, von hier aus hat jemand Stolzer erschreckt, sodass er losließ? Mit einem Schuss vielleicht?«

Fanni schüttelte den Kopf. »Willi hätte wegen eines Krachens oder Polterns nicht losgelassen, nie und nimmer. Selbst wenn Steine von oben heruntergeprasselt wären, hätte er nicht losgelassen. Im Gegenteil, er hätte sich umso konzentrierter festgehalten und versucht, aus dem Quergang herauszukommen – nach rechts hinüber zu den Leitern oder nach links in die Felsführe.«

»Hier war ja auch niemand«, sagte Sprudel, »eine Spur durch das Gestrüpp wäre den Kriminaltechnikern bestimmt nicht entgangen.«

Fanni stimmte ihm zu, machte aber keine Anstalten, den Platz zu verlassen. Sie bog Zweige zur Seite, brachte Farnwedel zum Schwingen, ließ den Blick über die Graspolster wandern.

»Lass uns zurückgehen«, sagte Sprudel.

Fanni schlug die entgegengesetzte Richtung ein. Nach drei Schritten sah sie hinter einer Wurzel etwas glänzen. Sie griff zu.

»Ein Fotoapparat«, sagte Sprudel überrascht. Gleich darauf schüttelte er den Kopf. »Der kann schon wochenlang da liegen.«

»Dann wäre er nass«, widersprach Fanni. »Ich habe vorhin versucht, mich zu erinnern, und bin ziemlich sicher, dass es bis zehn Uhr geregnet hat. Ungefähr um eins habe ich Willi gefunden. Und ich denke, dass er nicht lang davor abgestürzt ist. Er muss gewartet haben, bis es wenigstens nicht mehr von den Sträuchern und Felsen heruntergetropft hat, sonst wäre seine Kleidung auch nass gewesen. Fragt sich, wieso er überhaupt ...«

Sie schnappte nach Luft und griff nach einem Zweig, als müsse sie sich festhalten. »Wenn das Willis Fotoapparat ist, weiß ich, weshalb er die Seilversicherung losgelassen hat.«

»Wir sollten die Kamera der Polizei übergeben«, sagte Sprudel.

»Das werden wir«, erwiderte Fanni. »Sie wartet vermutlich schon im Donauhof auf uns.«

Marco saß brütend über einer Tasse Kaffee.

Ich mag ihn wirklich gern, Lenis Freund, dachte Fanni, als er nach einer kurzen Begrüßung wieder in Schweigen verfiel. Auf meiner VIP-Liste rangiert er gar nicht weit hinter Sprudel, aber manchmal wünsche ich mir, er wäre etwas impulsiver.

Ganz vorne auf Fannis VIP-Liste befanden sich ihre Zwillinge Leni und Leo, gefolgt von ihrer Tochter Vera und deren Kindern Max und Minna. Dann kam Sprudel. Und dann? Marco? Hans Rot?

Ha, Hans Rot auf der VIP-Liste! Gehört er nicht eher in ein Verzeichnis der ebenso nützlichen wie belanglosen Gegenstände? Rangiert er nicht irgendwo zwischen Waschmaschine und Schraubenzieher?

Nein, dachte Fanni. Hans Rot ist der Mann, den ich geheiratet habe, weil ich es so wollte. Und du hältst jetzt den Rand, Wichtel.

In letzter Zeit hatte sie sich hin und wieder verwundert gefragt, aus welcher Schicht ihrer Innenwelt diese freche Gedankenstimme kam, woher sie ihre Kommentare bezog, bis ihr eines Tages beim Abstauben der Bücherregale eine Abhandlung von C. G. Jung in die Hände gefallen war. Sie hatte darin geblättert, hatte diesen und jenen Absatz gelesen und sich plötzlich an den Begriff »Kollektives Unbewusstes« erinnert, der von Jung geprägt worden war. Während sie ihren Staubwedel weiter über Bücherrücken gleiten ließ, hatte sie sich vorgestellt, wie allen Menschen aus einer Art universeller Einsicht intuitive Erkenntnisse zuflossen.

Jung, hatte Fanni beim Staubwischen gedacht, vertrat die Meinung, dass die sich ähnelnden Grundmotive der Märchen und Mythen unterschiedlichster Völker auf jenes gemeinschaftliche Wissen hinwiesen. Und schmunzelnd hatte sie entschieden, dass ihre Gedankenstimme einem dieser Archetypen gehören sollte, die Jung entwickelt hatte – warum nicht einem Wichtel. Einem Wichtelzwerg, der vorlaut war, unverschämt und frech, der manchmal streng war, manchmal witzig, oft aber den Nagel auf den Kopf traf.

Marco studierte den Inhalt seiner Kaffeetasse.

»Hast du dich bei deinen Kollegen schon über den Fall informiert?«, fragte Fanni.

Marco nickte und schwieg.

Ohne Leni, sagte sich Fanni, ist es schier unmöglich, Marco zum Reden zu bringen, solange die Sache, um die es geht, in seinem Hirn noch nicht die richtige Form angenommen hat. Mit Leni an seiner Seite löste Marco dieses Kommunikationsproblem dadurch, dass er in ihr Ohr raunte, was in ihm vorging. Leni hatte keine Skrupel, das Gehörte vernehmlich hinauszuposaunen, sodass es Marco ebenso gut selbst hätte laut aussprechen können. Doch das brachte er halt nicht fertig. Er brauchte Leni als Katalysator.

Aber jetzt ist sie nicht da, und deshalb wirst du das Gespräch in die Hand nehmen müssen! DU hast den Jungen ja auch herbestellt!

Fanni begann zu sprechen. Sie ließ nichts aus, verschwieg auch den Grund nicht, weshalb sie zum Klettergarten abgebogen war. Zu guter Letzt legte sie den in ein Papiertaschentuch eingeschlagenen Fotoapparat auf den Tisch.

Marco hütete sich, ihn anzufassen. Mit seinem Kugelschreiber drückte er auf ein, zwei Tasten, bis ein Bild auf dem Display erschien. Fanni reckte den Hals. Es zeigte bunte Lichtpunkte, die auf den Metallleitern zu tanzen schienen.

»Wusst ich's doch«, rief Fanni. »Er hat losgelassen, um zu fotografieren. Deshalb hatte er auch keinen Helm auf, weil der ihm ein wenig hinderlich gewesen wäre. Und deshalb hat er eine kurze Bandschlinge benötigt.«

Eifrig nahm sie Marcos Kaffeelöffel und legte beide Hände nebeneinander um den Stiel. »Der Kletterer überwindet einen Quergang, indem er seine Fußsohlen an den Felsen presst und sich – nachdem er die beiden Karabiner seines Klettersteigsets ins Drahtseil eingehängt hat – mit den Händen daran entlanghangelt. Falls er loslässt, rutscht er ab, wird freilich, ungefähr einen halben Meter weiter unten, durch die beiden Bandschlingen seines Sets aufgefangen. Was aber sollte ein Kletterer tun, der es sich in den Kopf gesetzt hat, mitten im Quergang zu fotografieren? Er muss das Drahtseil loslassen, will sich jedoch nicht ein hübsches Stück darunter in der Felswand baumelnd wiederfinden.«

»Er hängt eine armlange Bandschlinge ein und legt sein Gewicht nach außen, sodass Zugkraft darauf wirkt. Mit den Füßen stützt er sich ab«, sagte Marco.

Fanni nickte zufrieden. »Willi hat von jeher spektakuläre Fotos geschossen.«

»Du kanntest Willi Stolzer gut?«, fragte Marco.

Fanni unterdrückte ein Stöhnen und begann zu erzählen, wie sich die Bergsteiger-Clique nach und nach zusammengefunden hatte. Sie schloss mit den Worten: »'88 waren wir komplett. Ich weiß noch, dass wir nach diesem ersten Jahr gemeinsamer Bergtouren Giselas zwanzigsten Geburtstag gefeiert haben – sie war mit Abstand die Jüngste von uns – und bald darauf ihre Hochzeit mit Willis Bruder Toni.« Erst nach einer Weile merkte sie, dass Marco noch auf etwas wartete.

Kanntest du Willi Stolzer gut?, lautete die Frage!

Fanni begann von Neuem. »Wenn man«, erklärte sie, »mit jemandem jahrelang in die Berge geht, mit ihm Nase an Nase in Hüttenlagern übernachtet, den letzten Rest in der Wasserflasche mit ihm teilt, ihn aufgekratzt und abgekämpft erlebt, dann lernt man ihn recht gut kennen.«

»Und wie war Willi Stolzer so?«, fragte Marco.

»Okay.«

»Okay?«, tönte das Echo fragend aus zwei empört verzogenen Mündern.

»Ich finde, dieses eine Wort sagt alles.«

»So, so«, meinte Sprudel.

Fanni sah ihn geradezu mütterlich an. »Schau«, sagte sie, »Willi war schlicht und einfach in Ordnung. Er hatte keine Macken, keinen Tick. Willi war realistisch, vernünftig, klug, umsichtig, geschickt. Wir alle kamen gut mit ihm aus.« Sie wartete, bis Sprudel einverständlich genickt hatte, dann fuhr sie fort: »Ich habe ihn aber etliche Jahre nicht mehr gesehen. Wer weiß, was inzwischen geschehen ist. Er kann sich natürlich verändert haben.«

»Wieso hast du ihn derart gründlich aus den Augen verloren?«, fragte Marco. »Weshalb ist denn dein Kontakt zu ihm abgebrochen?«

»Nicht nur zu Willi ist der Kontakt abgebrochen«, antwortete Fanni, »zur gesamten Clique.« Sie besann sich einen Moment und fügte dann hinzu: »Martha ausgenommen. Wir beide treffen uns einmal im Jahr – mal bei ihr, mal bei mir –, trinken Tee und klatschen ein wenig.« Sie verstummte.

»Und wieso ist der Kontakt abgebrochen?«, erinnerte sie Marco an seine Frage.

»Es fing damit an«, erwiderte Fanni, »dass Hans Rot von Jahr zu Jahr bequemer und schwerfälliger wurde. Gegen Ende der Neunziger war es so weit, dass er bei den meisten Bergtouren, die Willi organisierte, nicht mehr mithalten konnte. Deswegen haben wir uns nach und nach zurückgezogen, haben immer weniger der Touren mitgemacht – und nur noch die ganz leichten. Vor fünf oder sechs Jahren war aber dann endgültig Schluss.«

»Von einem Tag auf den anderen?«, fragte Marco.

»Fast«, sagte Fanni. »Hans ist noch ein paarmal zu einem Stammtischtreffen ins Ruderhaus gegangen. Aber bald hat er es nicht mehr ertragen, wie die *Aktiven* ihre Erlebnisse ständig wiederkäuten und sich aufplusterten, wenn sie von einer Bergtour zurückkamen. Früher hat er das natürlich genauso gemacht, aber danach hat es ihn plötzlich gestört. Am meisten hat er sich damals über Hannes Gruber beschwert. ›Prahlhannes‹ hat er ihn genannt, ›Aufschneider‹, ›Schaumschläger‹, und dann ist Hans immer seltener zu den Treffen gegangen. Als er dann allmählich beim Schützenverein und beim Kegelclub Fuß fasste, erlosch sein Interesse an Willis Gruppe endgültig.« Sie schnitt eine Grimasse. »Und ich persönlich habe diese Stammtischtreffen sowieso gehasst. Da bin ich mir immer vorgekommen wie Phil Connors in ›Und täglich grüßt das Murmeltier‹.«

Marco lachte.

»Du willst damit sagen: Am Stammtisch wurden jedes Mal die gleichen Geschichten aufgewärmt?«, fragte Sprudel.

Fanni begann in leierndem Tonfall: »Toni hat sich drei Rippen gebrochen, als er auf dem Aletschgletscher über eine Spalte sprang; Martha hat auf der Rudolfshütte ihren Rucksack stehen lassen und es erst gemerkt, als sie im Tal aus der Seilbahn stieg; Gisela geriet im Toten Gebirge in einen Steinschlag und hat seitdem eine Narbe quer über dem Handrücken; Toni hat sich drei Rippen gebrochen, als er auf dem Aletschgletscher über eine Spalte sprang; Martha ... – und täglich grüßt das Murmeltier.«

Es war eine Weile still am Tisch. Dann fragte Marco: »Und was passierte, nachdem ihr der Bergsteiger-Clique den Rücken gekehrt hattet?«

Fanni sah ihn verdutzt an. »Nichts, die andern haben ohne uns weitergemacht. Schöne Touren, soviel ich von Martha ab und zu erfahren habe. Strahlhorn, Königsspitze, Ortler«, fügte sie träumerisch hinzu. »Willi hat seine Leute geschickt und sicher durch all die Routen geführt. Er war ein guter Bergsteiger. Versiert und umsicht...« Sie unterbrach sich und sog scharf die Luft ein. »Willi hätte sofort gesehen, dass die Anseilschlaufe an seinem Klettergurt beschädigt war.«

Marco schüttelte den Kopf. »Der Einschnitt war verdeckt.«

»Verdeckt?«

»Als ich vorhin in der Polizeiinspektion war, um mich zu informieren, hat mir der Kriminaltechniker, der Willis Kletterausrüstung untersucht hat, den Gurt gezeigt. Die manipulierte Stelle ist durch eine Hülle aus Nylon kaschiert. So ungefähr.« Er streckte seinen linken Zeigefinger aus und wickelte ein leeres Zuckertütchen um das Fingergelenk. »Unter der Lasche befindet sich die präparierte Stelle.«

»Das hätte Willi nicht bedenkenlos hingenommen«, entgegnete Fanni. »Er hätte sich gefragt, wer an seinem Gurt herumgepusselt hat, und hätte ihn genauestens untersucht.«

»Auf dem Nylonschlauch, der das präparierte Stück der Anseilschlaufe ummantelt, ist der Name ›Willi Stolzer‹ eingestickt«, sagte Marco.

Darüber dachte Fanni lange nach. Dann sagte sie: »Der … ähm, Mörder könnte Willi angeboten haben, den Klettergurt mit Monogramm zu versehen.« Sie atmete tief durch. »Das hätte Willi gefallen.«

»Ich werde Martha einen Kondolenzbesuch abstatten«, verkündete Fanni, nachdem Marco sich verabschiedet hatte.

»Jetzt gleich?«, fragte Sprudel. »Ist das nicht zu früh?«

»Nein«, sagte Fanni. »Die Polizei wird ihr längst mitgeteilt haben, dass Willi abgestürzt ist. Vermutlich hat sie auch schon erfahren, wer ihn gefunden hat. Und deshalb gehe ich jetzt zu ihr.«

»Verstehe«, sagte Sprudel. Einsichtsvoll sah er dabei nicht aus.

Fanni erhob sich abrupt. Sprudel beeilte sich, ebenfalls aufzustehen. Als sie sich dem Ausgang zuwandte, kam er ihr zuvor und hielt die Tür für sie auf.

Fanni trat auf den Parkplatz hinaus. Die Kirchturmuhr von Mariä Himmelfahrt schlug fünf.

»Hatten wir nicht geplant, uns gegen zwei auf der Hütte zu treffen?«, sagte Sprudel betrübt.

Fanni zog ein Gesicht. »Das hat uns Willis Mörder wohl vermasselt. Aber morgen werde ich Punkt zwei am Hütterl sein«, versprach sie ihm. Dann ließ sie die Verriegelung ihres Wagens aufspringen, stieg ein und fuhr davon.

Hundert Meter hinter der Kreuzung an der Friedenseiche setzte sie den Blinker und bog in Richtung Fischerdorf ab.

Die Holzhandlung Stolzer & Stolzer befand sich auf dem jenseitigen Donauufer an der Straße nach Stephansposching. Fanni bog in die Zufahrt ein, fuhr am Kundenparkplatz vorbei zwischen Betriebsgebäuden und etlichen Lagerhallen hindurch bis zu einer Hecke, hinter der sich das Wohnhaus verbarg. Vor dem Ligusterzaun mündete die Teerstraße in einen kleinen Privatparkplatz mit drei gepflasterten Stellplätzen. Fanni stellte ihren Wagen auf dem vordersten ab.

Eilig schritt sie um die Ecke und lief an den Blumenrabatten entlang auf die Haustür zu.

Auf ihr Klingeln öffnete Willis Bruder Toni.

Fanni kondolierte ihm und fragte nach Martha. Er führte sie in die Parterrewohnung, die Willi und Martha nach dem Bau des Hauses bezogen hatten. Toni und Gisela bewohnten die erste Etage.

Martha saß mit verquollenen Augen im Wohnzimmer auf dem Sofa. Als Fanni eintrat, sprang sie auf. Fanni schloss sie in die Arme.

»Willi ist tot«, schluchzte Martha. »Abgestürzt. Im Deggenauer Klettergarten. Heute Mittag ist er gefunden worden.«

Fanni registrierte, dass Martha offenbar noch nicht wusste, wer ihren Mann gefunden hatte.

Sie muss es ja gar nicht erfahren! Warum soll Frankl das ausplaudern! Und Marco wird schon dafür sorgen, dass auch die anderen Beamten den Mund halten! Sagte er nicht, er würde »mitmischen«?

Fanni drückte Martha wieder aufs Sofa, setzte sich neben sie und legte den Arm um sie.

Marthas Schultern bebten. »Die Polizei behauptet, Willi ist ermordet worden«, sagte sie mit erstickter Stimme.

»Wir werden alles darüber herausfinden«, beteuerte Fanni. »Und wir werden dich nicht im Stich lassen, Martha.«

Wir?

»Die Polizei verdächtigt Toni und mich«, weinte Martha. »Als ob einer von uns Willis Gurt ...«

»Die Polizei verdächtigt erst mal jeden«, erwiderte Fanni. »Es wird sich klären«, versprach sie.

Wodurch Willi allerdings auch nicht mehr lebendig wird.
Martha schnäuzte sich die Nase. »Der Kommissar will uns später noch mal vernehmen. Als er das erste Mal da war, konnte ich …« Sie presste die Hände auf den Mund.

Fanni suchte nach Trostworten und fand keine. Stattdessen fragte sie: »Warum ist denn Willi heute zum Klettern gegangen?« Martha ließ die Hände sinken, sah Fanni an. »Er wollte doch die Fotos für das Bergsteiger-Magazin machen.«

»Bei Nässe?«

Martha schüttelte den Kopf, dann nickte sie. »Willi ist losgeradelt, als die Sonne rauskam. Genau diese Stimmung bräuchte er für die Bilder, hat er gesagt. ›Da funkeln die Leitern, da schießen die Stahlstifte Leuchtkugeln.‹« Sie begann wieder zu weinen.

Jemand klingelte an der Haustür. Fanni hörte Schritte und nahm an, dass Toni unterwegs war, um zu öffnen. Kurz darauf vernahm sie Frankls Stimme im Flur.

Fanni stand auf. »Ich fürchte, du musst schon jetzt mit dem Kommissar sprechen.«

Martha ergriff ihre Hand, klammerte sich daran. Fanni löste sie behutsam. »Ich komme wieder«, versicherte sie. »Morgen – nein, übermorgen. Ich melde mich an«, fügte sie eilig hinzu.

Sie drückte sich an Frankl vorbei, der bereits in der Tür stand, ignorierte den vorwurfsvollen Blick, den er ihr zuwarf, und ging hinaus.

Auf dem Weg zum Wagen fiel ihr ein, dass Marthas Schwägerin Gisela nirgends zu sehen gewesen war.

Als sie den Wagen startete, zeigte das Display am Armaturenbrett 17:35 an.

Sie musste endlich nach Hause. Hans Rot würde bald da sein.

Es war längst zu spät, um fürs Abendessen noch den Schweinerücken zuzubereiten, den sie vorgesehen hatte. Sie musste stattdessen Kurzgebratenes auf den Tisch bringen. Dieses Umdisponieren zwang sie zu einem Zwischenstopp beim Supermarkt in der Werftstraße.

In der Frischwarenabteilung blieb sie vor der Fleischtheke stehen und sah sich das Angebot an. Putenschnitzel.

Schneller fertig gebraten, als Hans Rot sein erstes Glas Bier hinunterschütten kann, dachte sie. Und Hans liebt Putenfleisch. *Hormonbelastet und mit Antibiotika verseucht! Willst du ihn vergiften, weil du zu feige bist, ihn zu verlassen?*

3

»Willi hat's erwischt«, sagte Hans Rot mit einem großen Fleischbrocken zwischen den Backenzähnen.

Verglichen mit der Geschwindigkeit, mit der sich tragische Nachrichten in unserem Landkreis verbreiten, dachte Fanni, erscheint mir der Orkan, der vergangenes Jahr den halben Bayerwald umgemäht hat, als laues Lüftchen.

Sie versuchte sich an einer harmlosen Miene. »Wen hat was erwischt?«

»Gevatter Tod hat sich unsern alten Willi geholt«, präzisierte Hans. »Willi Stolzer, mit dem wir früher so oft in die Berge gefahren sind, ist im Deggenauer Klettergarten tödlich abgestürzt.«

»Hatte er sich denn nicht mit Gurt und Schlingen und Karabinern gesichert?«, fragte Fanni übertrieben einfältig.

»Sabotage«, antwortete ihr Mann. Mit vollem Mund hörte es sich an wie »Schaboschasche«.

Er schluckte zerkaute Pute hinunter, spülte mit Bier nach und erklärte dann: »Jemand hat dafür gesorgt, dass Willis Klettergurt nicht mal eine Maus vor dem Abstürzen bewahrt hätte. Als Willi im Quergang auf Zug ging, hat's ratsch gemacht, und kurz darauf lag er gut zwanzig Meter weiter unten – mausetot.«

Fanni musste nicht schauspielern, um völlig entgeistert zu wirken. Woher hat Hans diese kaum gewonnenen Ermittlungsergebnisse?

Prickelnde Neuigkeiten verbreiten sich doch immer wie Lauffeuer!

Vielleicht haben Martha und Toni am Nachmittag mit den anderen aus der Clique gesprochen, dachte Fanni. Mit Hannes und Elvira, mit Rudolf ... Die könnten dann Freunde angerufen haben, die wiederum ...

»Jetzt hat sie Nägel mit Köpfen gemacht, damit sie ihn endlich los ist«, sagte Hans Rot.

»Wer?«, fragte Fanni perplex.

34

»Meine Güte, Fanni«, nuschelte Hans mit einer Garbe Salat im Mund. »Kann man sich noch blöder anstellen? Erstens ist Martha die Einzige, die an Willis Klettergurt herummanipulieren konnte – oder glaubst du, Willi hat seinen Gurt in der Bahnhofshalle aufbewahrt? Zweitens treiben es Martha und Toni jetzt schon so lange heimlich miteinander, dass Martha wahrscheinlich genug davon hatte, Willi was vorzumachen.«

»Martha und Toni?«, krächzte Fanni. »Aber Gisela? Martha und Toni! Nein, Martha hat Willi angebetet.«

»Ha«, rief Hans kauend. »Nimm doch mal eine Minute die Scheuklappen ab, Fanni. Was sagt es uns denn, wenn eine verheiratete Frau so um ihren Mann herumscharwenzelt, wie Martha es bei Willi immer getan hat? Da ist was faul, oberfaul.«

Hm, dachte Fanni, es ist also was faul, wenn sich miteinander verheiratete Menschen auch in den Jahren nach ihrer Hochzeit noch sichtlich gut verstehen.

Sieh dich um, Fanni! Hans Rot hat da nicht so ganz unrecht! Schau sie dir an, all die verheirateten Paare! Aus Tausenden von Zankereien haben sie Berge von Altlasten angehäuft, die sich nicht entsorgen lassen wie Schnapsflaschen im Glascontainer. Ganz im Gegenteil, die Sentiments wachsen und gären, verpesten die Luft, nehmen den Ehepartnern den Atem, vergiften die Beziehung. Nur wenige schaffen es, Meinungsverschiedenheiten sachlich zu diskutieren. Die meisten werfen sich dabei Beleidigungen an den Kopf – Bosheiten, die ewig kleben bleiben!

Fanni hatte Messer und Gabel in akkurater Symmetrie quer über ihren leeren Teller gelegt und starrte darauf hinunter.

Martha und Willi waren die Ausnahme, dachte sie, weil beide das Glück hatten, von klein auf zu lernen, wie man mit Kontroversen umgeht.

Fanni erinnerte sich, dass Martha manchmal von ihrer Kindheit in der Pastorenfamilie erzählt hatte. Sie und ihre sechs Geschwister waren relativ freizügig erzogen worden. Strafen gab es nur, wenn sie sich stritten. »Jeden einzelnen Streitpunkt«, hatte Martha ihren Vater oft zitiert, »kann man beilegen, sofern die Kontrahenten sachlich, redlich und unvoreingenommen argumentieren.«

An dieses Prinzip hat sie sich gehalten, dachte Fanni. Für Martha kommt Brutalität als Lösung – welchen Problems auch immer – nicht in Betracht.

Und Willi, überlegte Fanni weiter, stand seiner Frau in dieser Hinsicht nur in wenig nach. Schon in ganz jungen Jahren hatte er mit Toni zusammen die Firma des früh verstorbenen Vaters übernehmen und mit all den langjährigen Angestellten und mit seinem Bruder eng zusammenarbeiten müssen. Dabei dürfte er gelernt haben, was Marthas Vater, der Pastor, seinen Kindern beigebracht hat: sachlich, redlich und unvoreingenommen zu argumentieren.

»Gibt's Nachtisch?«, fragte Hans Rot. »Hab ich nicht Schokopudding mit Sahneklecks auf der Anrichte stehen sehen?«

Fanni schreckte auf. Sie stellte die leeren Teller ineinander und machte sich auf den Weg in die Küche. Auf halber Strecke blieb sie stehen. »Wie kommst du eigentlich darauf, dass Martha mit Willis Bruder ein Verhältnis haben soll?«

Hans schnaufte unwillig. »Ist dir nie aufgefallen, wie schön er ihr immer getan hat? Martha hier, Martha dort. ›Martha, ist dir der Rucksack auch bestimmt nicht zu schwer? Martha, hast du noch genug zu trinken in deiner Flasche? Martha, du solltest eine Jacke überziehen, es ist windig hier oben.‹«

Quatsch, dachte Fanni und ging weiter. Toni ist zu allen so gewesen. Immer fürsorglich, immer hilfsbereit. Willi hat sich um die Route gekümmert, ums Quartier, um die Ausrüstung. Willi war der Perfektionist. Toni war der Einfühlsame, der Sensible.

»Und Gisela?«, fragte sie laut aus der Küche.

Hans Rot lachte so herzhaft, dass Fanni jäh die Vorstellung überfiel, wie sich das Tischtuch mit zerkautem Salat sprenkelte. »Gisela! Die fesche Gisela. Die hat doch keine Zeit dazu, sich für Tonis Seitensprünge zu interessieren. Die ist vollauf mit ihren eigenen beschäftigt.«

»Gisela hat auch eine Liaison? Mit wem denn?«, erkundigte sich Fanni, während sie den Nachtisch vor Hans Rot hinstellte und erstaunt das Fehlen grüner Tupfer bemerkte.

Hans zuckte die Schultern. »Damals in den Bergen, da hat sie es mit jedem getrieben.«

»Mit dir auch?«, fragte Fanni.

Ihr Mann senkte den Blick auf seinen Pudding, als hätte er etwas zu verbergen. Da wusste Fanni, dass er nie bei Gisela hatte landen können. Er nicht und vermutlich auch sonst keiner aus der Gruppe. Rudolf nicht und der immer etwas vulgäre Hannes erst recht nicht.

Warum sagt ihr Hans Rot dann so etwas nach?

Fanni hätte beinahe aufgelacht. Weil Gisela die Männer bis aufs Blut gereizt hat. Sie stolzierte geschminkt und gestylt in den Bergen herum, wackelte mit dem Hintern und präsentierte allen ihr beeindruckendes Dekolleté.

Ließe sich das nicht als beredtes Signal deuten?

Viele Männer haben es vermutlich so aufgefasst, dachte Fanni. Aber Gisela hatte kein Interesse an Kerlen. Gisela hat sich von jeher nur für sich selbst interessiert.

»Wie, meinst du, hat Gisela das bloß fertiggebracht?«, fragte Fanni ihren Mann.

»Was?«, entgegnete der und machte mit dem »s« einen kleinen braunen Klecks aufs Tischtuch.

»Es in den Bergen mit jedem zu treiben? In den Hütten haben wir Kopf an Kopf in Massenlagern geschlafen. Gisela und ihr Liebhaber hätten da Publikum noch und noch gehabt. Und draußen, zwischen Felszacken oder Eiswülsten, liegt es sich nicht recht bequem.«

Hans Rots Stimme troff vor Spott. »Ach, mein Fannilein, mein Dummerchen. In den Bergen gibt's mehr lauschige Winkel, als du dir vorstellen kannst: Trockenräume in Hüttenkellern, warm und dunkel; Moospolster unter Überhängen, weich und behaglich; zur Not tut es auch der Deckel auf dem Klo.«

Schau an, der Hans!

Fanni musste sich die Hand vor den Mund halten, um nicht laut herauszuplatzen, als sie sich vorstellte, wie Gisela in Seidenunterwäsche und Rudolf in Schurwollsocken ein Schäferstündchen auf dem engen, stinkenden, verdreckten und modrigen Plumpsklo der Tracuithütte in den Schweizer Bergen hielten.

Dann schon lieber zwischen nassen Strümpfen und dampfenden

Bergstiefeln neben dem fauchenden Heizaggregat auf der Gnifettihütte!

Fanni gluckste. Oder doch im Schutz eines Überhangs, von dem das Gletscherwasser rieselt, auf einem feucht-frostigen Fleckchen, wo grobkörniger Sand unterm Hintern scheuert?

»Wenn Willi beerdigt wird, müssen wir hingehen«, sagte Hans Rot. »Beide!«

»Natürlich komme ich zu Willis Beerdigung mit«, antwortete Fanni.

Hans sah sie ziemlich erstaunt an, denn gewöhnlich drückte sie sich vor gesellschaftlichen Ereignissen und boykottierte Geburtstagsfeiern, Hochzeiten und Kaffeekränzchen.

Willis Beerdigung aber wollte sich Fanni keinesfalls entgehen lassen, schon allein deshalb, weil sie annahm, dass auch Willis Mörder dort sein würde.

Als Fanni am nächsten Morgen aufstand, strahlte die Sonne von einem wolkenlosen Himmel.

Ein herrlicher Sommertag, dachte sie. Wie bestellt, um den Nachmittag mit Sprudel, einer Tasse Kaffee und einem Stück Kuchen vor dem Hütterl zu verbringen.

Fanni hatte die ehemalige Holzhauerhütte vergangenes Jahr vom Forstamt erworben, als die Wälder oberhalb von Birkenweiler durch Wirtschaftswege erschlossen worden waren. Es hatte sich ein Tausch ergeben: Der Staatsforst vereinnahmte ein Segment von Fannis Wald, dafür erhielt Fanni das Stückchen Staatsforst, auf dem die Hütte stand.

Sie hatte viele Wochen darauf verwandt, ihre Eremitage, wie sie das Hütterl anfänglich nannte, wohnlich herzurichten. Dann hatte sie Sprudel zu diesem Zufluchtsort mitgenommen, und seitdem hatten sie viele gemeinsame Nachmittage dort verbracht. Nachdem die kleine Holzhütte im vergangenen Jahr beinahe einer Brandstiftung zum Opfer gefallen wäre, hatten sie gemeinsam Wiederaufbauarbeit geleistet, und damit war ihnen ihr Schlupfwinkel im Wald noch mehr ans Herz gewachsen.

Das Hütterl lag auf einem kleinen Plateau über einem Steilhang, an dessen Fuß der Wirtschaftsweg entlang- und dann weiter östlich in etlichen Schleifen auf den Birkenweiler Hügel hinaufführte. Ein Stück unterhalb der Hügelkuppe näherte sich der Weg in einer Linkskurve dem Hütterl auf circa fünfzig Meter.

Den Steilhang kletterte außer Fanni und Sprudel nie jemand hinauf.

Von jener Kurve des Wirtschaftswegs aus war es zwar nicht weit zum Plateau, aber die Sicht darauf war durch Bäume und dichtes Buschwerk versperrt. Wer sich dennoch auf die Lichtung verirrte, sah nur eine alte Hütte, die scheinbar schon jahrzehntelang vor sich hin rottete.

Fanni hatte sich gehütet, an der Fassade irgendetwas zu ändern. Dadurch war es ihr gelungen, den Zufluchtsort geheim zu halten. Nur Leni und Marco wussten davon. Auch sie kamen oft hierher.

Gleich nach dem Mittagessen, kaum dass sich Hans Rot wieder auf den Weg ins Büro gemacht hatte, sprang Fanni in ihren Wagen.

Sie parkte wie üblich bei der Abzweigung des Wirtschaftswegs und nahm den Aufstieg über den Steilhang, auf dem sie im Laufe der Zeit einen Pfad ausgetreten hatte.

Nachdem sie beim Hütterl angekommen war, blieb ihr noch eine gute Stunde bis zur verabredeten Zeit mit Sprudel, und diese Stunde wollte sie nutzen.

Sie raffte die Patchworkdecke und sämtliche Kissen von der Matratze, die in einen Holzrahmen gefügt als Sofa diente, und legte alles zum Lüften nach draußen in die Sonne. Eilig kehrte sie zurück, sammelte die Schaffelle von den Holzdielen und brachte sie ebenfalls hinaus.

Dann pumpte sie aus dem Brunnen neben der großen Buche, die das Hütterl nach Süden hin beschirmte, Wasser in einen Eimer, ließ Lavendelöl hineintropfen und begann, die Einrichtung der Hütte abzuwischen.

Fünfundvierzig Minuten später glänzten auch die Bodendielen feucht. Fanni wrang den Putzlappen aus und hängte ihn zum Trocknen auf. Das Wischwasser gab sie den Bäumen zu trinken.

»Es ist gut für euch«, murmelte sie dabei. »Lavendelduft vertreibt Schädlinge.«

Als Sprudel an der Kante des Steilhangs auftauchte, standen bereits ein Campingtisch und zwei Stühle, die Fanni für solche Sommertage in der Hütte deponiert hatte, im Schatten der Buche. Der Kaffee dampfte in der Kanne, und auf einer Kristallplatte warteten drei Stück Bienenstich. Eins für Fanni, zwei für Sprudel.

»Du hast einen Kniefall verdient«, sagte er.

»Ein Küsschen tut es auch«, lächelte sie und bot ihm die Wange. Sprudel schien ein wenig enttäuscht.

Hätte er lieber einen Kniefall vollführt?

»Ich habe kurz bei Marco angerufen und mich nach Neuigkeiten erkundigt, bevor ich mich auf den Weg hierher machte«, erzählte Sprudel, nachdem er das erste Stück Kuchen genüsslich verzehrt hatte. »Frankl hat noch gestern Abend die Witwe vernommen.«

Fanni hatte gerade Bienenstich im Mund, deshalb konnte sie nicht erwähnen, dass sich ihr Weg mit dem des Kommissars gekreuzt hatte.

Sprudel fuhr bereits fort: »Stolzers Ehefrau ist wohl die Einzige, die den Klettergurt Tag und Nacht in Griffweite hatte. Als Bergsteigerin kannte sie sich mit Sicherungstechniken aus. Zudem wird sie gewusst haben, dass Willi über kurz oder lang beim Klettern Fotos schießen und dabei seinen Körper dem Klettergurt anvertrauen würde. Falls sich ein Motiv bei ihr fände ...«

»Martha ist keine Mörderin«, fuhr Fanni auf. »Und schon gar nicht die ihres Mannes. Willi und sie haben sich gut verstanden.«

»Laut Vernehmungsprotokoll könnte es so sein, wie du sagst«, lenkte Sprudel ein. »Martha Stolzer wirkte erschüttert, bestürzt, fassungslos. Auf die Frage, wer Gelegenheit gehabt haben könnte, sich an Willis Klettergurt zu schaffen zu machen, antwortete sie: ›Eigentlich nur Toni und ich.‹ Würde sie das zugeben, wenn sie schuldig wäre? Hätte sie die Tat begangen, dann würde sie wohl so was wie ›Alle Welt‹ oder ›Halb Deggendorf‹ geantwortet haben. Außer sie ist so durchtrieben, dass sie sich ausdrücklich anbietet ...«

Fanni schnaubte. »Das wird ja immer schöner! Martha als raffinierte Mörderin hinzustellen, die es versteht, die Polizei auf ganz abgefeimte Art hinters Licht zu führen.«

»Trotzdem dürfen wir sie als Täterin nicht ausschließen«, sagte Sprudel.

»Genauso wenig wie mich«, setzte Fanni hinzu.

»Fanni –«

Sie unterbrach ihn: »Hat der Kommissar den Gurt schon zur Untersuchung ins Labor geschickt? Es könnten DNS-Spuren darauf zu finden sein – Hautschüppchen, Haare, vielleicht sogar ein Blutfleck. Der Täter könnte sich in den Finger gestochen haben, als er die Anseilschlaufe präparierte.«

»Ich habe nichts darüber erfahren, ob Gewebeproben genommen und ausgewertet werden«, erwiderte Sprudel, »und ich frage mich, wie zweckmäßig das wäre. Gewiss gibt es haufenweise Hautschüppchen und Haare auf dem Gurt – nämlich diejenigen, die Willi dort hinterlassen hat. DNS-Spuren, die von Martha stammen, haben eigentlich auch ein Recht, sich dort zu befinden. Wenn sie den Gurt in der Hand gehabt hat, heißt es ja noch lange nicht, dass sie ihn präpariert haben muss. Fremde DNS dürfte sich – falls sie überhaupt da ist – schwerlich einer Person zuordnen lassen. Und selbst wenn, letztendlich sagt das – wie bei Martha – nicht mehr und nicht weniger aus, als dass diese Person den Gurt irgendwann einmal angefasst hat.«

»Da kann man sich gut herausreden«, gab Fanni zu, »weil es sich gar nicht vermeiden lässt, Gurte und Schlingen in die Hand zu nehmen, die im Gemeinschaftsraum einer Berghütte liegen oder auf der Hüttenveranda zum Trocknen ausgebreitet sind.«

Nachdem Fanni es strikt abgelehnt hatte, noch das winzigste Stückchen davon zu essen, schaufelte Sprudel den zweiten Bienenstich auf seinen Teller. Dann sagte er: »Ein vertrackter Fall. Obwohl nur diejenigen als Täter in Frage kommen, die mit Willis Hobby vertraut waren und zudem Gelegenheit hatten, seinen Gurt zu präparieren, könnten sich die Ermittlungen äußerst schwierig gestalten.«

Nachdenklich pflichtete ihm Fanni bei. »Dem Täter ist es gelungen, den solidesten Pfeiler der Kriminalisten zu untergraben.«

»Ja«, erwiderte Sprudel, »das Überprüfen von Alibis ist diesmal hinfällig. Der Mörder könnte auf Pilgerfahrt nach Altötting gewesen sein, als Willi abgestürzt ist.«

Es war still, bis Sprudel seinen Teller leer gekratzt hatte. Dann sagte Fanni: »Wie soll man bloß vorgehen, wenn man keine Ahnung hat, wann die den Mord auslösende Tat begangen wurde? Wenn man nur den Zeitpunkt kennt, an dem ihre Wirkung eintrat?«

»Siehst du die Parallele zum Giftmord?«, fragte Sprudel. »Auch da sind Alibis wenig von Nutzen. Die Kernfragen lauten: Wer kam an das Gift? Wie brachte er es dem Opfer bei?«

»Wer kam an den Gurt?«, begann Fanni. »Wie …« Sie gab auf. »Nein, Sprudel, das bringt uns nicht weiter.« Nach einer Pause sagte sie trübsinnig: »In früheren Fällen haben wir uns immer voll auf die Alibis konzentriert.«

Sprudel lachte leise. »Weißt du noch, wie wir einen deiner Nachbarn nach Eggenfelden verfolgt haben?«

Fanni lächelte. »Sehr gut weiß ich es noch. Und ich werde nie vergessen, wie wir die Falkensteiner Stammtischbrüder ausspioniert haben.«

»Das wurde brandgefährlich«, sagte Sprudel ernst, »und ich will nicht, dass du dich noch mal in solche Gefahr begibst. Lass Frankl ermitteln …«

»Damit er mich am Ende doch noch einsperrt«, schnappte Fanni. Sie stand auf, ging zum Brunnen hinüber, pumpte einen Krug voll Wasser, kehrte an den Tisch zurück und goss das perlende Bergwasser in zwei Gläser.

Sprudel sah offenbar ein, dass sie sich von weiteren Überlegungen und Nachforschungen im Mordfall Willi Stolzer nicht würde abhalten lassen, denn nach einem bedächtigen Schluck Wasser sagte er: »An der Absturzstelle gibt es nicht die kleinste Spur. Keine frischen Abriebe, keine Kleiderfasern, keine Schürfstellen, keinen Hinweis auf einen Kampf. Das bedeutet, Willi Stolzer hat das Drahtseil aus freiem Antrieb losgelassen. Weil er Fotos machen wollte, wie du annimmst.«

»Martha hat das bestätigt«, warf Fanni ein.

»Aha«, machte Sprudel, um nach einer kleinen Pause gedankenverloren fortzufahren: »Er hat losgelassen, und dieser Ring aus Kunstfaser am Klettergurt, in den das Klettersteigset eingehängt wird –«

»Die Anseilschlaufe«, spezifizierte Fanni.

»… an seinem Gurt ist gerissen, was aber nicht auf einen Materialfehler, eine Materialermüdung oder andere unglückliche Umstände zurückzuführen ist.«

»Sie ist gerissen, weil sie angeritzt war, so präpariert, dass sie bei relativ geringer Belastung reißen musste, das würden die Kriminaltechniker doch nicht behaupten, wenn sie sich nicht sicher wären«, sagte Fanni ungeduldig. »Sie war bewusst eingeschnitten worden, angesägt – egal, wie du es nennen willst. Und sag jetzt bloß nicht, Willi hätte das selbst gemacht. Wenn er sich hätte umbringen wollen, dann hätte er nur zu springen brauchen, ohne sich vorher erst umständlich anzuseilen.«

Sprudel verbarg das Gesicht in den Händen.

Er will es nicht wahrhaben! Will nicht schon wieder auf Täterjagd gehen! Vor allem diesmal nicht!

Dieser Frankl, der mit seinem dämlichen Ziegenbärtchen, seinen eng stehenden Augen und seinen gelackten Haaren aussieht wie ein Spielhallenbesitzer, hat Sprudel den Schneid abgekauft, dachte Fanni.

Woran du nicht ganz unschuldig bist, Miss Marple. Wer hat denn Sprudel dazu überredet, an den Fundort der Leiche zu gehen und dabei möglicherweise noch vorhandene Spuren zu zertrampeln? Sprudel weiß, dass er einen Fehler gemacht hat, der ihm nicht hätte passieren dürfen! Ist es da ein Wunder, dass er dafür plädiert, das Mordaufklärungsgeschäft ab sofort der Polizei zu überlassen?

Trotzdem, dachte Fanni.

Und Sprudel schien das spüren. Denn er machte – wenn auch sichtlich widerstrebend – weiter. »Wir sollten mal überlegen, wer Gelegenheit hatte, an Stolzers Klettergurt zu kommen. Hat Stolzer seine Klettersachen öfters mal verliehen? Dann kämen nämlich Hinz und Kunz dafür in Frage.«

Fanni schüttelte vehement den Kopf. »Nicht Willi. Bestimmt nicht. Willi hat seine Sachen nicht an Hinz und Kunz verliehen. Er hat seine Ausrüstung gehütet, hat sie laufend gehegt und gepflegt. Die Bergseile untersuchte er immer Zentimeter für Zentimeter, um festzustellen, ob sie vielleicht an einer Stelle auszufransen begannen. Seine Bandschlingen hat er regelmäßig erneuert, die Steigeisen nach jeder Tour eingeölt und das Verbandszeug jährlich ausgetauscht. Nur jemandem, den er sehr gut kannte und dem er vertraute, hätte er seinen Gurt geliehen. Da fallen mir keine drei Personen ein. Und«, setzte sie nach einer Verschnaufpause hinzu, »in dieser Hinsicht hat sich Willi nicht geändert. Martha hat bei unseren Treffen oft gesagt, dass Willi von Jahr zu Jahr akkurater und penibler wird.«

Sprudel rieb sich die Augen. »Wir müssen diejenigen einrechnen, die Gelegenheit hatten, Willis Gurt heimlich an sich zu nehmen, zu präparieren und ebenso heimlich wieder zurückzulegen.« Er dachte eine Weile nach. »Die aber zudem wissen mussten, dass er in diesem Quergang fotografieren wollte.«

»Darüber werde ich mich morgen ausgiebig mit Martha unterhalten«, erwiderte Fanni. Sie wollte noch etwas hinzufügen, unterbrach sich jedoch, weil von der Birkdorfer Kirche Glockengeläut herüberklang.

Fanni horchte einen Augenblick. »Was …?«

»Herz-Jesu-Andacht, Trauerfeier, Taufe«, schlug Sprudel vor. *Mittwochsmessfeier!*

Fanni sah auf ihre Uhr und sog scharf die Luft ein. »Sprudel, es ist schon fünf! Hans kommt gleich nach Hause.«

Sprudel fuhr hoch. »Geh schon, Fanni. Ich mach hier den Abwasch, räume auf und schließe ab. Wenn dein Mann mitkriegt …« Sprudels Stimme verlor sich.

Als Fanni ihn ansah, erkannte sie deutlich, dass der Hoffnungsfunke in seinen Augen den besorgten Tonfall Lügen strafte.

Trennung von Hans und Fanni Rot! Sprudel würde Halleluja singen!

Sie lächelte ihn an, und er nahm sie in die Arme. »Vorsicht im Steilhang. Kein Risiko eingehen, Fanni!«

Sie nickte und eilte davon, sprintete über die Felskante und schlitterte den Steilhang hinunter.

Als Hans das Haus betrat, war der Tisch bereits gedeckt. Minestrone dampfte in den Tellern.

»Bisschen später geworden«, rief er aus dem Flur. »Musste im Baumarkt noch Flansche und Schraubenbolzen besorgen.« Fanni fragte sich, wozu ihr Mann Flansche und Schraubenbolzen benötigte.

»Und weißt du, wen ich da bei den Kupferrohren getroffen habe?«, fuhr er fort. »Rudolf!«

»Rudolf?«

Hans Rot setzte sich an den Tisch und beäugte misstrauisch das Gemüse auf seinem Teller. »Unseren früheren Bergfreund Rudolf Hummel.«

»Erstaunlich«, murmelte Fanni.

»Fand ich auch«, stimmte ihr Hans zu. »Da hat man sich jahrzehntelang aus den Augen verloren, und plötzlich tauchen sie alle mit Pauken und Trompeten wieder auf.«

»Mit Pauken und Trompeten?«

Hans beförderte Brokkoliröschen von seinem Teller auf Fannis. »Na, wenn das kein Knalleffekt ist: Willi tot und Martha seine Mörderin.«

»Hat Martha etwa ein Geständnis abgelegt?« Fanni versuchte, die Ironie aus ihrem Tonfall herauszuhalten – was ihr wohl nicht ganz gelang.

»Natürlich nicht«, antwortete Hans Rot. »Rudolf bezweifelt sogar, dass sie es war. ›Aber falls doch‹, sagt Rudolf, ›dann wird sie nicht klein beigeben.‹«

Er probierte ein Karottenscheibchen und verzog angewidert das Gesicht. Lustlos rührte er in seinem Teller. Plötzlich sah er auf. »Man muss Willis Mörderin einkreisen, in die Ecke drängen, ihr die Pistole auf die Brust setzen.«

Für Hans Rot ist der Fall längst geklärt! Er bläst schon zur Treibjagd!

Wo nimmt Hans nur seine felsenfesten Überzeugungen her?, fragte sich Fanni. Mal stempelt er Bauer Klein zum Mörder, mal

Jäger Böckl, mal eine Freundin aus alten Zeiten. Er wählt Schuldige aus wie Bene Klein Saatkartoffeln.

»Sollte man nicht lieber ganz unvoreingenommen nach Indizien, Beweisen und Motiven suchen, bevor man die erstbeste Person als Täter brandmarkt?«, sagte sie laut.

Hans Rot schob seinen Teller weg, stand auf, ging in die Küche und öffnete den Kühlschrank.

»Oho, Miss Marple wittert Morgenluft«, spöttelte er, während er eine Packung Räucherschinken, die Butterdose und ein Glas Gewürzgurken herausfischte. »Willst du dich wieder mal einmischen und alles aus dem Lot bringen, so wie damals, als du Bauer Klein, den Verbrecher, aus dem Kittchen geholt hast, wo er seit Jahren hingehört?«

Fanni biss die Zähne zusammen. Hans Rot würde ihr nie verzeihen, dass sie im Fall Mirza Klein den wahren Täter überführt hatte.

Als ihr Mann samt Lieblingsverpflegung an den Esstisch zurückkam, fragte sie: »Habe ich dich vorhin richtig verstanden? Rudolf zieht trotz Zweifeln durchaus in Betracht, Martha könnte Willis Gurt präpariert haben?«

Hans legte drei Scheiben Schinken auf ein halbiertes Brötchen, strich Senf darüber und drapierte eine Scheibe Gewürzgurke obenauf. »Klar tut er das. Muss er wohl – vernünftigerweise. Denn Martha ist die Einzige, die dafür in Frage kommt. Für mich ist das Fakt, meine Liebe. Aber Miss Fanni Dreimalklug weiß ja wieder mal alles besser.«

Er biss in das Brötchen. Seine nächsten Worte waren nur schwer zu verstehen, und Fanni streifte der Gedanke, dass Hans Rots Tischmanieren allein schon ein triftiger Scheidungsgrund wären.

»Aber«, nuschelte er, »seit der Unterhaltung mit Rudolf kann ich sogar mit einem gediegenen Motiv aufwarten – speziell für mein Fannilein, damit es nicht herumspionieren und ehrenwerte Leute aushorchen muss.« Seine Aussprache wurde deutlicher. »Zum einen haben Martha und Toni in letzter Zeit geradezu auffallend die Köpfe zusammengesteckt, zum andern gab's Spannungen zwischen Toni und Willi. Und was schließen wir daraus, Miss Marple?«

»Du, Hans«, entgegnete Fanni, »hast vermutlich daraus geschlossen, dass Toni seine Schwägerin dazu angestiftet hat, seinen Bruder zu ermorden.«

Die Antwort ihres Mannes kam wieder undeutlich. »Willi ... endlich ... Lunte gerochen«, glaubte Fanni zu verstehen. Sie hörte nicht mehr hin, fragte sich indessen, warum Martha und Toni ein Mordkomplott gegen Willi hätten schmieden sollen.

Weil Hans Rot womöglich recht hat! Martha und Toni sind ein Paar. Sie wollten Willi loswerden und die Firma für sich haben!

Und was erwarteten die beiden von Gisela? Ihren Segen dazu?

»Wieso erscheint Gisela an alldem so unbeteiligt?«, fragte Fanni.

Ihr Mann grinste triumphierend. »Die Scheidung läuft, sagt Rudolf. Was die Vermögensaufteilung anbelangt, ist bereits alles notariell geregelt. Gisela hat auf ihren Anteil am Geschäft verzichtet, dafür bekommt sie einen netten monatlichen Unterhalt.«

Das hört sich übel an!

Sehr übel, falls stimmt, was Hans da zum Besten gibt, dachte Fanni.

Hans Rot verzehrte genüsslich sein Brötchen.

Im Flur klingelte das Telefon.

Es war Leni.

»Mama«, sagte sie, »in Deggendorf gab es einen Mord, deshalb kann Marco am Wochenende nicht wie ausgemacht zu mir nach Nürnberg kommen. Das bedeutet, ich werde nach Erlenweiler fahren, einverstanden?«

»Ich freu mich auf dich«, antwortete Fanni.

»Meinst du«, fragte Leni vorsichtig, »du könntest ein bisschen Zeit erübrigen und eine leckere Mehlspeise backen? Golatschen, Bavesen, Liwanzen ... irgendetwas nach Mirzas Rezept?«

»Mach ich glatt«, erwiderte Fanni. »Und ich kenne noch jemand, der davon begeistert sein wird.«

»Ist Sprudel da?« Leni hörte sich alarmiert an.

»Ich dachte, du hast ihn recht gern?«

47

»Ich mag Sprudel sehr, sehr gern«, antwortete Leni. »Aber ich nehme an, ihr beide werdet so viel Zeit wie möglich auf der Hütte verbringen wollen.«

»Dazu haben wir werktags Gelegenheit«, entgegnete Fanni. »Übers Wochenende gehört das Hütterl dir und Marco. Ich weiß doch, dass ihr da viel lieber seid als in dem tristen Wohnblock neben Marcos Straubinger Dienststelle, wo – wie du neulich sagtest – Marco eine Betonbox gemietet hat.«

Leni klang erleichtert, als sie sich bei ihrer Mutter bedankte und sich kurz darauf verabschiedete.

Fanni legte lächelnd auf. Die Zeit und die Mühe, die sie monatelang investiert hatte, um die Hütte wohnlich herzurichten, hatten sich gelohnt. Leni und Marco liebten das Blockhäuschen mitten im Wald, zogen sich ganze Nachmittage und Abende dorthin zurück. Manchmal übernachteten sie sogar in dem Hütterl – ungeachtet der mangelnden sanitären Einrichtungen. Die Toilette befand sich in einem nur von außen zugänglichen Anbau an der Nordseite, und jeden Tropfen Wasser musste man aus dem Brunnen bei der Buche pumpen.

Leni und Marco nahmen diese Widrigkeiten vor allem auch deshalb gern in Kauf, weil sie die abgelegene Hütte vor dem Gerede der Leute bewahrte. In Erlenweiler wäre nicht unkommentiert geblieben, wer bei Rots aus- und einging.

Vor allem von Hans Rot nicht!

Fanni nickte vor sich hin. Ja, so war es. Hans Rot würde nicht mit Kommentaren sparen. Hans Rot würde es vermutlich nicht sehr gefallen, seine Tochter –

Seine vermeintliche Tochter!

– seine vermeintliche Tochter mit einem Kriminalkommissar liiert zu sehen. Kriposchnüffler rangierten weit unten auf Hans Rots Beliebtheitsskala. Er hielt es mehr mit Leuten, die eine Sparkassenfiliale leiteten, so wie Veras Mann Bernhard, oder ein Bauunternehmen führten, so wie der Vorstand des Kegelclubs.

Während Fanni mit ihrer Tochter telefoniert hatte, war Hans Rot ins Wohnzimmer umgezogen und hatte es sich mit einer Flasche Bier auf dem Sofa bequem gemacht. Die Stimme eines Sportreporters tönte aus dem Fernsehapparat.

Trifft sich gut, dachte Fanni, Hans wird von Weitsprung und Hürdenlauf für eine Weile abgelenkt sein. Sie angelte im Flurschrank nach ihrem Telefonbüchlein, suchte Marthas Nummer heraus und wählte.

Martha meldete sich beim zweiten Läuten. Ihre Stimme klang viel kräftiger als am Tag zuvor, und als sich Fanni zu erkennen gab, klang sie geradezu erfreut. »Kommst du morgen?«

»Den ganzen Nachmittag, falls du so viel Zeit für mich übrig hast«, erwiderte Fanni. Dabei fragte sie sich ein wenig bang, ob Martha inzwischen wusste, wer Willis Leiche entdeckt hatte.

Es würde sie sicher kränken zu erfahren, dass du das für dich behalten hast.

Ja, dachte Fanni, das würde es. Aber mir wäre es halt am liebsten, wenn ich es geheim halten könnte. Was für ein Theater, falls es Hans Rot zu Ohren käme.

Du kannst dich auf Marco bestimmt verlassen. Er war schon früher immer darauf bedacht, dich aus der Schusslinie zu halten.

Fanni hörte nur mit halbem Ohr hin, als Martha sagte: »Heilfroh bin ich darüber, mich mit jemandem unterhalten zu können, der mich nicht als Mörderin meines Mannes verdächtigt, so wie dieser Kommissar, der mehr flucht als denkt, wie mir scheint.«

Mich aus der Schusslinie halten, klopfte es in Fannis Kopf. Das möchte vor allem Sprudel. Dabei befinde ich mich mitten auf der Schützenscheibe.

4

Am Donnerstag, den 9. Juli, machte sich Fanni gegen halb zwei auf den Weg nach Deggendorf. Wieder fuhr sie am Kundenparkplatz der Stolzer'schen Holzhandlung vorbei und zwischen Betriebsgebäuden und Lagerhallen hindurch bis zum Ende der Teerstraße. Wieder stellte sie ihren Wagen auf dem vordersten der drei Stellplätze ab. Doch diesmal hatte sie es weniger eilig, ins Haus zu kommen.

Sie ließ den Blick über den würfelförmigen Bau an der Hauptstraße schweifen, in dem sich die Verkaufs- und Ausstellungsräume befanden, schwenkte ihn langsam zu dem Werkstattgebäude, in dem die Stolzer'schen Holzwaren bearbeitet wurden. Soweit Fanni wusste, produzierte Stolzer & Stolzer keine eigene Ware. Die Firma betrieb ausschließlich Handel mit Produkten anderer Hersteller. Deshalb kam sie auch mit relativ wenig Angestellten – hauptsächlich Verkäufer – und mit einer relativ kleinen Werkstatt aus, in der sich die Tätigkeit auf Säge- und Schleifarbeiten beschränkte. Den größten Teil des Firmengeländes beanspruchten die Hallen, in denen die Stolzers ihre Ware lagerten.

Müßig beobachtete Fanni einen mit weiß lackierten Brettern beladenen Gabelstapler, der rückwärts aus einer der Lagerhallen stieß, einen Rechtsschwenk vollführte und dann auf eine Rampe zuhielt, an der ein Lastwagen wartete.

Ansonsten rührte sich nichts in diesem rückwärtigen Teil des Geländes. Da sich die Geschäftsräume direkt an der Hauptstraße befanden, an der auch der große Kundenparkplatz lag, hatten hier hinten weder Käufer noch Firmenvertreter etwas zu suchen.

Der Gabelstapler lud seine Fracht ab und kehrte zum Eingang der Lagerhalle zurück. Fanni sah ihm nach, als er langsam darin verschwand. Dann drehte sie sich um und wandte sich dem Kiesweg zu, der von der Hecke zum Wohnhaus führte.

Da hörte sie einen Ausruf.

Fanni blieb stehen und schaute zurück.

50

Nun geh schon weiter! In den Hallen wird verladen, da sind Zurufe üblich!

Das war ein Schrei.

Der Fanni Rot nicht das Geringste angeht!

Fanni stand noch unschlüssig da, als der Staplerfahrer aus der Tür der Halle kam. Er stützte einen Mann, dem Blut vom Kopf lief.

Fanni rannte den beiden entgegen.

»Wir müssen den Fritz ins Haus bringen«, rief der Staplerfahrer. »Er braucht einen Arzt. Sagen Sie Frau Stolzer Bescheid.«

Fanni hoffte, dass der Verletzte mit Hilfe seines Kollegen den Weg bis zum Haus schaffen würde, und eilte ihnen voraus.

»Fritz!«, schrie Martha, als sie auf Fannis Klingeln hin die Tür öffnete und die beiden Männer hinter Fanni im Blickfeld erschienen.

Ein Freund der Familie?, fragte sich Fanni.

Sicher, sonst würde man ihn wohl nicht ins Haus bringen, sondern im Sanitätszimmer des Betriebs behandeln!

Fritz wurde auf das Sofa im Wohnzimmer gebettet. Der Mann, der ihn gestützt hatte, legte ihm kurz die Hand auf die Schulter, nickte Martha zu und verließ das Haus.

Martha telefonierte bereits.

»Der Doktor ist gleich da«, rief sie, nachdem sie aufgelegt hatte, und lief hinaus in den Flur, offensichtlich in der Absicht, den Arzt hereinzulassen.

So schnell! Kommt der auf einem fliegenden Teppich?

Fanni wandte sich dem Verletzten auf dem Sofa zu. Er hatte die Augen geschlossen und die Arme auf der Brust überkreuzt wie ein aufgebahrter Siouxkrieger.

Ohnmächtig?

Fanni registrierte, dass das Blut auf seiner Stirn bereits zu trocknen begann. Plötzlich hörte sie ein Stöhnen.

Doch nicht ohnmächtig!

Sie beugte sich zu dem Mann hinunter und betrachtete sein Gesicht. Die Haut spannte sich aschfahl und schier durchsichtig über die Wangenknochen.

Es könnte gut sein, überlegte Fanni, dass sich der Bursche außer der Kopfwunde noch weitere Blessuren zugezogen hat – inwendig vielleicht?

Sie wagte nicht, den noch immer reglos Daliegenden zu berühren. Einen Moment lang flatterten seine Lider, öffneten sich jedoch nicht.

Keine fünf Minuten waren vergangen, da erschien Martha wieder. Sie kam in Begleitung eines älteren Herrn, der einen Arztkoffer trug.

»Dr. Berger«, stellte sie ihn Fanni vor. »Unser Nachbar, unser Freund und Helfer. Obwohl er längst im Ruhestand ist, dürfen wir jederzeit nach ihm telefonieren. Erst letzte Woche hat er Willi einen Span...« Sie schluckte und biss die Zähne aufeinander.

»Na, Fritz, was hast du denn angestellt?«, fragte Dr. Berger.

»Schlag bekommen«, flüsterte Fritz heiser.

»Einen Schlag auf den Kopf?«, erkundigte sich Dr. Berger befremdet und machte sich an der Wunde zu schaffen. »Wodurch?«

»Fritz Maurer ist unser unentbehrlicher Geschäftsführer«, sagte Martha leise zu Fanni.

»Du hast innerhalb von zwei Tagen einen Geschäftsführer gefunden?«, fragte Fanni erstaunt.

Martha schaute sie verdutzt an, dann schien sie zu begreifen. »Fritz arbeitet schon über ein Jahr für uns. Wir brauchten einen Betriebsleiter, der sich hier und in den Niederlassungen um die laufenden Geschäfte kümmert. Willi und Toni sind viel zu viel unterwegs – bei Kunden, auf Baustellen, bei Sägewerken, auf Messen.«

Fanni warf neuerlich einen Blick auf den Verletzten. Er hatte die Augen geöffnet und das Gesicht zu einer schmerzvollen Grimasse verzogen. Dr. Berger werkelte mit einem gelblich getränkten Mullbausch an seiner Blutverkrustung herum.

Nach Fannis Einschätzung musste Fritz Maurer ungefähr Willis Alter haben, wirkte aber jünger, weil er schlanker und schmächtiger war als Marthas Mann.

Ein drahtiger Kerl, nichts als Sehnen, Adern, Flechsen und leichenblasse Haut!

Martha war neben dem Sofa in die Hocke gegangen und hielt Fritz Maurers Hand. »Wie konntest du denn bloß einen Schlag auf den Kopf bekommen?«

»Hat etwa jemand zugehauen?«, fragte Dr. Berger. Es klang wie ein Scherz, doch Fritz versuchte ein Nicken.

»Jemand hat mir von hinten eins übergezogen. Mit einer starken Latte vermutlich. Ich hab es noch zischen hören und hab mich weggeduckt. Aber wohl nicht schnell genug.«

»Wer sollte denn ...«, begann Martha und verstummte.

Fritz Maurer versuchte ein Schmunzeln. Dabei bildeten sich kleine Fältchen um seine Augenwinkel. Die rauchgrauen Iris veränderten den Farbton. Sie wirkten plötzlich durchscheinend wie blau schimmerndes Glas.

Ein sympathischer Geschäftsführer, den Martha da hat, dachte Fanni.

Das scheint Martha Stolzer auch zu finden, so wie sie sich an seine Hand klammert!

»Er hat sich mir nicht vorgestellt. Und als ich so weit war, mich umzudrehen, ist er verschwunden gewesen – durch die kleine Seitentür vermutlich.«

Martha starrte ihren Geschäftsführer eine Weile ungläubig an. Plötzlich riss sie sich zusammen und wandte sich an den Doktor.

»Muss Fritz ins Krankenhaus?«

Dr. Berger verneinte. »Die Wunde braucht nicht genäht zu werden. Aber er sollte sich für den Rest des Tages hinlegen, weil wir es womöglich mit einer leichten Gehirnerschütterung zu tun haben.« Er lächelte dem Verletzten zu. »Das Wegducken hat dir Schlimmeres erspart. Der Angreifer musste die Richtung ändern, und das hat dem Schlag die Wucht genommen.«

»Ich hole eine Decke«, sagte Martha.

Fritz Maurer schüttelte den Kopf – langsam und vorsichtig.

»Nein. Ich gehe in meine Wohnung hinüber. Da kann ich herumliegen, ohne jemanden zu stören. Das kurze Stück wird meinem Hirn, erschüttert oder nicht, bestimmt nichts schaden.«

»Nur in Begleitung«, verlangte Dr. Berger. »Ich komme selbst mit – liegt ja direkt auf meinem Heimweg.«

Fanni merkte, dass Martha zu einem Widerspruch ansetzen wollte, sich es dann aber anders überlegte. Sie ließ Maurers Hand los und stand auf.

Während Fritz Maurer seine Füße auf den Boden setzte und sich langsam erhob, wandte sich Dr. Berger an Martha: »Keine Sorge. Ein paar Stunden Ruhe, und dein Geschäftführer ist wieder voll einsatzfähig. Aber an eurer Stelle würde ich Anzeige erstatten.«

»Natürlich«, rief Martha und griff wieder zum Telefon.

Doch Fritz Maurers Stimme hielt sie zurück. »Warte, warte, bis ich mich ein wenig erholt habe. Ich benachrichtige die Polizei später selbst.«

»Wohl besser so«, gab ihm Dr. Berger recht. Dann nickte er Fanni zu und folgte Maurer, der bereits über den Flur auf die Haustür zusteuerte.

Martha ließ sich aufs Sofa fallen.

»Wenn ich deine Küche benutzen darf, koche ich dir einen Tee«, bot Fanni an.

Martha nickte kraftlos.

Als Fanni mit einer bauchigen Kanne und zwei Tassen zurückkam, hatte sich Martha seitlich in die Polster geschmiegt und ihr Gesicht fast völlig darin vergraben.

Ist sie eingeschlafen?

Fanni schenkte Tee ein, dann setzte sie sich neben sie. Nach kurzem Zögern legte sie Martha die Hand auf den Arm.

»Zuerst Willi und jetzt Fritz«, stöhnte Martha.

Fanni reichte ihr die Tasse. »Dein Geschäftsführer ist nur leicht verletzt«, sagte sie beschwichtigend.

»Aber jemand hat ihm in der Lagerhalle aufgelauert, wollte ihn erschlagen!«, rief Martha.

»Und wer käme da in Frage?«, erkundigte sich Fanni. »Hat Fritz Maurer Feinde? Hier im Betrieb vielleicht?«

Martha begann nervös im Polster hin- und herzurutschen.

»Wer?«, verlangte Fanni zu wissen.

»Toni«, flüsterte Martha. In normaler Tonlage sprach sie weiter: »Toni war von Anfang an dagegen, Fritz als Geschäftsführer einzustellen. Er kann ihn nicht leiden.«

»Seit wann attackiert Toni Leute, nur weil er sie nicht leiden kann?«, entgegnete Fanni. »Solange ich ihn kannte, war Toni der Inbegriff von Freundlichkeit.«

Martha nickte zustimmend. »Toni ist gutmütig, nachsichtig und hilfsbereit. Nur Fritz gegenüber gibt er sich so ... feindselig.« Sie massierte ihre Stirn mit den Fingerspitzen. »Du ahnst nicht, wie viele Diskussionen zum Thema Fritz Maurer Willi und ich in letzter Zeit mit Toni hatten. Endlose Debatten, die uns keinen Schritt weiterbrachten. Zwischen Willi und Toni gerieten sie teils recht heftig, weil Toni keine vernünftigen Argumente vorbringen konnte. Ich hab ihn noch nie so stur erlebt.«

»Aber er würde doch nicht ...«, begann Fanni, dann fiel ihr etwas ein. »Wo ist denn Toni?«

Martha dachte nach. »Willi hätte um halb drei Uhr einen Termin in Vilshofen gehabt. Die Büros einer Mineralölfirma werden neu vertäfelt. Willi sollte unser Angebot vorlegen. Das musste nun Toni übernehmen. Er dürfte schon unterwegs gewesen sein, als Fritz ...«

»Na also«, sagte Fanni, »damit scheidet er aus. Es wird sich wohl eher um einen Racheakt eines Angestellten handeln, den der Geschäftsführer abgekanzelt oder gar entlassen hat.«

Aber trotzdem ein seltsames Zusammentreffen! Willi Stolzer tödlich abgestürzt, sein Geschäftsführer beinahe erschlagen!

Schon, dachte Fanni. Aber im Moment geht es darum, Martha zu beruhigen. Über den Anschlag auf Fritz Maurer kann ich später noch nachdenken.

Sie wartete, bis Martha ausgetrunken hatte, nahm ihr die leere Tasse aus der Hand und füllte sie neu. Als sie aufblickte, sah sie, dass Martha Tränen über die Wangen liefen.

»Fanni, Willi lebt nicht mehr. Und alle Welt behauptet inzwischen, ich hätte ihn ermordet.«

»Schsch«, machte Fanni und versuchte, Martha die frisch gefüllte Tasse aufzudrängen. »Niemand kann aufgrund von Geschwätz verurteilt werden. Ich weiß, wie gut du dich immer mit Willi verstanden hast.«

Wie viele Jahre ist es her, seit du ein Wochenende mit den beiden zusammen verbracht hast? Fünf? Sechs?

»Ihr habt euch geliebt, respektiert, geschätzt.«

Inzwischen kann sie ihn gehasst haben wie die Pest!

Martha schluchzte. »Mir ist ja selbst klar, dass ich die verdächtigste Person in diesem Mordfall bin, weil es für mich am einfachsten war, Willis Klettergurt zu präparieren.«

»Ich weiß«, sagte Fanni. »Und deshalb ist es ungeheuer wichtig, herauszufinden, wer außer dir noch Zugriff auf den Gurt hatte. Wo hat er ihn denn aufbewahrt?«

Endlich griff Martha nach der Tasse, die ihr Fanni noch immer hinhielt, und trank einen Schluck. »Danach hat mich dieser Kommissar auch gefragt«, sagte sie dann. »Ich habe ihm unser Ausrüstungslager gezeigt.« Sie lächelte trübselig. »Erinnerst du dich noch? Bei uns im Keller gibt es einen großen Raum mit Regalen, Schränken und Wandborden, in dem die gesamte Bergsteigerausrüstung von Willi, Toni, Gisela und mir verstaut ist.«

»Als wir damals unsere Bergtouren zusammen unternommen haben«, sagte Fanni, »habt ihr noch drüben im jetzigen Bürogebäude gewohnt. Und Gisela und Toni haben sich nach ihrer Hochzeit die alte Hausmeisterwohnung hinter den Ausstellungsräumen hergerichtet.«

Martha strich sich über die Stirn. »Ach, natürlich, das Haus ist ja erst später fertig geworden.«

»Wer hat denn alles Zugang zu diesem Ausrüstungslager?«, fragte Fanni.

»Es ist nicht abgeschlossen, falls du das meinst«, antwortete Martha. »Jeder, der ins Haus kommt, könnte sich auch in den Keller schleichen und dort herumkramen.«

»Wer kommt denn ins Haus?«, fragte Fanni.

Martha sah sie verwirrt an.

»Die Putzfrau«, schlug Fanni vor, »Verwandte oder Freunde, die euch besuchen, womöglich ein paar Tage bleiben; der Kaminkehrer, der es aus welchen Gründen auch immer auf Willi abgesehen hat.«

Martha schüttelte den Kopf. »Ich mache immer selbst sauber. Freunde und Verwandte kommen zwar häufig zum Kaffeetrinken oder zum Abendessen, aber über Nacht bleibt selten jemand. Eigentlich nie. Mit dem Kaminkehrer hatte Willi überhaupt nichts

zu tun – der wendet sich an mich, wenn er kommt –, und Wasser-
oder Stromableser gibt es bei uns schon lang nicht mehr. Die
Stadtwerke schicken ein Formular, in das man den Verbrauch
selbst eintragen muss.«

Schon mal was von Einbruch gehört?

Fanni stellte die Teetassen auf dem Couchtisch ab. »Wie sicher
ist dieser Kellerraum? Gibt es ein Fenster, durch das man einsteigen könnte?«

»Sieh ihn dir selbst an«, sagte Martha und erhob sich.

Sie stiegen eine breite Treppe hinunter und durchquerten einen
geräumigen Flur, an dessen Ende Martha eine Tür öffnete, die mit
einem Panoramabild des Everestmassivs beklebt war.

Fanni trat in den Raum und sah sich einer vertäfelten Wand gegenüber, an der in peinlichster Ordnung Eispickel, Eisschrauben,
Klemmkeile, Seile und Bandschlingen hingen. Oberhalb der Holz-
verkleidung, direkt unter der Decke, gab es drei Fenster. Jedes
war gut einen Meter breit, aber nur dreißig oder vierzig Zentimeter hoch. Fanni, klein und schmal, wie sie war, hätte sich von
draußen durchzwängen können. Aber was dann? Ihre Beine wären fast zwei Meter über dem Boden gebaumelt, und die Zacken
von drei Paar Steigeisen hätten ihr entgegengestarrt.

»Wir machen die Oberlichten nie auf«, sagte Martha, »weil
man eine Leiter dazu bräuchte.«

»Könnte man nicht durch einen der anderen Kellerräume …?«,
fragte Fanni.

»Es gibt«, antwortete Martha, bevor sie zu Ende gesprochen
hatte, »dort entweder gar keine Fenster oder nur solche wie hier«,
und wandte sich wieder in Richtung Flur.

Trotzdem ist nicht auszuschließen, dass der Täter unbemerkt
ins Haus eingedrungen ist, dachte Fanni. Er kann ja auch durch
eins der Fenster im Erdgeschoss gestiegen sein.

Sie war im Ausrüstungslager stehen geblieben. Ihr Blick wanderte über eine Reihe von Klettergurten – vier alte Kombigurte,
zwei neue Hüftgurte. Fanni trat näher und griff nach der Anseilschlaufe an einem der Hüftgurte. Ihre Finger betasteten die
Hülle aus Stoff, die einen Teil davon ummantelte. Sie hob die
Schlaufe an und hielt sich die Umhüllung vor die Augen. »Mar-

tha Stolzer« war darauf eingestickt. Fanni sah zu Martha hinüber, die an der Tür auf sie wartete. »Service vom Hersteller?«
Martha lachte spöttisch. »Von Gisela. Du kennst sie doch. Extravagant bis zum kleinen Zeh. Vor ein paar Monaten hat sie uns alle mit einem Monogramm im Klettergurt beglückt.«
»Wer hat denn das eingestickt?«, fragte Fanni. Die Arbeit schien ihr wenig professionell. Die Stickstiche waren so ungleichmäßig ausgeführt, dass die Buchstaben wie beschwipst herumtorkelten.
Martha zuckte die Schultern. »Ich hab nicht nachgefragt. Giselas Schneiderin vielleicht. Die neue, die ihr für das Sommerfest ein Kleid aus fünf Metern Chiffon genäht hat, die eigentlich nur Giselas rechte Pobacke und ihre linke Schulter verhüllten.« Sie ging in den Flur hinaus.
Als sich Fanni ebenfalls der Tür zuwenden wollte, fielen ihr die Steigeisen ins Auge.
Drei Paar.
Müssten es nicht vier Paar sein?
Fanni ließ den Blick durch den Raum schweifen und entdeckte plötzlich überall Lücken. Ebenso wie der vierte Eispickel fehlte ein Paar Bergschuhe in einer Reihe auf einem Rost, der an der Wand links von der Tür entlanglief.
Fannis Zögern, ihr zu folgen, ließ Martha umkehren. Offenbar merkte sie, was Fanni aufgefallen war, denn sie sagte: »Gisela ist ausgezogen. Hast du das nicht gewusst?«
Hans Rot hat mitnichten ein Lügenmärchen erzählt!
»Ich hab gehofft, dass es nicht stimmt«, erwiderte Fanni.
Schweigend gingen sie die Treppe hinauf. Erst als sie wieder auf dem Sofa saßen, fragte Fanni: »Warum? Warum hat sich Gisela von Toni getrennt?«
Martha stützte den Kopf auf die Hände. »Du hast sie doch selbst gut gekannt. Kannst du es dir nicht denken?«
Fanni zuckte die Schultern. »Was weiß ich schon von ihr? Gisela hat viel Wert auf ihr Äußeres gelegt …«
»Und viel Geld dafür ausgegeben.«
Weil Martha nicht weitersprach, fuhr Fanni fort: »Gisela hat sich gern in Szene gesetzt, wollte immer im Mittelpunkt stehen.

Sie brauchte ihre bizarren – oder sollte ich besser sagen frivolen? – Auftritte wie die Luft zum Atmen. Toni stand abseits und sah ihr dabei zu. Aber ohne Toni hätte ihr wohl der nötige Sockel gefehlt.«

»Sockel«, lachte Martha freudlos. »Gisela hat der Holzsockel nicht gereicht. Sie wollte einen aus Glitzersteinen. Den hat sie nach all den Jahren scheint's gefunden.«

Fannis Augen weiteten sich. Bevor sie jedoch dazu kam, eine der vielen Fragen zu stellen, die ihr durch den Kopf schossen, klopfte es an der Wohnungstür.

Auf Marthas knappes »Ja bitte« erschien Fritz Maurer.

»Die Tür war nur angelehnt«, entschuldigte er sein Eindringen. »Da habe ich mir das Klingeln gespart, um dich nicht grundlos durch den Flur zu scheuchen.«

Martha sprang auf. »Der Doktor hat doch gesagt, du sollst dich hinlegen. Fritz, bitte sei vernünftig. Es wäre eine Katastrophe, wenn du –«

»Ist ja gut, Martha.« Fritz lächelte sein ungemein sympathisches wasserblauäugiges Lächeln. »Ich wollte nur nachschauen, wie es dir geht. Dich beruhigen, wenn ich ehrlich sein soll. Aber wie ich überrascht und sehr erfreut sehe, ist ja dein netter Besuch noch da.«

Er kam auf Fanni zu und streckte ihr die Hand entgegen. »Darf ich mich noch mal persönlich vorstellen? Fritz Maurer, Geschäftsführer der Firma Stolzer. Wie schön, dass Sie Martha Gesellschaft leisten. Ein wenig Ablenkung hat sie bitter nötig.«

Fanni nannte ihren Namen. Dann sagte sie: »Was Martha noch nötiger hat, ist, von dem Verdacht befreit zu werden, ihren Mann ermordet zu haben. Gab es in der Firma Vorkommnisse, die irgendjemandem Anlass gaben, Willi derart zu hassen, dass er ihn –«

»Nicht jetzt, Fanni«, fuhr ihr Martha ins Wort. »Fritz muss sich auskurieren. Ihr könnt euch ein andermal unterhalten.«

Fritz Maurer verbeugte sich vor Martha und sagte schmunzelnd: »Was die Chefin anordnet, muss gemacht werden. Aber eines möchte ich doch dazu loswerden. Ein weiterer Grund, wenn nicht der eigentliche, warum ich hier bin.« Sein Lächeln verschwand, und er sah Martha eindringlich an. »Ich wollte mit Hannes reden, dachte, er wäre hier bei dir, weil ich vorhin seinen Alfa auf dem Parkplatz stehen gesehen habe. Ist er schon wieder gegangen?« Ohne Marthas Antwort abzuwarten, fuhr er an Fanni gewandt fort: »Hannes Gruber. Seit Monaten macht er uns Ärger. Neulich hatte er mit Willi eine wirklich üble Auseinandersetzung. Ich muss mit ihm sprechen, muss diese Unstimmigkeiten wegen der öffentlichen Aufträge mit ihm klären.«

»Bei mir war Hannes nicht«, sagte Martha, »vielleicht im Büro. Es kommt ja manchmal vor, dass er uns spezielle Aufträge übergibt, die er selbst nicht ausführen kann.«

»Im Büro vielleicht«, wiederholte Maurer versonnen. »Dann störe ich hier nicht länger.« An der Tür drehte er sich noch einmal um. »Und Martha, bitte richte Toni aus, er soll sich um die Lieferung fürs Rathaus kümmern, sobald er aus Vilshofen zurück ist.«

Martha nickte.

Daraufhin lächelte Maurer wieder. »Ich hoffe, Sie bleiben noch ein Weilchen hier«, sagte er zu Fanni. Dann war er verschwunden.

Fanni griff sich an die Stirn. »Der Wagen von Hannes! Ja, den habe ich auch auf dem Kundenparkplatz stehen sehen. Unverkennbar, knallrot mit zwei Reihen bunter Aufkleber am Heckfenster. Und er fährt immer noch diese Alfa-Marke?«

»Seiner Giulietta, sagt Hannes, bleibt er treu«, erwiderte Martha, und auf Fannis erstaunten Gesichtsausdruck hin erklärte sie: »Dem Modell, meine ich. Den Wagen selbst fährt er höchstens drei Jahre.«

»Fritz Maurer hat gesagt, Hannes hatte Streit mit Willi?«, schwenkte Fanni auf das Thema, das sie bedeutend mehr interessierte als Automarken.

Martha winkte ab. »Seit Jahren gibt es schon Streit zwischen den beiden Firmen. Obwohl ich zugeben muss, dass die Sache in letzter Zeit eskalierte.« Nach einer kurzen Pause fügte sie hinzu: »Aber begonnen hat der Ärger nicht auf Firmenebene.«

Fanni sah sie erwartungsvoll an.

»Erinnerst du dich an das Jahr, in dem der Deggenauer Klettergarten angelegt wurde? An den Skandal, der die halbe Sektion entzweite?«

Hans Rot hatte sich bereits selbst mit Abendbrot versorgt, als Fanni nach Hause zurückkehrte. Wahrheitsgemäß berichtete sie ihm, wo sie gewesen war.

Während er missmutig sein Wurstbrot verschlang, nuschelte er Bemerkungen wie »die Nase in jeden Scheißhaufen stecken müssen«, »nichts ruhen lassen können«, »zwanghaft überall mitmischen müssen«. Als er den letzten Bissen Brot mit dem letzten Schluck Bier hinuntergespült hatte, ging er nach draußen, »um abends noch die Gartenarbeit zu tun, die ja sonst keiner macht«.

Fanni wartete, bis er am Gartenzaun lehnte und mit Nachbar Praml in ein Gespräch vertieft war, dann eilte sie ans Telefon im Flur und rief Sprudel an.

Sie verabredeten sich für den Freitagvormittag im Hütterl. Freitags musste Fanni selten zu Mittag kochen, weil Hans Rot – quasi als Wochenabschlussfeier – meist mit seinen Kollegen vom Kreiswehrersatzamt zum Weißwurstessen ging.

»Gegen vier Uhr sollten wir das Hütterl für Leni und Marco räumen«, teilte sie Sprudel mit. »Wir werden uns verziehen und einen Teller mit Golatschen zurücklassen. Leni hat sich eine böhmische Mehlspeise bestellt.«

»Bringst du zwei Teller voll Golatschen mit?«, fragte Sprudel hoffnungsvoll.

Fanni bejahte.

»Ich helfe dir tragen«, erbot er sich.

5

Als Fanni am nächsten Morgen um zehn Uhr in den Feldweg am Ortsrand von Birkenweiler einbog, wartete Sprudel bereits an der Weggabelung, von der aus der Wirtschaftsweg in seinen Windungen zu Fannis Hütte verlief. Wenige Meter dahinter zweigte der Trampelpfad ab, der über den Steilhang direkt hinaufführte.

Sprudel öffnete den Kofferraum von Fannis Wagen. Perplex blickte er auf drei mit Tüchern bedeckte Körbe, zwei große Taschen und einen Flaschenträger. Dann sah er Fanni flehentlich an.

»Genehmigt, wir fahren mit dem Wagen über den Wirtschaftsweg hinauf«, sagte sie lachend.

»Und überwintern da oben?«, fragte Sprudel.

»Ich bin froh, wenn der Proviant fürs Wochenende reicht«, entgegnete Fanni. »Und falls Leni und Marco den ganzen Abend und die Nacht hier verbringen wollen, sollte wenigstens eine Flasche Wein da sein, ein paar Kerzen, Servietten, eine frische Tischdecke ...«

Sichtlich erheitert setzte sich Sprudel in Fannis Wagen hinters Steuer und schaltete die Zündung ein. Er wusste ganz genau, wie ungern sie selbst fuhr.

Fanni war ihm dankbar dafür, dass er sie nicht darum bitten ließ, ihr die Fahrt abzunehmen.

Sprudel parkte vor jener Kurve, die den Wirtschaftsweg am nächsten ans Hütterl heranführte, in einer Ausbuchtung der Fahrtrasse neben der großen Föhre. Von da aus verlief das Gelände flach, aber ziemlich unwegsam bis zur ungefähr fünfzig Meter entfernten Hütte. Um alles dorthin zu tragen, auszupacken und unterzubringen, brauchten die beiden fast eine Stunde.

Als sie endlich unter der Buche saßen, wo Sprudel den Campingtisch und die Stühle aufgestellt hatte, weil am Morgen wieder ein strahlend blauer, warmer Julitag angebrochen war, ging es schon auf Mittag zu.

Fanni erzählte von ihrem Besuch bei Martha.

»Wie man es auch dreht und wendet«, sagte Sprudel, nachdem Fanni ihren Bericht beendet hatte, »Martha Stolzer bleibt verdächtig.«

»Martha war's nicht«, sagte Fanni bockig.

»Toni Stolzer käme allerdings genauso gut in Frage«, lenkte Sprudel ein, »und ebenso dessen Frau Gisela.«

Doch auch damit gab sich Fanni nicht zufrieden. »Zugegeben, sie sind diejenigen, die problemlos an Willis Klettergurt herankamen. Denn verliehen hat er ihn ganz bestimmt nicht. Aber falls irgendein Bekannter von Willi im Sinn gehabt hatte, den Gurt zu präparieren, hätte er da nicht vielleicht eine Möglichkeit dazu finden können?«

Sprudel nickte. »Allerdings hätte er auch wissen müssen, dass Willi Stolzer plante, im Klettergarten zu fotografieren, wobei er sich mit vollem Gewicht ins Seil hängen würde. Hätte Willi mit dem präparierten Gurt nur ganz normale Klettertouren gemacht, ohne zufällig abzurutschen und dadurch den Gurt zu belasten, dann wäre er womöglich nie abgestürzt.«

»Martha war's jedenfalls nicht«, wiederholte Fanni.

Sprudel zog die Augenbrauen hoch. »Gibt es Argumente dafür?«

Fanni bog mit ihrem linken Zeigefinger den rechten Daumen rückwärts. »Erstens war Martha – im Gegensatz zu Gisela – nie eine gute Schauspielerin. Ich würde es gemerkt haben, wenn sie wegen Willis Tod bloß Krokodilstränen vergossen hätte.« Fanni gesellte zu dem Daumen den rechten Zeigefinger dazu. »Zweitens hat Willi allen möglichen Leuten erzählt, dass er wieder an einer Reportage über den Deggenauer Klettersteig arbeitet. Martha sagt, sie war selbst dabei, als Willi einem Kunden, den er gut kannte, vorgemacht hat, wie man im Quergang die Hände zum Fotografieren freibekommt. Willi hat sich den Haken vom Minikran in seinen Hosengürtel gehängt, sich mit den Füßen am Gestänge abgestützt und mit den Armen gefuchtelt.«

»Und dabei ist Martha klar geworden, was sie tun konnte«, murmelte Sprudel.

Fanni gab ein leises Zischen von sich. »Wie kannst du dich nur derart auf Martha versteifen?«

»Mach ich gar nicht«, verteidigte sich Sprudel. »Ich sammle nur Fakten.«

Fanni sah ihn missbilligend an.

»Drittens«, sagte Sprudel trocken, »der Mittelfinger ist dran.« Fanni streckte ihm die Zunge heraus und bog den Mittelfinger zurück. »Drittens wurde ein Anschlag auf Fritz Maurer verübt. Gibt es da einen Zusammenhang? Haben wir es mit ein und demselben Täter zu tun? Wenn ja, dann ist es nicht Martha. Sie war im Haus, als Maurer verletzt wurde.«

Während Fanni sprach, hatte Sprudel seine linke Wangenfalte mit Daumen und Zeigefinger bis zum Ohr gezogen. *Er denkt nach! Und gleich wird er dir mitteilen, wie unsinnig diese Verknüpfung ist!*

»Der Chef und sein Geschäftsführer«, sagte Sprudel. »Wer könnte beide aus dem Weg haben wollen? Toni Stolzer?«

»Möglich«, antwortete Fanni. »Aber ehrlich gesagt, traue ich Toni keinen Mord zu. Außerdem hat Martha gesagt, dass er zu dem Zeitpunkt, als Maurer angegriffen wurde, unterwegs nach Vilshofen war.«

»Was, wenn nicht?«, sagte Sprudel. »Toni rangiert in der Verdächtigenliste ziemlich weit oben. An Willis Gurt kam er ebenso leicht wie Martha, von Willis geplanter Fotoreportage wusste er bestimmt, und das Betriebsgelände der Stolzers ist sein Revier. Fragt sich: Was hätte er für ein Motiv?«

»Martha erwähnte, dass sie und Willi hinsichtlich Fritz Maurer eine ganz andere Meinung hatten als Toni. Als wir später noch mal darauf zu sprechen kamen, sagte sie, dass Toni sie mehr und mehr gedrängt hat, den Geschäftsführer wieder zu entlassen. Sie und ihr Mann hätten ihm zwar immer wieder gesagt, wie tüchtig Fritz Maurer sei, aber Toni ließ sich nicht umstimmen. Martha fand das sehr seltsam.«

Fanni verstummte kurz, dann fuhr sie fort: »Nehmen wir mal an, Toni hätte beschlossen, den Geschäftsführer zu erschlagen, dann wäre die Lagerhalle ein recht geeigneter Ort dafür gewesen. Er konnte aus- und eingehen, ohne im Mindesten aufzufallen. Er musste nur warten, bis Maurer auftauchte, um Bestand nachzuprüfen oder bestellte Ware zu kennzeichnen, und den Zeitpunkt nutzen, an dem sich der Staplerfahrer an der Rampe befand. In den Hallen arbeitet ja niemand. Martha sagt, Verladearbeiter wurden wegrationalisiert. Die Ware befindet sich in Packen auf Paletten, fertig zum Transport. Toni konnte also zuschlagen und verschwinden, ohne Aufsehen zu erregen. Seinen Termin in Vilshofen konnte er vermutlich trotzdem einigermaßen pünktlich wahrnehmen. Man müsste einmal das Zeitfenster prüfen.«

Sprudel blickte nachdenklich vor sich hin. »Was Toni Stolzer wohl gegen den Geschäftsführer hat?«

»Martha sagt, er kann ihn schlicht und einfach nicht ausstehen. Und Willi vertrat vehement die Ansicht, das sei kein Grund, einen so tüchtigen Mann zu entlassen.«

»Vielleicht hatte Toni Stolzer ganz private Gründe für seine Abneigung gegen Maurer«, sagte Sprudel. »Vielleicht hat Maurer versucht, mit seiner Frau anzubändeln.«

»Vielleicht«, antwortete Fanni. »Aber dann müsste es diesmal anders gelaufen sein als sonst.«

Sprudel wartete, dass sie weitersprach.

»Gisela war, solange ich sie kannte, enorm daran gelegen, sämtliche Blicke auf sich zu ziehen«, erzählte Fanni. »Sie kokettierte und flirtete auf Teufel komm raus. Damit hat sie manchen Kerl verrückt und manche Ehefrau eifersüchtig gemacht. Nur Toni ließ das alles kalt.«

»Hm«, machte Sprudel. »Toni Stolzer sieht Fritz Maurer und Gisela miteinander tändeln, aber diesmal lässt es ihn nicht kalt. Er fürchtet ernstlich, der Geschäftsführer könnte ihm die Frau ausspannen, und versucht, dem Ganzen einen Riegel vorzuschieben, indem er Willi drängt, Maurer zu entlassen.«

»Willi weigert sich«, spann Fanni den Faden weiter. »Es gibt Ärger zwischen den beiden. Aber was passiert dann? Gisela verlässt Toni, und wir sind am Ende der Geschichte. Denn Toni hat jetzt keinen Grund mehr, den Geschäftsführer weghaben zu wollen. Folglich sind auch die Differenzen zwischen den beiden Brüdern beigelegt.«

»Das waren sie aber nicht«, entgegnete Sprudel. »Denn Toni ist immer noch für die Entlassung des Geschäftsführers.« Er sah

Fanni geradezu schuldbewusst an. »Die uns zur Verfügung stehenden Informationen ergeben nur dann Sinn, wenn Toni ein Verhältnis mit Martha hat, Fritz Maurer davon weiß und annimmt oder sogar beweisen kann, dass die beiden Willi auf dem Gewissen haben.«

Es wurde still unter der Buche.

Nach einer Weile sagte Sprudel: »Ich frage mich, wie Giselas Trennung von Familie und Firma wohl verlief. Hat sie im Betrieb mitgearbeitet?«

»Seit ihrer Hochzeit mit Toni konnte man Gisela als das ›Gesicht‹ der Firma Stolzer und Stolzer bezeichnen«, antwortete Fanni. »Sie war das Aushängeschild, die Empfangschefin, die Eventmanagerin. Auf jedem Werbeprospekt der Firma war Gisela abgebildet. Wenn über Stolzer und Stolzer etwas in der Zeitung stand, befand sich Gisela garantiert im Mittelpunkt des dazugehörigen Fotos. Martha dagegen saß von jeher bloß still hinter ihrem Schreibtisch. Öffentliche Auftritte waren ihr zuwider. Ich kann mir nicht vorstellen, dass sich daran was geändert hat.«

»Aha«, machte Sprudel. »Und denkst du, Willi hat seine Schwägerin Gisela, diese … diese Galionsfigur seiner Firma, so mir nichts, dir nichts gehen lassen und war zudem damit einverstanden, ihr einen vermutlich recht ansehnlichen Betrag auszuzahlen?«

»Ja, was ist ihm denn anderes übrig geblieben?«, antwortete Fanni. »Überdies ist das alles längst geregelt und notariell beglaubigt.«

»Falls aber«, verfolgte Sprudel störrisch seinen neuen Ansatz, »Willi während der Verhandlungen Gisela einen Haufen Schwierigkeiten gemacht hat, falls er vielleicht sogar durchgesetzt hat, dass Gisela weniger bekam, als sie forderte, könnte sie ihm ein tödliches Andenken hinterlassen haben. Wann ist sie denn ausgezogen?«

»Ende Mai, hat Martha erzählt«, sagte Fanni. »Kurz darauf hat Gisela den Hausschlüssel auf Tonis Schreibtisch gelegt und ist verschwunden.«

Sprudel nickte. »Zeitlich würde das hingehen. Marco hat mir

berichtet, dass der Zeitrahmen, innerhalb dessen Stolzers Gurt manipuliert worden sein muss, circa zwei Monate beträgt. Experten können so was feststellen. Und sagtest du nicht, Gisela hätte diese Monogrammhüllen anbringen lassen? Mit einem mörderischen Hintergedanken womöglich?« Er hielt inne. »Was heißt ›verschwunden?‹«, fragte er. »Ohne Gepäck?«

»Mit Gepäck, aber ohne Hausrat, falls du das meinst«, antwortete Fanni.

Sprudel schüttelte verwirrt den Kopf. »Gisela Stolzer tut sich nach jahrzehntelanger, allem Anschein nach relativ zwangloser, sorgloser Ehe mit Toni Stolzer plötzlich mit einem anderen zusammen, gibt den Hausschlüssel ab und verlässt das Haus?«

Fanni grinste. »Warum nicht?«

Langsam schien Sprudel aufzugehen, dass diese Darstellung präzise die Situation beschrieb, die sich ergäbe, falls Fanni je den Entschluss fasste, Hans Rot zu verlassen, um mit ihm zu leben.

Er schluckte, zog beide Wangenfalten nach unten und sah damit aus wie ein trauriger Hamster.

Worüber brütet er denn jetzt?

Offensichtlich gelangte Sprudel zu dem Schluss, dass Gisela als Willi Stolzers Mörderin durchaus in Frage kam, denn er begann aufzuzählen:

»Bis vor ein paar Wochen hatte Gisela Stolzer Tag und Nacht Gelegenheit, an Willis Klettergurt zu kommen. Über die Klettersteigreportage hat sie sicherlich Bescheid gewusst. Mit den Namenshüllen, die sie auf allen Klettergurten anbringen ließ, hat sie den Boden für die Manipulation an der Schlaufe von Willis Gurt bereitet. Sogar ein Motiv lässt sich bei ihr finden …« Seine Stimme versandete.

Fanni kam ihm zu Hilfe. »Ihre Aussage dürfte interessant sein.«

»Und wie«, rief Sprudel. »Höchste Zeit, dass sich Marco, dass wir … dass sich jemand mal mit Gisela unterhält.«

»Sowieso«, antwortete Fanni. »Aber dazu müsste dieser Jemand wissen, wo sie ist.«

Sprudel sah sie verdutzt an. »Gisela wird doch eine Anschrift hinterlassen haben. Die Post muss ihr nachgeschickt werden, Zahlungen …«

»Martha sagt«, erwiderte Fanni, »die gesamte Post wird an die Adresse von Giselas Eltern weitergeleitet. Die Unterhaltszahlungen laufen auf das Konto einer ›Alfa Filmwelt‹ bei einer Bank am Wohnort der Eltern. Sie leben seit etlichen Jahren in einem Dörfchen im Rheinland.«

Sprudel hob die Hände. »Aber Gisela muss doch jemandem erzählt haben, wohin sie geht.«

»Zu Martha hat sie gesagt, sie geht auf Reisen«, antwortete Fanni. »Um Tonis Exfrau verhören zu können, wird die Polizei sie zur Fahndung ausschreiben müssen.«

»Dazu fehlen wohl ein paar Voraussetzungen«, meinte Sprudel und sah auf die Uhr. »Fanni, es geht schon auf zwei zu. Ehrlich gesagt, ich kann nicht mehr vernünftig denken, weil mein Magen so knurrt.«

Fanni sprang auf. »Tut mir leid, Sprudel. Ich hatte wirklich nicht die Absicht, dich verhungern zu lassen.«

Es passierte nur zu oft, dass Fanni zu essen vergaß, wenn sie intensiv mit etwas beschäftigt war.

In solchen Fällen kommen dann die Vorzüge von Hans Rot zum Tragen, der auf mindestens drei Mahlzeiten täglich besteht – und das pünktlich!

Falls er zu Hause ist, korrigierte Fanni die Gedankenstimme, die schon wieder ungebeten schwatzte.

Sprudel pumpte Wasser vom Brunnen und trug den vollen Krug ins Hütterl. Fanni goss gut die Hälfte davon in einen Aluminiumtopf, während er den Gaskocher anzündete.

An Sommertagen wie diesem, an denen es sich erübrigte, den Holzofen anzuheizen, benutzte Fanni ihren alten Campingkocher, wenn sie Wasser erhitzen oder eine einfache Mahlzeit zubereiten wollte.

Strom gab es in der Hütte keinen.

Bei Schlechtwetter prasselte ein Holzfeuer im Herd, der zwei Kochstellen und ein kleines Heißwasserreservoir besaß und gleichzeitig die Stube wärmte.

Sprudel war wieder nach draußen gegangen, um den Tisch zu decken. Fanni nahm Wurst und Käse, Butter und Tomaten aus der Kühltasche, die sie mitgebracht hatte, und richtete alles auf einer Platte an. Als Sprudel zurückkam, griff er nach der Tüte mit den Vollkornbrötchen und leerte sie in einen kleinen Korb, den Fanni mit einer Serviette ausgelegt hatte.

Sobald der fertige Kaffee in der Kanne dampfte, brachten sie alles hinaus und setzten sich wieder an den Tisch. Fanni wollte gerade einschenken, da fiel ihr auf, dass Sprudels Mundwinkel enttäuscht nach unten hingen. Sie sah ihn fragend an.

»Hattest du«, begann er scheu, »nicht Golatschen nach Mirzas Rezept angekündigt?«

Fanni eilte lachend in die Hütte und kam mit einer flachen Schale zurück, auf der sich Klarsichtfolie über vier handtellergroßen Golatschen spannte. »Erst als Nachtisch«, sagte sie und stellte die böhmische Spezialität auf einem Baumstumpf gut zwei Meter vom Tisch entfernt ab.

Sprudel äugte verlangend herüber.

Fanni reichte ihm den Brotkorb.

Sprudel bediente sich. »Und kein Wort von Mord und Totschlag während des Essens«, bat er sich aus.

»Du hast recht«, stimmte ihm Fanni zu. »Lass uns für eine Weile die Sonnenstrahlen genießen. Lass uns auf das Blätterrauschen horchen, auf das leise Plätschern der Quelle, auf das Rascheln der Käfer und Spinnen.«

»Lass uns das Zusammensein auskosten«, fügte Sprudel hinzu.

Das taten sie fast eine Stunde lang. Nach dem Essen rückten sie ihre Stühle aus dem Halbschatten und ließen sich die Sonne ins Gesicht scheinen. Bald darauf hörten sich Sprudels Atemzüge an, als ob er schliefe. Auch Fanni hatte die Augen geschlossen und versuchte, sich zu entspannen. Doch die Bilder, die sie heimsuchten, gönnten ihr keine Rast: Willis rücklings über dem Drahtseil hängender Körper, Fritz Maurers blutiger Kopf, Marthas tränenüberströmtes Gesicht. Als sich Hannes' aufkleberbepflasterter Alfa dazugesellte, sagte sie laut:

»Willi hatte neulich eine Auseinandersetzung mit einem aus der Bergsteiger-Clique – Hannes Gruber.«

»Gruber«, murmelte Sprudel schläfrig. »Nach dem Brand

meiner Scheune in Birkenweiler vergangenes Jahr hatte ich eine Lieferung Zaunlatten von der Firma Gruber-Hölzer.«

»Hannes ist der Inhaber«, erklärte Fanni.

»Und hatte Zank mit dem Ermordeten«, fügte Sprudel lustlos hinzu. »Weswegen?«

»Es ging um irgendwelche Aufträge«, antwortete Fanni. »In diesem Punkt gab es wohl zuvor schon Reibereien. Die Brüder Stolzer handeln seit jeher mit Holzwaren für den Innenraum. Hannes Gruber dagegen hatte sich auf Baumaterial spezialisiert – Dachlatten, rohe Balken, Paletten, Schalungsbretter. Aber irgendwann hat er angefangen, ihnen Konkurrenz zu machen.«

Das erwartete »Warum« kam nicht, deshalb schielte Fanni hinüber, ob Sprudel schon wieder eingeschlafen war. Doch er schien zuzuhören. Da sprach Fanni weiter: »Martha sagt, der Ärger habe nicht auf Geschäftsebene begonnen, sondern im Deggenauer Klettergarten.«

Sprudel setzte sich auf.

Durch sein plötzliches Interesse angeregt, begann Fanni des Langen und Breiten zu berichten: »Anfang der Neunziger kam ein ehemaliger Vorstand der Alpenvereinssektion Deggendorf auf die Idee, am Deggenauer Felsen den Klettersteig zu erweitern. Aus – für die meisten – unerfindlichen Gründen hielt er das Projekt geheim. Nur ganz wenige ausgesuchte Freunde weihte er ein und bat sie, ihm dabei zu helfen. Willi gehörte dazu, sein Bruder Toni und soviel ich weiß auch Rudolf Hummel, ebenfalls einer aus unserer Bergsteiger-Clique. Die Deggendorfer reden noch heute von einer Nacht-und-Nebel-Aktion, denn die Truppe rückte angeblich unversehens an und baute innerhalb weniger Stunden die beiden Leitern ein, dazu Drahtseilversicherungen, Haltestifte – alles, was halt für so eine Kletteranlage vonnöten ist.«

»Nobler Einsatz«, kam es beifällig von Sprudel.

»Das sagten viele«, erwiderte Fanni. »Sicherlich war der Initiator entsprechend stolz auf seine Aktion. Aber er hätte sie wohl doch besser vorher ankündigen sollen. Sein Nachfolger fühlte sich brüskiert und setzte alle Hebel in Bewegung, um die Anlage wieder zum Verschwinden zu bringen. Er ging sogar so weit, den Sicherheitsbeauftragten des Alpenvereins nach Deggendorf zu beordern, weil er hoffte, der würde das Ganze als Pfuschwerk diskreditieren.«

Fanni deutete auf eine alte Ausgabe der Deggendorfer Zeitung, die sie zum Auspolstern der Lücken in dem Korb mit den Saftflaschen verwendet hatte, der im Schatten der Buche stand. »Nicht nur die lokale Presse war dabei, als Pit Schubert den Klettergarten in Augenschein nahm. Er blickte lange Zeit die Felswände hinauf und hinunter, heißt es. Dann soll er gesagt haben: ›Einen netten kleinen Klettersteig habt ihr da. Saubere Arbeit.‹ Dem amtierenden Vorstand wird nachgesagt, er sei daraufhin dunkelrot angelaufen und hätte gebrüllt: ›Aluminiumseile. Alte Hochspannungsseile von der OBAG. Seit wann benutzt man für Klettersteige Aluversicherungen? Stahl ist vorgeschrieben. Verzinkter Stahl.‹ – ›Stahl ist mitnichten vorgeschrieben‹, soll Pit Schubert geantwortet haben. ›Stahl wird halt verwendet, weil er eine längere Lebensdauer hat als Aluminium. Aber ihren Zweck erfüllen Aluseile genauso.‹

Damit war das Projekt abgesegnet und gebilligt. Der amtierende Vorstand musste sich für das Eigentor, das er geschossen hatte, im Verein bespötteln lassen. Willi schrieb einen ausführlichen Artikel für ein Bergsteigermagazin, und die Fotos, die er beifügte, wurden überaus gelobt.« Fanni schwieg und nickte wie zur Bestätigung ein paarmal vor sich hin.

Bevor Sprudel dazu kam, nach der aus Fannis Geschichte nicht ersichtlichen Verknüpfung mit Hannes Gruber zu fragen, erinnerte sie sich selbst wieder an den Anlass für ihren Exkurs. »Die Brüder Stolzer machten also bei der Anlage des Klettergartens mit. Nach Hannes fragte niemand. Er fühlte sich übergangen und war sauer. Sauer auf Willi, obwohl der gar nichts dafürkonnte. Wie auch immer, Hannes bockte, schlug sich sogar auf die Seite derjenigen, die den Abbau sämtlicher Drahtseile und Leitern verlangten. Von da an, meint Martha, war nichts mehr wie früher. Hannes begann mehr und mehr, den Stolzers Konkurrenz zu machen. Er nahm plötzlich Bodendielen in sein Sortiment auf, fing an, Regalbausätze anzubieten, und so weiter.«

»Die Lage spitzte sich zu«, resümierte Sprudel, »es kam zu einer offenen Auseinandersetzung, und das beschert uns Hannes Gruber als Verdächtigen.«

»Ich muss mit ihm reden«, sagte Fanni.

»Überlass das Frankl oder Marco«, erwiderte Sprudel.

Gemeinsam räumten sie den Tisch ab. Fanni verstaute die Reste ihrer Mahlzeit in der Kühltasche, die für Marco und Leni noch gut bestückt war. Sprudel klappte die Campinggarnitur zusammen und stellte sie unters Vordach. Dann machten sie sich gemeinsam an den Abwasch. Sprudel fragte nach Fannis Plänen fürs Wochenende.

Fanni seufzte. »Gestern, spätabends, hat Hans Rot angekündigt, dass er am Samstag in aller Früh zu Vera fahren will.«

Sprudel trocknete schweigend eine Kaffeetasse ab. Fanni ließ ihm Zeit, sich zu fangen. Sie wusste, wie enttäuscht er darüber war, dass sie am Wochenende verreisen würde.

Vera wohnte in Klein Rohrheim, einem Dörfchen am Rhein. Ihr Mann Bernhard war dort Leiter der Sparkassenfiliale. Das Haus, in dem sie mit ihren Kindern Max und Minna wohnten, hatte Bernhard von seiner Großmutter geerbt. Es erwies sich als permanent renovierungsbedürftig.

»Ich und Bernhard wollen uns endlich über die Rohrleitungen im Keller hermachen«, hatte Hans Rot über die Schulter gerufen, als er vor dem Fernsehapparat gesessen und auf den Anpfiff zum Champions-League-Spiel gewartet hatte. An den Fingern hatte er abgezählt: »Ich habe Flansche besorgt, Schraubenbolzen, Muttern, Flügelschrauben, Rundkappen …«

Und er hatte als selbstverständlich vorausgesetzt, dass Fanni mitkam.

»Ich muss noch packen«, sagte Fanni zu Sprudel, als sie mit dem Spülen fertig war.

Er nickte trübsinnig, hängte das Geschirrtuch zum Trocknen über die Ofenstange und begann, die sauberen Teller und Tassen auf das Bord über der Polsterliege zu stellen.

Fanni legte ihm die Hand auf den Arm. »Ich werde Leni sagen, sie und Marco sollen dich am Wochenende mal besuchen kommen.«

72

Sprudels Miene hellte sich ein klein wenig auf. Fanni gab ihm einen Kuss. »Am Montag in aller Frühe melde ich mich bei dir.«

Auf der Heimfahrt hielt sie an dem neuen Supermarkt an der Straße zwischen Erlenweiler und Birkdorf an, um ein paar Vorräte einzukaufen, die sie mit nach Klein Rohrheim nehmen wollte, denn Veras Kühlschrank war chronisch unterbestückt. Sie kramte gerade nach ihrem Chip für den Einkaufswagen, als sie hinter sich eine angenehme Stimme hörte.

»Frau Rot, was für eine Überraschung. Wohnen Sie in Birkdorf?«

Fanni schüttelte den Kopf. »In Erlenweiler, das liegt ein Stück weiter die Straße hinunter. Wenn Sie von Deggendorf hergefahren sind, müssen Sie daran vorbeigekommen sein.« Sie schaute Fritz Maurer fragend an. »Und was treibt Sie hierher? Sollten Sie sich nicht schonen? Wollen Sie Ihre Verletzung nicht vorsichtshalber noch im Krankenhaus untersuchen lassen? Haben Sie schon Anzeige erstattet?«

Maurer lachte, wobei sich die Fältchen um seine wasserblauen Augen vertieften. »Das sind aber viele Fragen auf einmal. Wir wollen mal sehen, ob ich sie alle behalten habe.« Er begann aufzuzählen: »Nach Birkdorf hat mich eine Kundenreklamation getrieben. Zum Schonen fehlt mir die Zeit, genauso wie für zusätzliche Untersuchungen und für eine Anzeige bei der Polizei.«

»Und Sie haben wirklich keinen Schimmer, wer Sie überfallen hat?«, fragte Fanni.

Maurer sah sie ernst an. »Ich konnte den Angreifer keinen Augenblick lang sehen. Aber man macht sich natürlich so seine Gedanken.« Er zögerte, fügte dann aber doch hinzu: »In letzter Zeit gab es eine Menge Ärger mit der Konkurrenz.«

»Hannes Gruber.«

Maurer nickte. »Vor ein paar Wochen kam es zwischen ihm und Willi sogar zu Handgreiflichkeiten.«

Fannis ungläubige Miene bewog ihn offenbar, fortzufahren: »Es ging um eine umfangreiche Lieferung an die Stadt Deggendorf. Hannes Gruber hat behauptet, die Stolzers hätten ihm den Auftrag auf ganz infame Art und Weise weggeschnappt. Er war nicht davon abzubringen, hat sich immer mehr in Beschuldigungen verstiegen. Eines Morgens ist er schnurstracks in den Ausstellungsraum marschiert, wo Willi zusammen mit einigen Angestellten die neue Dekoration aufbaute. Dort hat er lauthals verkündet, er hätte den Auftrag schon in der Tasche gehabt. Und da wäre er auch verblieben, hätte Willi nicht seine ›Nutte von Schwägerin‹ die Runde bei den Stadträten machen lassen.«

Fanni zog eine Grimasse. »Das sieht Hannes ähnlich. Immer vulgär, immer ausfallend, immer mit fragwürdigen Anschuldigungen bei der Hand. Willi kannte das doch. Er dürfte nicht einmal mit der Wimper gezuckt haben.«

»Er hat Hannes Gruber am Revers gepackt und aus dem Geschäft bugsiert. Es gab ein Handgemenge«, antwortete Maurer, »und jeder konnte zusehen.«

Fanni schloss die Augen. Haben wir uns alle verändert mit den Jahren?, dachte sie. Sind wir kleinkariert geworden, engstirnig, borniert, spießig, pedantisch ...?

Hat sich der eine oder andere in einen Mörder verwandelt?

Sie riss sich zusammen. »Die beiden hatten Krach. Sie haben sich sogar geprügelt. Aber Sie denken doch nicht, dass Hannes zuerst Willi ... und dann Sie ...? Wozu? Der Auftrag war ja schon weg.«

»Wut, Rache, Verbitterung«, erwiderte Maurer. »Da kann sich einiges angestaut haben. Aber um das beurteilen zu können, kenne ich ihn zu wenig.«

»Heimtückisch geplanter Mord«, murmelte Fanni, »das passt nicht zu Hannes. Allerdings wusste er gewiss, wo Willi seinen Klettergurt aufbewahrte, und hatte bestimmt die Möglichkeit, sich in den Stolzer'schen Keller zu schleichen ...« Sie starrte bekümmert auf einen zerknüllten Kassenbon zu ihren Füßen.

»Stichhaltige Indizien, die Sie da anführen«, sagte Maurer. »Genauso wie die Tatsache, dass Grubers Wagen zu dem Zeitpunkt, als ich angegriffen wurde, auf dem Kundenparkplatz stand. Haben Sie ihn nicht selbst gesehen? Auffällig genug ist er ja.«

Hast du, obwohl du normalerweise Autos so wenig beachtest wie

Hans Rot Swarovski-Figürchen. Aber der Wagen von Hannes Gruber sticht halt überall heraus.

Fanni rieb sich die Augen.

»Ich sollte vielleicht doch bald zur Polizei gehen«, sagte Maurer. »Ja, das werde ich tun, und zwar noch heute.« Bevor er sich zum Gehen wandte, lächelte er Fanni zu. »Und Ihnen wünsche ich einen schönen Tag, Frau Rot.«

Scheint, als würde es eng werden für Hannes Gruber!

Als Fanni nach Hause kam, war das Rot'sche Grundstück verwaist. Weder Lenis noch Hans Rots Wagen stand in der Zufahrt. Fanni entschied, noch schnell eine Runde durch den Garten zu drehen, um nachzusehen, was anlag.

Die Rosenköpfe vor der Terrasse waren verwelkt und mussten abgeschnitten werden, der wilde Wein wucherte schon wieder über die Steintreppe zum Keller, und der kleine Teich war mit Schilf schier zugewachsen. »Eine Menge zu tun«, grummelte Fanni. Sie würde kommende Woche ein, zwei Vormittage dafür opfern müssen. Vormittage, die sie lieber mit Sprudel verbracht hätte – mit Sprudel auf der Suche nach Willis Mörder.

Voller Schreck fiel ihr ein, dass sie in den vergangenen Tagen vergessen hatte, das kleine Gemüsebeet zu bewässern, auf dem jedoch sowieso bloß Schnittlauch, Petersilie und ein paar mickrige Karotten wuchsen, die ihr Kraut jetzt schlaff hängen ließen.

Fanni nahm die Gießkanne und eilte zur Wassertonne neben der Thujenhecke. Dahinter hörte sie Frau Itschko telefonieren. Hastig tauchte Fanni die Kanne ein und versuchte, ihr Gehör abzuschalten. Sie hasste es, die Litaneien über Frau Itschkos Ehenöte mitanhören zu müssen, über ihren Ärger mit den Blattläusen und über allerlei sonstigen Verdruss, der die Nachbarin tagtäglich heimzusuchen schien.

Die Itschkos waren eine Plage. Nur selten herrschte Ruhe hinter der Hecke. Wenn Frau Itschko gerade mal nicht telefonierte, bekam sie Besuch. Dann musste Fanni nicht nur eine Stimme ausblenden.

Plötzlich zuckte sie zusammen, ließ die Gießkanne im Wasser versinken und sperrte die Ohren ganz weit auf.

»Stolzer«, sagte Frau Itschko gerade laut und deutlich, »ja, Stolzer, die mit der Holzhandlung an der Straße nach Stephansposching. – Ja, zwei Brüder. Der ältere ist neulich im Klettergarten umgekommen. Jemand soll sein Sicherungsseil durchgeschnitten haben.«

Fanni zwängte sich zwischen Wassertonne und einen der Thujenstämme.

»… und kurz zuvor ist die Gisela verschwunden«, sagte Frau Itschko. »Du musst dich doch an Gisela erinnern. – Genau die, mit der ich immer die Sketche auf den Pfarrbällen aufgeführt habe. – Natürlich, ein Riesenerfolg war das jedes Mal. Ich muss aber ganz ehrlich zugeben, dass das an Gisela lag. – Ein Bühnenstar, das kann man wohl sagen.«

Es raschelte hinter den Thujen, und Fanni machte sich ganz klein.

»… ihre Kostüme«, hörte sie Frau Itschko weitersprechen. »Ja, damit hat sie sämtliche Preise auf den Faschingsveranstaltungen abgeräumt. Als Kleopatra …«

Frau Itschko unterbrach sich, weil ihre halbwüchsige Tochter aus einem der Fenster rief: »Mama, wir müssen los. Ich komm sonst zu spät zum Tennisplatz.«

Wie immer reagierte Frau Itschko recht unwillig auf die Störung. »Wir kommen schon früh genug hin. Pack deine Sachen zusammen und lass mich in Ruhe zu Ende telefonieren.«

Das Fenster schloss sich mit einem Knall.

»Kontakt?«, sagte Frau Itschko. »Ach so, Kontakt mit Gisela. Also der beschränkte sich eigentlich meist auf die Faschingszeit, wenn wir die Auftritte geprobt haben. – Nein, mir hat sie nicht erzählt, dass sie hier wegwollte. – Natürlich hat sie sich immer gewünscht, auf einer richtigen Bühne zu stehen. – Eine Filmrolle, ja, das wär's gewesen. – Da fällt mir doch ein, ja, jetzt fällt's mir ein. Die Gisela hat am Faschingsdienstag, nachdem wir ihn eingegraben hatten, den Fasching, so eine komische Bemerkung gemacht. ›Wenn ich es doch noch auf die Leinwand schaffe‹, hat sie gesagt, ›dann habe ich das dem Johann mit seiner

Alfawelt zu verdanken.‹ Und dann, drei oder vier Monate später, war sie verschwunden. – Ja, eben, Gisela hatte immer eine tolle Figur. Und sie hat alles getan, dass es so blieb.«

»Du sollst nicht die Kanne ersäufen, sondern die Pflanzen wässern.«

Fanni erschrak dermaßen, dass sie sich reflexartig am Rand der Wassertonne festklammerte. Dabei rutschte sie ab, und ihr rechter Arm tauchte bis zur Schulter ins Wasser.

»Wonach fischst du denn?«, fragte Hans Rot.

»Mama, komm jetzt«, hallte es vom Nachbargrundstück.

»Servus, Hilda. Servuuus, mach's guut«, flötete es hinter der Hecke.

6

»Oma«, rief Max, kaum dass Fanni aus dem Wagen gestiegen war. »Du musst heute mitkommen zum Fußballspiel, du musst. Wir spielen gegen Stockheim. Ich bin der Rechtsaußen.« Fanni lächelte ihrem Enkel zu und fragte sich, von wem er die Gene für Ballgefühl geerbt hatte.

Von Fanni Rot gewiss nicht!

Vor drei Jahren, bald nach seiner Einschulung, war Max für die Nachwuchsmannschaft des FC Klein Rohrheim ausgewählt worden. Seit der vergangenen Saison lobte ihn der Trainer über den grünen Klee, und Vera platzte schier vor Stolz. Sie versäumte kein einziges Spiel und gebärdete sich auf der Zuschauerbank wie eine Besessene.

Vor etlichen Wochen, am Himmelfahrtstag, waren Fanni und Hans Rot zum Match gegen Groß Rohrheim mitgegangen. Fanni hatte sich eineinhalb Stunden lang für Veras Betragen geschämt. An der Balustrade, an der die Zuschauer lehnten, weil Sporttaschen und Trikots die ohnehin einzige Bank belegten, war sie Stück für Stück weiter von ihrer Tochter abgerückt, und sie hatte sich geschworen, nie wieder ein Fußballspiel zu besuchen. Selbst und erst recht dann nicht, wenn es ihr Enkel Max eines fernen Tages bis in die deutsche Nationalmannschaft schaffen sollte.

Als Fanni kurz nach ihrer Ankunft in Veras Küche trat, standen noch die Reste des Frühstücks samt den benutzten Tassen und Tellern auf dem Tisch. Sie sah auf die Uhr: kurz nach elf.

Veras Clogs klapperten die Treppe vom ersten Stockwerk herunter. An der Küchentür machten sie kurz halt.

»Endlich seid ihr da«, rief Fannis jüngste Tochter. »Kannst du schon mal mit dem Kochen anfangen, Mama? Wir müssen pünktlich um zwölf mittagessen, sonst kommen wir zu spät auf den Platz. Ich hab das Trikot vom Max noch in der Waschmaschine …« Das Ende des Satzes ging im neuerlichen Klacken ihrer Holzsohlen unter, das aber plötzlich wieder inne-

78

hielt. »Im Gemüsefach liegt Pute«, vernahm Fanni, dann eilte
ihre Tochter weiter.

Fanni fand das Fleisch neben zwei Paprikaschoten und einigen runzligen Karotten. Sie vermutete, dass es sich um diejenigen handelte, die sie bei ihrem letzten Besuch mitgebracht hatte. Putengeschnetzeltes mit Nudeln, entschied sie und machte sich an die Arbeit.

Max platzte in die Küche, nahm sich einen Karottenschnitz und begann zu plappern. »Unbesiegt schon in der zweiten Saison …«, schnappte Fanni auf. »Ein echter Knüppler, der Mittelstürmer … Und der Stockheimer Torwart …«

Stockheim.

Fanni ließ Spirelli ins kochende Wasser rieseln. Wo hatte sie nur in den letzten Tagen …

»Mamis Freundin Gesa ist seine Tante, aber …«

Gesa, Gesa, Gisela. Der Deckel schepperte auf den Topf. Martha hatte gesagt, dass Giselas Eltern seit etlichen Jahren im Rheinland wohnten. Sie hatte auch den Ort erwähnt: Stockheim. Dorthin wurde Giselas Post geschickt, dorthin liefen die Unterhaltszahlungen.

»Du kommst doch heute wieder mit, Omi?«

»Natürlich«, antwortete Fanni. »Wie weit ist es denn bis Stockheim?«

Max legte die Stirn in Falten und dachte angestrengt nach.

»Also, da müssen wir fast eine Stunde Auto fahren, beinahe bis hinter Oestrich.«

Gehörte »Hinter-Oestrich« zum Rheinland? Fanni hoffte es. Denn wenn nicht, dachte sie, findet das Fußballspiel dummerweise im falschen Stockheim statt.

Der Wirbel auf dem Fußballplatz berührte Fanni noch peinlicher als beim letzten Mal. Vera hatte eine Tröte mitgebracht. Als sie hineinblies, trat Fanni einen Schritt zurück, dann noch einen und noch einen.

Der Schiedsrichter pfiff ein Foul von Max. Vera tobte. Fanni nutzte den Aufruhr um sich herum und schlich sich davon. Falls sie rechtzeitig zurück war, würde niemand ihr Fehlen bemerken.

Sie hielt auf einen Feldweg zu, auf dem ihr ein Spaziergänger mit Dackel entgegenkam.

Der Mann wohnt sicher ganz in der Nähe. Du könntest ihn nach Giselas Eltern fragen, wenn du ihren Mädchennamen wüsstest!

»Brunner«, murmelte Fanni.

Sie sprach den Herrn an.

»Margot und Hugo Brunner«, antwortete der. »Die wohnen gleich hinter dem Wäldchen in einem gelben Haus mit Schieferdach.« Er deutete den Feldweg entlang, der sich zwischen Bäumen verlor.

Fanni folgte dem Hinweis.

Nachdem sie ein paar Minuten unter Weiden an einem Bächlein entlanggelaufen war, kam sie an einen Holzsteg, der ans andere Ufer führte. Sie ging hinüber und auf einem Trampelpfad weiter. Er endete nach wenigen Metern im rückwärtigen Areal eines dörflichen Supermarkts.

Fanni umrundete das Gebäude und gelangte in eine schmale Straße, die von Einfamilienhäusern gesäumt war.

Nach einer kurzen Strecke blieb sie vor einem der Häuschen stehen und bewunderte die Lilien, die in leuchtendem Orange und dunklem Lila am Zaun entlang blühten. Hinter der Blumenrabatte erschien ein gelbes Haus mit Schieferdach im Blickfeld.

»Wirklich schade, dass die ganze Pracht in ein, zwei Wochen verwelkt sein wird«, sagte eine Stimme. Hinter dem Zaun erhob sich eine Frau knapp in den Siebzigern aus der Hocke und bog behutsam den Rücken durch. Fanni hatte sie zuvor ebenso wenig bemerkt wie den roten Plastikkübel, der die Stelle markierte, an der die Frau Unkraut gejätet hatte.

Die Frau kam Fanni vage vertraut vor.

»Und sobald sie verwelkt sind«, fuhr sie fort, »machen sie richtig Arbeit. Jede Blüte muss abgeschnitten werden, sonst sieht es hier aus wie am Wüstenrand.«

Fanni nickte verständnisvoll. Neben ihrer Garage wuchs nur ein kleines Büschel solcher Lilien, dem sie jeden Morgen böse Blicke zuwarf, wenn wieder Blütenblätter auf dem Pflaster lagen.

Das ist sie doch, oder? Das ist Giselas Mutter!
Fanni zögerte.

Ihr Gegenüber sah sie plötzlich abwägend an. »Ich weiß nicht recht ...«, begann die Frau, dann verstummte sie.

Fanni lächelte befangen. »Ich dachte auch gerade, ich müsste Sie kennen.«

Es war wieder einen Moment still, dann sagte Fanni: »Mein Name ist Fanni Rot, ich komme aus Erlenweiler, einem kleinen Ort an der Donau, und bin zu Besuch bei meiner Tochter hier.«

Die Frau hinter dem Zaun schlug sich die Hand an die Stirn. »Fanni Rot, natürlich. Sie gehören zu Giselas Freundeskreis, zu den Bergsteigern.«

»Und Sie sind Giselas Mutter«, sagte Fanni. »Ich erinnere mich, dass wir auf der Feier zum Firmenjubiläum der Stolzers zusammen an einem Tisch saßen.«

Giselas Mutter schmunzelte. »Das ist aber lange her. Warum sind Sie nicht öfter zu Festen gekommen? Gisela hat eine ganze Menge veranstaltet.«

Weil ich Partys, Feiern und derartigen Veranstaltungen noch nie etwas abgewinnen konnte, dachte Fanni.

Laut sagte sie: »Mir hat einfach die Zeit dazu gefehlt.«

Frau Brunner pulte die Gartenhandschuhe von ihren Fingern und deutete zu einem Türchen im Zaun. »Sie müssen ein Tässchen Kaffee mit mir trinken, Frau Rot, und mir erzählen, was sich rund um Deggendorf so tut.«

»Gern«, erwiderte Fanni.

Du solltest lieber zum Sportplatz zurückgehen. In der Halbzeitpause wird es auffallen, wenn du nicht da bist!

Gar nicht, lehnte sich Fanni gegen Wichtel Wichtigtuer auf. Mäxchen wird mit den anderen Spielern in die Kabine gehen; Bernhard wird mit dem Filialleiter von Stockheim fachsimpeln, und beide werden so tun, als hätten sie die Bankenpleite verhindern können, wenn man sie nur gelassen hätte; Vera wird inmitten eines Pulks junger Mütter stecken; Minna wird ein paar Freundinnen entdeckt haben, mit denen sie herumalbern kann. Hans Rot wird versuchen, als Ehrenmitglied in den FC aufgenommen zu werden. Und ich werde mir keinesfalls die Gelegenheit entgehen lassen, etwas über Gisela zu erfahren.

Giselas Mutter war inzwischen am Zaun entlang zu dem Türchen gegangen und hatte es geöffnet. Während Fanni darauf zuschritt, ratterte ein Wagen die Straße entlang. Kurz bevor sie durch die Gartenpforte trat, drehte sie sich um und sah ihm nach. Was sie da erblickte, ließ sie wie erstarrt stehen bleiben.

Frau Brunner hatte offenbar wahrgenommen, worüber Fanni so staunte, denn sie deutete auf die Kurve, in der das Auto soeben verschwunden war, und sagte:»Das war Magermilch. Er stammt von dem Hof dort hinten.«

Hinter Obstbäumen erspähte Fanni eine baufällige Scheune und ein Stück bemoostes Dach.

»Fährt ein ganz schön auffälliges Auto«, fügte Frau Brunner hinzu.»Aber er soll ja schon immer aus dem Rahmen gefallen sein.«

»Magermilch?«, fragte Fanni.

»Der Sohn vom Lehmackerbauer«, erklärte Frau Brunner und zuckte die Schultern.»Manchmal frage ich mich, ob überhaupt jemand ihren wirklichen Namen kennt. ›Lehmackerbauer, Lehmackerbäuerin, Magermilch.‹ So heißen sie hier. Der Sohn kam zu dem Spottnamen, weil die Lehmackerbauern arm waren und ihre Kühe wenig Milch gaben. Irgendwann wurde den Rindviechern vom Lehmackergrund nachgesagt, sie gäben nur Magermilch. Und dann der Hoferbe: spindeldürr mit bläulich-blasser Haut und wässrigen Augen. ›Wie soll ein Kind wohl sonst aussehen, das mit Magermilch aufgezogen wurde?‹, hieß es im ganzen Gäu. Und dem Buben blieb der Name.«

»Und die drei bewirtschaften gemeinsam den Hof?«, erkundigte sich Fanni.

Frau Brunner schüttelte den Kopf.»Seit vor Jahren in einer einzigen Nacht der halbe Viehbestand einging, ist Magermilch von hier verschwunden.«

Fanni starrte wieder auf die Kurve, als erwarte sie, jeden Moment wieder jenen roten, am Heckfenster mit Aufklebern bestückten Wagen auftauchen zu sehen, der dem von Hannes Gruber zum Verwechseln ähnlich sah.

Frau Brunner winkte sie durch die Pforte. »Das ist eine lange Geschichte. Aber wenn Sie wollen, erzähle ich sie Ihnen, denn sie hat auch einiges mit unserer Familie zu tun.« Sie zwinkerte. »Aber nachher müssen Sie mir sämtliche Neuigkeiten aus Deggendorf berichten.«

Täuscht ihr Verhalten, oder hat Giselas Mutter keine Ahnung von den Ereignissen? Von Willis Tod?

Frau Brunner führte Fanni in die Küche und begann sogleich mit geschäftigen Handgriffen. Sie füllte Kaffeepulver in den Filter der Maschine, stellte Teller und Tassen auf den Tisch, richtete Kekse in einer Schale an. Als die Kaffeemaschine durch ein rachitisches Gurgeln zu erkennen gab, dass sie ihr Werk vollbracht hatte, rückte Frau Brunner für Fanni einen Stuhl zurecht und nahm dann ihr gegenüber Platz. Sie schenkte ein, reichte Fanni Milch und Zucker, nahm selbst von beidem und trank einen Schluck Kaffee. Plötzlich sprang sie wieder auf, eilte hinaus und kam wenig später mit einem Pappkarton zurück. Sie suchte eine Weile darin herum, dann zog sie mit befriedigter Miene eine Fotografie daraus hervor.

»Ich wusste doch, dass ein Bild von ihm da sein muss.« Sie hielt es Fanni vor die Augen. »Das ist Johann. Da war er sieben.«

»Johann«, wiederholte Fanni dümmlich.

»Der Neffe meines Mannes und das schwarze Schaf der Familie.«

»Hübscher Junge«, murmelte Fanni.

Auffällig hübsch sogar! Blond gelockt! Einem Werk von Raffael entsprungen!

»Er sieht aus wie ein Engel, nicht wahr?«, sagte Frau Brunner. »In Wirklichkeit war er damals schon ein Teufel. Seine Mutter starb, als er vierzehn war, sein Vater drei Jahre später. ›Der frühe Tod seiner Eltern geht auf Johanns Konto‹, hat Tante Doris – sie war seine Großmutter – immer gesagt, und ich glaube, auch sie selbst musste aus Kummer über diesen ungeratenen Enkel, der leider ihr einziger war, vorzeitig sterben.«

Frau Brunner machte eine Verschnaufpause. Fanni wartete geduldig.

»Zugegeben«, fuhr Frau Brunner fort, »Tante Doris hatte ein

Herzleiden, sie musste laufend Medikamente einnehmen. Aber damit hatte sie die Erkrankung ihr Leben lang gut im Griff. Und dann lag sie eines Tages tot in ihrem Häuschen. Nachbarn haben sie gefunden.«

Wieder verschnaufte Frau Brunner für einen Moment.

»Zwei Tage später«, erzählte sie weiter, »haben wir erfahren, dass uns Tante Doris das Häuschen vererbt hat. Bald darauf sind wir eingezogen.« Liebevoll strich sie über die offensichtlich frisch tapezierte Wand, an die eine Schmalseite des Tisches gerückt war. »Doris hat gewusst, dass ihr Eigentum bei uns in guten Händen sein würde. Wir hegen und pflegen es. Erst letzte Woche hatten wir den Maler und den Spengler da. Seit mein Mann den Schlaganfall …«

Fanni biss die Zähne zusammen. Die Zeit läuft mir weg! *Du wirst sie die gesamte Geschichte erzählen lassen müssen, von vorne bis hinten!*

»Was ich von Johann weiß«, hörte Fanni und blendete sich wieder ein, »hat Doris uns bei ihren wenigen Besuchen in Niederalteich erzählt. Der Bub muss von Jahr zu Jahr schlimmer geworden sein. Und nachdem er sich mit dem Nachbarsbuben vom Lehmackerhof« – Frau Brunner zeigte mit dem rechten Daumen über die Schulter – »angefreundet hatte, lief seine Zügellosigkeit auf Straftaten hinaus.« Sie wiegte bedauernd den Kopf. »Als man eines Tages in Sankt Magdalena den Opferstock aufgebrochen fand und kurz darauf Johann und seinen Freund aus einem illegalen Spielclub holte, kam Johann in ein Heim für Schwererziehbare. Mit achtzehn, bald nachdem sein Vater gestorben war, zog er ganz weg.« Frau Brunner dachte einen Augenblick lang nach. »Johann muss inzwischen auf die fünfzig zugehen – wenn er noch lebt.«

Fanni kaute auf ihrer Unterlippe. Zwei Nachbarsjungen mit krimineller Vergangenheit. Einer von ihnen fuhr einen Wagen wie Hannes Gruber, einen solchen, wie Fanni ihn auf dem Kundenparkplatz der Firma Stolzer gesehen hatte. Waren die Autos identisch?

»Was ist aus Magermilch geworden?«, fragte sie. »Kam er auch ins Heim?«

Frau Brunner schüttelte den Kopf. »Seine Eltern haben wohl hoch und heilig versprochen, ihn an die Kandare zu nehmen. Er war ihr einziger Sohn, er war der Hoferbe. Aber nachdem bald darauf fast alle Kühe eingingen, gab es nicht mehr viel zu erben.«

»Eine Seuche?«, fragte Fanni.

Frau Brunner zuckte die Schultern. »Ich kenne die ganze Geschichte selbst nur vom Hörensagen. Das hat sich ja alles ereignet, bevor wir hierhergezogen sind. Die Stockheimer sind sich offenbar nicht ganz einig, wie es zu dem Unglück im Stall vom Lehmackerhof kam. Die einen sagen, die Bauersleut hätten den Kühen Grünfutter gegeben, in dem sich allerhand schädliche Gräser befanden. Die anderen meinen, Magermilch hätte absichtlich was ins Futter gemischt, um die Rindviecher, die er hasste, zu vergiften. Wenn er das getan hat und damit erreichen wollte, nicht Bauer werden zu müssen, konnte er sich gratulieren.«

Frau Brunner war deutlich anzusehen, was sie von Halbwüchsigen hielt, die Opferstöcke ausraubten, die Beute verzockten und womöglich den eigenen Viehbestand vergifteten.

»Wie auch immer es dazu kam«, fuhr sie fort, »eines Nachts erkrankten sämtliche Kühe. Etliche starben, ein paar erholten sich wieder, gaben allerdings keine Milch mehr – oder nur unbrauchbare Milch, seltsam verfärbte. Niemand weiß es genau. Ein paar Stockheimer Spaßvögel behaupten, sie gaben Magermilch. Jedenfalls waren die Kühe zu nichts mehr nütze, deshalb musste sie der Lehmackerbauer wohl oder übel weggeben. Sein Sohn verschwand von der Bildfläche.«

Sie goss Fanni Kaffee nach und sagte dabei nachdenklich: »Wenn in Stockheim die Rede auf Magermilch kommt, heißt es ja immer, er wäre ein recht talentierter Bursche gewesen. Ein hervorragender Sportler, ein Spitzenfußballspieler, aber auch gut in der Schule. Ein ausgesprochen heller Kopf. Ich fürchte, daran, dass er auf die schiefe Bahn geraten ist, trägt Johann nicht wenig Schuld.«

»Hm«, machte Fanni. »Johann blieb verschwunden, aber Magermilch ist wieder aufgetaucht.«

»Seit einiger Zeit scheint er seine Eltern regelmäßig zu besu-

85

chen«, bestätigte Frau Brunner. »Jedenfalls sehe ich öfter diesen Wagen zum Hof fahren. Wer drinsitzt, kann ich eigentlich nicht sagen. Ich nehme halt an, dass es Magermilch ist.«

Oder Hannes Gruber!

»Der Hof wird wohl nicht mehr richtig instand gehalten?«, fragte Fanni.

Frau Brunner verneinte. »Nachdem es mit der Milchwirtschaft vorbei war, hat die Lehmackerbäuerin Näharbeiten übernommen – Säume kürzen, Hosenbund weiter machen, solche Sachen halt. Aber was sie damit verdiente, hat hinten und vorne nicht gereicht. Und als ihre Finger immer arthritischer wurden, nahm es sowieso ein Ende. Bald mussten die Bauersleut nach und nach den Traktor samt Mähwerk, den Heuwender und das gesamte Arbeitsgerät verkaufen. Und als das alles weg war, stand die erste Wiese unter ›Angebote‹ im Tagblatt.«

Frau Brunner legte die Fotografie in die Pappschachtel zurück und stellte sie aufs Fensterbrett. »Aber jetzt müssen Sie erzählen! Was tut sich so in Deggendorf?«

»Ich bekomme selbst nicht viel mit«, antwortete Fanni ausweichend. »Treffe nur selten Bekannte. Gisela hab ich schon seit Jahren nicht mehr gesehen.«

Frau Brunner seufzte. »Wir sehen sie auch sehr, sehr selten, und genauso selten lässt sie was von sich hören. Manchmal bedaure ich es, dass mein Mann und ich hierhergezogen sind.« Sie stützte den Kopf in die Hände. »Ich hatte gehofft ...«

Fanni wartete.

»Als wir noch in Niederalteich wohnten«, sagte Frau Brunner, »hat uns Gisela mindestens einmal pro Woche besucht. Seit wir hier sind, sind ihre Besuche und Anrufe von Jahr zu Jahr spärlicher geworden. Wir selbst können ja nicht mehr verreisen, seit mein Mann den Schlaganfall hatte.« Sie wischte sich die Augen. »Es ist jetzt gut vier Monate her, dass Gisela an diesem Tisch saß und sagte, sie würde sich von Toni trennen. Was habe ich nicht alles versucht, um ihr das auszureden. Aber Gisela hat bloß gelacht. ›Mama‹, hat sie gesagt, ›ich habe den Mann gefunden, der mir meinen Traum erfüllt.‹«

»Was ist das für ein Traum?«, fragte Fanni.

»Das Einzige, wovon Gisela von Kind an träumte, war, Schauspielerin zu werden. Doch dafür ist sie ja wohl inzwischen zu alt.« Frau Brunner sah Fanni traurig an.

»Hat sie denn weiter gar nichts über ihre Pläne verlauten lassen?«, hakte Fanni nach.

Frau Brunner schüttelte den Kopf. »Nur dass sie verreisen wolle, sich aber ganz bestimmt bald wieder melden würde, und dass ab Juni ihre Post hierhergeschickt werden soll. Dann habe ich wochenlang nichts mehr von ihr gehört. Eines Tages ist mir die Warterei zu bunt geworden, und ich hab in Deggendorf angerufen.« Sie sah verlegen auf ihre Hände. »Ich hab halt gehofft, Gisela wäre inzwischen von ihrer Reise zurück und alles hätte sich eingerenkt.«

Entschieden hob sie den Blick. »Weil am Privatanschluss keiner abnahm, hab ich es in der Firma probiert. Da war Willi am Apparat. Er meinte, ich sei nicht der einzige Mensch, den Gisela derart verstört zurückgelassen hätte. Er schien mir gar nicht gut auf sie zu sprechen zu sein. ›Gisela ist eiskalt und rücksichtslos abgehauen‹, hat er sich bei mir beklagt. ›Und sie hat absolut niemandem verraten, wohin.‹« Frau Brunner senkte den Blick wieder auf die Hände. »Ich habe mich so geschämt, dass ich mich nicht länger mit ihm unterhalten wollte, und hab mich geradezu überstürzt verabschiedet.«

Sie hat keinen Schimmer, dass er tot ist!

»Gisela wird sich sicher demnächst bei Ihnen melden«, sagte Fanni lahm.

Frau Brunner sah sie zweifelnd an.

»Und ich werde«, begann Fanni, stockte und fuhr dann fort: »Ich werde Martha bitten, Sie anzurufen, falls die Stolzers was von Ihrer Tochter hören.«

Und jetzt Abgang, aber dalli!

»Und nun, fürchte ich, ist es höchste Zeit für mich, aufzubrechen. Meine Familie wird sich schon gefragt haben, wo ich herumstrolche.«

Frau Brunner nickte. »Ja, es wird wohl Zeit, unseren kleinen Plausch zu beenden. Ich muss nach meinem Mann sehen. Sicher ist er inzwischen aufgewacht.«

Sie brachte Fanni hinaus. An der Straße hinter der Lilienrabatte verabschiedeten sie sich.

Fanni stand da und starrte die Lilien an, als wäre sie von ihnen hypnotisiert worden.

Zwei Nachbarsjungen, dachte sie, haben gemeinsam einiges ausgefressen und sich dann aus dem Staub gemacht. Der eine fährt jetzt einen roten Wagen wie Hannes, der andere trägt einen Vornamen, wie er wohl auch in Hannes' Taufschein steht. Zufall? Beides? Der Name? Der Wagen?

Du solltest auf geschwinden Füßen zum Sportplatz eilen! In spätestens zehn Minuten wird abgepfiffen!

Fanni hastete in die entgegengesetzte Richtung. Hinter der Kurve traf sie auf eine Abzweigung.

Sie lief den schmalen Weg entlang, der sich von der Hauptstraße abgabelte, und erkannte bereits nach wenigen Metern, dass sie richtig gewählt hatte. Die kurze, sandige Stichstraße führte offensichtlich zu dem Hof, den Frau Brunner »Lehmackerhof« genannt hatte.

Aus der gebrechlichen Scheune, die von Frau Brunners Garten aus zu sehen gewesen war, starrten ihr blinde Scheiben entgegen.

Fanni atmete durch und lugte ums Scheuneneck.

Auf einem lehmigen Flecken vor dem Wohnhaus, der dem Namen des Hofes alle Ehre machte, stand der rote Wagen inmitten ausrangierter, stark verrosteter Landwirtschaftsgeräte.

Die waren wohl unverkäuflich!

An der Heckscheibe des Autos sichtete Fanni die beiden Zeilen bunter Aufkleber, die ihr sofort aufgefallen waren, als der Wagen am Haus der Brunners vorbeifuhr.

»Das gibt's doch nicht zweimal«, murmelte Fanni. »Es muss Hannes sein.«

Wirf doch mal einen Blick auf das Autokennzeichen!

»DEG H 51« stand von jeher auf Hannes' Nummernschild, dachte Fanni. »DEG« für Deggendorf, »H« für Hannes. Der 5. Januar ist sein Geburtsdatum und gleichzeitig sein Namenstag – Johann Nepomuk.

Wenn Hannes all die Jahre bei derselben Automarke und bei

den Bergbahn- und Hüttenaufklebern geblieben ist, überlegte sie, dann erst recht bei diesem Kennzeichen.

Fanni reckte den Hals.

Das ihr zugewandte hintere Nummernschild war gänzlich von einem verbogenen Blechteil verdeckt, das aus seinem ursprünglichen Bestimmungsort an einer Pflugschar herausragte. Die Buchstaben und Zahlen auf dem vorderen Nummernschild waren, soweit Fanni das einschätzen konnte, nur für jemanden zu entziffern, der im Türbogen des Hauseingangs stand.

Zögernd begann sie, auf den Wagen zuzuschleichen.

Von jedem Fenster des Wohnhauses aus kann man dich sehen!

Fanni duckte sich hinter eine umgekippte Schubkarre.

Ein Hund schlug an.

WEEEEG!

Fanni machte kehrt. Sie hetzte ums Scheuneneck, stolperte über ein umgestürztes, halb verrostetes ehemaliges Straßenschild, das ihr zuvor gar nicht aufgefallen war, rappelte sich auf und lief die Stichstraße hinunter.

Plötzlich setzte ein unbändiger Lärm ein.

Fanni rannte, was das Zeug hielt.

Erst als sie schon am Supermarkt vorbei war und in das Wäldchen eintauchte, wurde ihr klar, dass das Getöse vom Sportplatz kam.

Siegesgeschrei!

Fanni drosselte das Tempo um gut die Hälfte.

»Da bist du ja«, sagte Hans Rot, als Fanni neben ihm auftauchte. »Hatte dich doch glatt für einen Moment aus den Augen verloren.«

Fanni hätte gelacht, wäre sie nicht so sehr außer Atem gewesen.

»Der Siegerverein hat zu einem Umtrunk eingeladen«, fuhr Hans fort. »Komm!« Er packte Fanni am Arm und zog sie mit sich.

Fanni fragte sich, wer das Spiel wohl gewonnen hatte, Klein Rohrheim oder Stockheim. Sie blickte sich um. Ein Häufchen Schulkinder machte sich soeben gestikulierend und debattierend auf den Heimweg. Die verbliebenen Zuschauer schrien noch immer wild durcheinander. Auf dem Spielfeld hatten sich die Klein Rohrheimer Nachwuchsspieler um ihren Trainer geschart. Von den Stockheimer Spielern gab es nicht die geringste Spur.

Sie müssen die Verlierer sein!

Plötzlich riss es Fanni fast von den Füßen. Dicht neben ihr tönte eine Tröte – drei-, viermal hintereinander. Dann hörte sie Veras Stimme in ihr linkes, nun schier taubes Ohr brüllen:»Na, was sagst du? Ist er nicht ein Ass, mein Sohn! Er hat sie rausgekickt, er hat sie rausgekickt.«

Sie sind *die Verlierer, die Stockheimer!*

Wenig später hockte Fanni auf einer der eilig aufgestellten Bierbänke in dem bis auf Theke mit Zapfhahn und zwei runden Tischen mit Stühlen drumherum kahlen Aufenthaltsraum des Sportheims, wo es nach verschwitzten Trikots, altem Linoleum und nassen Socken stank. Sie hielt sich an einer Limonadenflasche fest, versuchte, ihre Ohren vor dem Geschrei um sie herum zu verschließen, und dachte über Hannes Gruber nach.

Was wusste sie von ihm? Wenig, musste sie sich sogleich eingestehen. Sie und Hans Rot waren in den Achtzigern dem Alpenverein beigetreten. Damals waren die Stolzers (Willi und Martha, Toni und Gisela) und die Hummels (Rudolf und Gunda) schon dabei gewesen. Die Grubers – Hannes und Elvira – waren kurz nach den Rots dazugekommen. Bald darauf begannen die fünf Paare, gemeinsam in die Berge zu fahren.

Zu jener Zeit hat Hannes angefangen, seinen roten Sportwagen mit Aufklebern zu bepflastern, erinnerte sich Fanni. Alle haben darüber gelästert. Sogar Elvira. Sie hat das »Rennauto«, wie sie sein Auto nannte, sowieso nie gemocht. Hätte lieber einen Wagen gehabt wie Willi, einen – wie hieß er? Passat, ja Passat –, in dem es viel Platz gab.

Willst du herumträumen oder dich wieder auf Hannes Gruber besinnen?

Hannes, ja, Hannes.

Er war damals schon mit Elvira verheiratet gewesen, der Tochter eines Bauunternehmers aus Plattling. Aber noch nicht lange.

Alle Welt redete gerade davon, dass Hannes dabei war, sich mit Hilfe einer kräftigen Finanzspritze von seinem Schwiegervater einen Holzhandel aufzubauen. Mit den Jahren hat sich Gruber-Hölzer recht gut gemacht, dachte Fanni. Elviras Vater hätte sein Geld bestimmt schlechter anlegen können.

Gruber-Hölzer, sinnierte sie, wie heißt es in den Werbeanzeigen von Hannes' Firma?»… seit mehr als zwanzig Jahren bedienen wir unsere Kunden zuverlässig, pünktlich …« Na ja, egal. Jedenfalls betreibt Hannes das Geschäft seit Ende der Achtziger. *Und was trieb er davor?*

Fanni versuchte, sich etliche Jahre zurückzuversetzen. Ihre Gedanken wanderten auf Bergpfaden, die sie und die anderen gemeinsam mit Hannes gegangen waren, kehrten in Hütten ein, in denen sie übernachtet hatten, trafen auf dies und auf das. *Nur auf sein Vorleben triffst du nicht! Was hat der Kerl bloß gemacht, bevor er sich Elvira mitsamt einem Batzen Geld unter den Nagel riss?*

»Bin ganz schön herumgekommen in jungen Jahren«, hatte Hannes einmal an einem Hüttenabend erzählt, nachdem er eine halbe Flasche Zwetschgenbrand geleert hatte. Und Fanni erinnerte sich an den lallend vorgebrachten Satz:»Am aufregendsten war meine Zeit als Elefantenpfleger in Hellabrunn.« Damals hatten sie alle gelacht. Hannes hielt sie zum Besten, was sonst?

Was wohl wirklich seine aufregendste Zeit war?, sinnierte Fanni.

Vielleicht die als Croupier im Spielcasino von Bad Sowieso?

Nein, welches Casino würde schon einen Spieler als Croupier einstellen?

Sie brütete weiter vor sich hin, bis ihr klar wurde, dass Hannes nie erwähnt hatte, wo er aufgewachsen war und was seine Eltern machten. Warum, fragte sich Fanni, hat uns auch Elvira nichts erzählt? Sie musste doch wissen, wo Hannes herkam, musste ihre Schwiegereltern kennen.

Weil sich keiner von euch je für diese Dinge interessierte! Dich hat ja auch niemand gefragt, wo du zur Schule gegangen bist oder seit wann du in Erlenweiler wohnst!

Stimmt, dachte Fanni, wir haben uns über Bergtouren unterhalten, über Klettersteige, über Schraubkarabiner und über Daunenjacken von Salewa. Manchmal haben wir über Kinder gesprochen. Aber ganz selten, weil nur Hans und ich welche hatten – und die Hummels. Die hatten einen Sohn. Gisela interessierte dieses Thema nicht im Mindesten, und Martha ist dabei immer furchtbar traurig geworden. Ob sie wohl gern welche gehabt hätte und keine bekommen konnte? Auch das kam nie zur Sprache.

Und darum geht es jetzt auch gar nicht!

Hannes. Ja, Hannes.

Könnte Hannes mit Magermilch identisch sein – oder mit diesem Johann? Möglicherweise besucht Johann die Eltern seines Freundes, überlegte Fanni.

Quatsch! Der Vorname Johann samt seinen Entsprechungen wie Hans, Hannes und Weiß-der-Geier ist weiter verbreitet als Wald- und Feldmäuse! Und noch mal Quatsch! Nur weil irgendein Bauernlümmel in einem roten Flitzer mit irgendwelchen Aufklebern herumfährt, muss er ja nicht gleich Hannes Gruber sein!

Es würde aber passen. Magermilch war lange Zeit verschwunden. Als er wieder auftauchte, war er offenbar zu Wohlstand gekommen.

Und selbst wenn die zwei ein und dieselbe Person wären! Was spielt es für eine Rolle? Hannes soll hier als »Magermilch« aufgewachsen sein? Gut! Nachdem er fortging, hat er einige Kilo zugenommen und ist zu Geld gekommen – was ändert das?

Meine Beurteilung seines Charakters, dachte Fanni. Bisher hielt ich ihn zwar für vulgär, aber durchaus für rechtschaffen. Was soll ich wohl denken, wenn dieser Magermilch in ihm steckt – oder gar dieser Johann?

Dass Hannes Gruber durchaus kriminell veranlagt sein könnte!

Eben, dachte Fanni. Und deshalb muss ich herausfinden, wessen Auto auf dem Lehmackergrund steht. Deshalb und weil jene Person etwas mit Giselas neuem Leben zu tun haben könnte, um das sie ein so großes Geheimnis macht.

Jetzt rächt es sich bitter, bekannte Fanni sich selbst, dass ich keine Ahnung von Autotypen habe. Wenn der Wagen auf dem Hof und der von Hannes das gleiche Modell wären, könnte es dann immer noch Zufall sein?

Warum nicht?

Man müsste wirklich die Autonummer ...

Willst du zurücklaufen und auf dem Hof herumschleichen, bis dich der Hund anspringt? Das ist kein Pinscher, so wie der gebellt hat!

Er muss angekettet sein, sonst hätte er mich gestellt, überlegte Fanni.

Sie stand auf, ging zur Theke und stellte die Limonadenflasche ab. Niemand nahm Notiz von ihr. Max und die anderen Nachwuchsspieler warfen in einer Raumecke mit Pfeilen auf eine Zielscheibe. Vera und drei andere Spielermütter hatten sich irgendwo eine Flasche Wein besorgt. Vera schenkte soeben ihr Glas voll; die Tröte ragte aus ihrer Hosentasche. Fannis Augen suchten Hans Rot. Er lehnte mit dem Vereinsvorstand aus Klein Rohrheim an einem der offenen Fenster, die auf die Straße hinausgingen. Sie prosteten sich mit Bierdosen zu.

Fanni bewegte sich langsam in Richtung Ausgang, verharrte, bewegte sich weiter, verharrte wieder.

Keiner rief nach ihr.

Da schlüpfte sie hinaus, schlug einen Haken, erreichte den Feldweg, der am Fußballplatz entlangführte, und eilte auf das Wäldchen zu. Sie durchquerte es in wenigen Minuten, hastete am Supermarkt vorbei, ließ das Häuschen, in dem Giselas Eltern wohnten, links liegen und lief über die Stichstraße auf den Lehmackerhof zu.

Das rote Auto war verschwunden.

Irgendwo schlug der Hund an.

Durch eines der blinden Scheunenfenster versuchte Fanni, nach drinnen zu blicken.

Undeutlich konnte sie den roten Wagen erkennen.

Sosehr sie ihre Nase auch an die Scheibe presste, sosehr sie mit Daumen und Zeigefinger rieb, um ein Fleckchen klar zu bekommen, die Buchstaben und Zahlen auf dem Nummernschild verschwammen vor ihren Augen. Da konzentrierte sie sich auf die bunten Aufkleber. Von einem glitzerte ihr eine silberfarbene Spirale entgegen.

Der Hund bellte wie verrückt.

»Aus, Büffel!«, rief plötzlich eine Männerstimme.

Fanni duckte sich hinter einen Ziegelhaufen. Im selben Augenblick sah sie eine gebeugte Gestalt aus dem Wohnhaus kommen.

Spindeldürr! Kreidebleich! In den Siebzigern oder älter?

Nein, der Mann hatte keine Ähnlichkeit mit Hannes.

Überhaupt keine!

Was noch lange nicht heißt, dass es nicht sein Vater sein könnte, dachte Fanni halsstarrig.

Die Gestalt schlurfte langsam auf die Scheune zu.

Fanni gab Fersengeld.

Als sie zurückkam, war die Feier im Vereinsheim noch in vollem Gange. Fanni ging zur Theke, holte sich eine zweite Limonade, setzte sich auf eine der Bänke und sah sich um.

Hans Rot war nirgends zu entdecken. Vera und die jungen Mütter hatten sichtlich Spaß – inzwischen standen drei Weinflaschen vor ihnen auf dem Tisch. Auf einer Bank, wenige Schritte von Fanni entfernt, unterhielt sich Bernhard noch immer – oder schon wieder – mit seinem Kollegen. Fanni kannte ihn, er war nicht nur Bernhards Kollege, sondern auch ein Freund der Familie.

Er heißt Sieber! Und er ist der Leiter der Sparkassenfiliale Stockheim!

Richtig, dachte Fanni, und wie hoch ist die Wahrscheinlichkeit, dass sich jenes Konto der Alfa Filmwelt, auf das Giselas Unterhaltszahlungen laufen, bei dieser Bank befindet? Fünfzig Prozent, falls es in Stockheim noch eine Genobank gibt, dreißig Prozent, wenn die Stockheimer auch noch eine … Nein, so viele Banken haben die nicht.

Fanni machte sich an die beiden Männer heran.

Als sie sich zu ihnen setzte, nickten sie ihr freundlich zu. Sieber fragte, wie ihr das Spiel gefallen habe.

»Gut«, antwortete Fanni.

»Ihr Enkel ist ein Bomber«, sagte Sieber.

»Ja, das ist er«, antwortete Fanni, während sie krampfhaft überlegte, wie sie auf die Klientel der Sparkassenfiliale Stockheim zu sprechen kommen könnte.

Sieber machte noch ein, zwei Bemerkungen, auf die Fanni ebenso einsilbig antwortete wie auf die vorherigen. Daraufhin nahmen die beiden Männer das Gespräch untereinander wieder auf. Fanni spitzte die Ohren.

»Diese Insolvenzwelle ist noch lange nicht vorüber«, sagte Bernhard. »Elektro-Vogl wackelt, und der Klein Rohrheimer Bauunternehmer ist mit den Kreditraten im Rückstand.«

Sieber nickte. »Wir werden uns noch auf etliche Pleiten gefasst machen müssen.«

Fanni entschied, dass ihre Chance gekommen war. »Pleiten? Davon werden doch wohl keine Stockheimer Firmen betroffen sein? Eine gute Freundin von mir hat sich erst kürzlich bei Alfa Filmwelt eingekauft.«

Gut gemacht, Fanni! Und womöglich entspricht das sogar der Wahrheit!

»Läuft sie Gefahr, ihr Erspartes zu verlieren?«

Sieber lachte jovial. »Keine Sorge. Auf des Alfa-Konto laufen fette …« Er unterbrach sich.

Hat wohl das Bankgeheimnis verletzt in seinem Überschwang!

»Nein, Sie müssen sich keine Sorgen machen«, endete Sieber lahm.

»Eigentlich erstaunt es mich, dass eine Filmgesellschaft ihre Studios in einem so kleinen Ort wie Stockheim betreibt«, sagte Fanni.

Sieber zögerte mit der Antwort, gelangte aber offenbar zu der Ansicht, dass er keine Interna ausplauderte, wenn er Fanni mitteilte, dass Alfa Filmwelt ihre Studios mitnichten in Stockheim betrieb.

»Der Sitz des Unternehmens befindet sich in Mainz«, vertraute er ihr darüber hinaus an.

»Aber es ist nicht unüblich, dass eine Firma mehrere Banken mit ihren Finanzgeschäften betraut«, fügte Bernhard erklärend hinzu.

»Vor allem eine im Heimatort des Firmeninhabers«, sagte Fanni auf gut Glück. »Wie hieß er doch gleich? Johann… Nun hab ich doch glatt den Zunamen vergessen.«

Sieber sah sie einen Augenblick irritiert an, dann sagte er: »Alfa Filmwelt ist eine GmbH. Hier haben wir es nicht mit einem Inhaber zu tun, sondern mit Gesellschaftern und einem Geschäftsführer. Und ich wüsste nicht …« Seine Stimme verlor sich.

Sackgasse!

Nicht ganz, sagte sich Fanni. Alfa Filmwelt, Mainz. Das reicht, um die zugehörige Telefonnummer herauszufinden.

Dann rufst du an und verlangst Johann Punkt-Punkt-Punkt zu sprechen!

Nein, ich verlange Gisela Stolzer.

7

Als Erstes rede ich mit Hannes, nahm sich Fanni vor, als sie am Sonntagabend mit Hans Rot im Wagen saß und auf dem Heimweg nach Erlenweiler war.

Du kannst doch Marco bitten, feststellen zu lassen, wer hinter der Alfa Filmwelt GmbH steckt, und sicherlich kann er auch leicht in Erfahrung bringen, wer diesen Hof in Stockheim bewohnt, wenn dir der Bauernlümmel schon keine Ruhe lässt!

Ich rede lieber mit Hannes, dachte Fanni. Marco kann doch nicht Ermittlungen anordnen, nur weil Fanni Rot irgendwelche Verflechtungen zusammenphantasiert, die vermutlich gar nicht existieren. Außerdem könnte er solche Nachforschungen wohl schlecht vor Frankl geheim halten.

»Der Bub ist spitze«, begann Hans Rot zu schwärmen, als sie die Verkehrsstockung am Autobahnzubringer hinter sich hatten. »Das wird einmal ein Rechtsaußen, wie er im Buche steht – ein Stürmer, ein Torjäger, ein Ass.«

»Wer?«, fragte Fanni abwesend.

»Der Bub, der Max, dein Enkel!«, schrie ihr Mann. »Wer sonst hat heute drei Tore geschossen? Die Stockheimer möchten ihn für ihren Stall haben, aber die Klein Rohrheimer geben ihn nicht her.«

Ist mein Enkel ein Rennpferd?, dachte Fanni.

Laut sagte sie: »Aber Max ist doch erst neun.«

»Wenn einer im Profisport Fuß fassen will, müssen die Weichen dafür früh gestellt werden«, belehrte sie ihr Mann.

Fanni seufzte. Armer Max. Deine Mutter bläst vermutlich ins gleiche Horn wie dein Großvater. Ich werde Leni und Leo mit aufbieten müssen, um dich davor zu retten, vermarktet zu werden.

Das Rheingau scheint ein Nährboden für Fußballspieler zu sein! Meinte Frau Brunner nicht, dieser Magermilch ...

»Ist Hannes nicht auch ein guter Fußballer?«, sagte Fanni.

»Hannes Gruber?«, fragte ihr Mann nach.

Sie nickte.

»Na ja, er hat eine Zeit lang für Aktiv-Grünweiß gekickt«, antwortete Hans Rot.

»Als Kind?«

Hans Rot prustete laut. »Aktiv ist die Altherrenmannschaft vom FC. Vierzig aufwärts.«

»Ob er früher wohl auch Fußball gespielt hat?«

»Keine Ahnung, was Hannes …« Er unterbrach sich und warf Fanni einen verdutzten Blick zu. »Sag mal, wie kommst du denn jetzt auf den Hannes?«

»Ich, äh …«, fing Fanni an und druckste ein paar Augenblicke lang herum. Dann hatte sie es. »Mir ist vorhin eingefallen, dass unser Vorratsregal im Keller schon ganz kaputt und wackelig ist. Hannes bietet in seinem Geschäft auch Regalsysteme an, habe ich gehört. Deshalb bin ich auf ihn gekommen.«

»Kellerregal«, erwiderte Hans Rot. »So was kann ich doch schreinern.«

»Ach, Hans, das dauert ja ewig. Und ich hätte gern was Professionelles.«

»Was Professionelles für den Keller«, murrte ihr Mann. »Aber bitte sehr, kauf es bei Hannes. Nur erwarte nicht, dass ich mitkomme.«

Das würde mir gerade noch fehlen, dachte Fanni.

Frisch gewagt ist halb gewonnen, sagte sie sich am Montagmorgen, stieg in ihren Wagen und machte sich zu Gruber-Hölzer auf.

Als sie aus der Zufahrt biegen wollte, stieß sie beinahe mit einem entgegenkommenden Wagen zusammen.

Sie trat auf die Bremse.

Auch das andere Auto stoppte, dann wurde der Motor abgestellt, und Kommissar Frankl öffnete die Fahrertür. »Sakra, hab ich Sie grade noch erwischt. Ein paar Fragen hätt ich noch.«

Fanni ließ ihren Wagen stehen, wo er stand, und führte Frankl durch den Garten auf ihre Terrasse.

Die Unterredung dauerte nicht lang. Frankl ersparte Fanni weitere Fragen nach ihrer Beziehung zu den Stolzers im Allgemeinen und Willi Stolzer im Besonderen. Er vergewisserte sich nur über den Zeitpunkt des Leichenfundes, fragte, ob ihr, während sie im Klettergarten war, wirklich nichts weiter aufgefallen sei: Spaziergänger eventuell, ein Fahrzeug vielleicht? »Nein«, antwortete Fanni, »ich …« Sie stockte. »Ich habe nicht mal Willis Rad gesehen. Er muss aber mit dem Rad gekommen sein.«

»Es war ein Stück entfernt an ein Geländer gesperrt«, erwiderte Frankl kurz angebunden. »Apropos Fahrzeug«, fuhr er dann fort, »Sie haben zwei Tage nach dem Mord das Auto von Hannes Gruber auf dem Kundenparkplatz der Stolzers stehen sehen?«

Maurer hat also doch noch Anzeige erstattet! Und offenbar hat er angegeben, dass Hannes' Wagen, außer von ihm selbst, von noch jemandem gesehen worden ist! Deshalb ist der Sakra hier aufgekreuzt!

Fanni entschloss sich, Frankls Frage – war es nicht ohnehin mehr eine Feststellung als eine Frage? – mit »ja« zu beantworten.

Was wohl nicht ganz hasenrein ist!

Nein, dachte Fanni, ist es nicht. Es könnte noch ein solches Auto geben – vielleicht aber auch nicht. Ein knappes »ja« wird mir jedenfalls eine Menge Erklärungen ersparen.

Das tat es. Frankl stand auf und verabschiedete sich.

Als er weg war, wurde Fanni zuerst vom Postboten aufgehalten und dann von Frau Praml. Eine halbe Stunde später konnte sie endlich wieder in den Wagen steigen und ihre Zufahrt verlassen.

Sie hatte morgens eine Weile mit dem Gedanken gespielt, sich mit Sprudel zu verabreden und ihn zu Gruber-Hölzer mitzunehmen, hatte sich vernünftigerweise jedoch dagegen entschieden. Hannes, dachte sie, wird sich lockerer geben, wenn ich nicht in Begleitung eines Fremden erscheine.

Du tust Sprudel sowieso keinen Gefallen, wenn du ihn zu sehr in deine Erkundungen einbeziehst! Er will diesem Frankl sicherlich nicht mehr in die Quere kommen!

Hm, dachte Fanni. Sprudel verhält sich auffällig schwunglos. Alles Kämpferische ist ihm irgendwie abhandengekommen.

Sie gondelte gerade die Detter Straße entlang, als ihr Blick auf die Tankanzeige fiel. Die Nadel stand im roten Bereich.

An der Ecke Detter/Bahnhofsstraße gibt es eine Tankstelle!

Fanni setzte den Blinker.

Als sie den Tankstutzen einhängte, sah sie Fritz Maurer aus dem Tankshop kommen und auf einen grauen Lieferwagen mit der Aufschrift »Stolzer & Stolzer« zugehen, der an der Zapfsäule gegenüber stand.

Sie winkte ihm lächelnd zu. »Schon wieder auf dem Weg zu einem reklamierenden Kunden?«

Maurer trat heran und nickte ernst. »Ja, leider. To…« Er schluckte den Namen hinunter und sagte schnell: »Unser Betrieb hat sich vor einiger Zeit ein Kontingent minderwertiger Ware andrehen lassen. Das rächt sich halt irgendwann.«

Fanni nickte verständnisvoll.

»Heutzutage muss man jeden Handel genau unter die Lupe nehmen«, fuhr Maurer fort, »die Zeiten haben sich geändert. Es ist nicht mehr so wie früher, als Geschäfte noch auf Ehre und Gewissen abgeschlossen wurden.«

»Und Sie sind ständig unterwegs, um alles auszubügeln?«, fragte Fanni.

Maurer winkte ab. »Hauptsächlich um die Beschimpfungen einzustecken.« Er schnitt eine Grimasse. »Das Unangenehmste an der ganzen Sache ist, dass Hannes Gruber einen Teil der Ware zum Verkauf übernommen hat. Natürlich kamen auch bei ihm Reklamationen. Dabei war er schon wütend genug …« Maurer unterbrach sich und tippte auf das Zifferblatt seiner Armbanduhr. »Ich muss dringend los. Einen schönen Tag noch, Frau Rot.«

Das Gespräch mit Hannes dürfte interessant werden, dachte Fanni, während sie in den Shop ging, um zu bezahlen.

Falls du Gruber überhaupt antriffst! Der Betriebschef wird kaum im Verkaufsraum stehen und Kellerregale verhökern!

Fanni hatte Glück. Als sie auf den Eingangsbereich zuging, lief sie Hannes quasi in die Arme. Er erkannte sie sofort.

»Ja, wen haben wir denn da? Fanni-Winzling! Keinen Millimeter gewachsen in den vergangenen zwanzig Jahren.«

Sie grinste ihn an. »Hannes, der Rennfahrer. Heute zu Fuß unterwegs?«

»Nur ein paar Meter.« Er deutete auf eine offene Garage, aus der sein roter Sportwagen hervorlugte. »Was führt dich her?«, fragte er dann.

Fanni erklärte es ihm.

»Zwei zwanzig breit, dreißig tief, eins achtzig hoch«, wiederholte er die Maße, die sie von einem Zettel abgelesen hatte. »Fichtenholz gebürstet?«

Fanni nickte.

»Dürften wir auf Lager haben«, sagte Hannes. »Komm mit.« Fanni folgte ihm in den Verkaufsraum.

»Schlimm, das mit Willi«, sagte Fanni, während Hannes mit der Computermaus klickte, wobei er »zwei zwanzig, zwei zwanzig« murmelte.

Er sah vom Bildschirm auf. »Am schlimmsten ist, dass es einer von uns gewesen sein soll, der sich an seinem Klettergurt zu schaffen gemacht hat. Dieser großgoscherte Kiberer hätte mich am liebsten gleich eingesperrt.«

»Ihm wird halt zu Ohren gekommen sein, dass ihr Streit hattet, du und Willi«, entgegnete Fanni.

»Klar hatte ich Krach mit dem Saubeutel«, regte sich Hannes auf. »Meinst du, ich lass mir das gefallen, dass seine überspannte Schwägerin die Herren vom Bauausschuss bezirzt und sein sauberer Herr Geschäftsführer den halben Stadtrat schmiert, damit die Aufträge weg von Gruber-Hölzer und hin zu den Stolzers flattern?« Er wedelte mit den Händen in Richtung Ausgang. »Und genauso wenig lass ich mir gefallen, dass mir der saubere Herr Geschäftsführer verzogene Paneelen andreht.« Er packte eine Messlatte und schleuderte sie vom Tisch. »Aber eins sag ich dir, wenn ich den Willi deshalb umbringen hätt wollen, dann hätt ich gewiss nicht mit einer Nagelschere an seinem Klettergurt rumgefieselt, ich …«

»Wieso Nagelschere?«, unterbrach ihn Fanni.

Hannes fasste sie scharf ins Auge. »Ja, ein Brecheisen tät sich nicht dafür eignen, die Fasern einzeln durchzutrennen, sodass genau so viele übrig bleiben, wie nötig sind, dass der Gurt bei einem mäßigen Zug noch hält, bei einem harten Ruck aber reißt. Da braucht man Sachverstand und Fingerspitzengefühl.« Er spreizte seine Hände vor Fannis Augen. »Glaub mir, mit solchen Pranken tätst du dich da schwer. Handarbeit war schon immer Frauensache. Ich hätt dem Willi eins übern Schädel gegeben – mit dem Vorschlaghammer.«

»Du verdächtigst Martha?«, fragte Fanni geradeheraus.

Hannes zuckte die Schultern. »Sie hätt's gekonnt.«

»Aber wo läge das Motiv?«, erwiderte Fanni. »Oder meinst du, Martha hat ein Verhältnis mit Toni?«

Hannes lachte sich schlapp. »Mit Toni, der Schwuchtel!«

»Schw…« Das Wort blieb Fanni im Hals stecken. »Toni ist – war fast zwanzig Jahre lang mit Gisela verheiratet.«

»Ohne Frage«, antwortete Hannes immer noch lachend. »Und was glaubst du, warum es ihm zwanzig Jahre lang am Arsch vorbeiging, wenn sie sich von jedem Schmalzdackel hat anbaggern lassen?« Er hob schulmeisterlich den Zeigefinger. »Die Ehe von Gisela und Toni ist ein Geschäft gewesen, ein Handel, der den zwei Mädeln einen Haufen Vorteile gebracht hat. Gisela konnte in eine angesehene Familie einheiraten, die ihr die geeignete Bühne für ihre Rollenspiele bot. Toni konnte ungestört mit seinen Freiern herummachen. Gisela war das Alibi, das ihn davor bewahrt hat, ins Gerede zu kommen.«

»A… aber Toni«, stotterte Fanni. »Mit wem ist Toni denn liiert?«

»Heut mit dem einen, morgen mit einem andern. Der Toni ist da nicht wählerisch.«

»Er hat keinen festen Freund?«, fragte Fanni mit zurückerlangter Fassung.

»Wenn er einen hätte, wäre mir das bestimmt nicht entgangen«, erwiderte Hannes selbstgefällig. »Es tut sich nicht viel in der Stadt, das ich nicht mitkriege.«

»Soll das heißen, du weißt, dass Martha ein Verhältnis hat und mit wem? Mit Maurer?«

Hannes schüttelte den Kopf. »Ich weiß nur, dass Martha immer so verdammt musterhaft tut. Und manchmal frage ich mich, was hinter dieser ehrbaren Fassade steckt.«

»Meine Güte, Hannes«, fuhr Fanni auf. »Nicht jeder hat eine Leiche im Keller.«

»Aber die meisten. Du etwa nicht?«, antwortete Hannes trocken und wandte sich wieder der Tabelle auf dem Monitor zu.

Was weiß der Kerl von dir? Weiß er etwas von Sprudel und meint …?

Fanni rang um Haltung.

Lass dir bloß nichts anmerken! Er will dich nur aufs Glatteis führen. Sieh zu, dass du das Gespräch wieder dahinbringst, wo du es haben willst – bei den Stolzers und ihrem Schlamassel!

»Mir kommt es allmählich so vor«, sagte Fanni langsam, denn sie fühlte sich ein wenig mitgenommen, »als wäre all dieser Zank und Streit und Ärger erst ausgebrochen, nachdem Willi den Maurer zum Geschäftsführer gemacht hat.«

»Kotzbrocken«, murmelte Hannes.

Da ging sie zum Angriff über: »Hast du ihm neulich im Holzlager der Stolzers eins übergebraten?«

Hannes schlug mit Wucht auf die Return-Taste. »An einem Schleimscheißer wie dem Maurer mach *ich* mir die Hände nicht schmutzig. Und wenn so ein Hornvieh von Zeuge behauptet, mein Wagen hätte dann oder dann auf dem Parkplatz vor der Stolzer'schen Holzhandlung gestanden, dann lügt die Sau. Da hat mein Wagen noch nie gestanden – nie. Wenn ich denen einen Besuch abstatte, dann parke ich rückwärtig bei den Lkw-Garagen. Das hab ich dem Scheltmaul von Kommissar auch gesagt.«

War der etwa gerade hier gewesen?

Fanni schluckte hart. Hatte sie doch falsche Angaben gemacht? Seit ihrem Aufenthalt in Stockheim musste sie diese Möglichkeit durchaus in Betracht ziehen.

»Ist dein roter Sportwagen mit den bunten Aufklebern nicht einzigartig und unverwechselbar?«, versuchte sie ihre Zeugenaussage – hauptsächlich vor sich selbst – zu verteidigen.

»Allerdings«, sagte Hannes. »Und deswegen glaube ich, dass mich da einer hinhängen will. Wenn ich rauskrieg, wer das ist, kann er seine Knochen auf dem Schrottplatz einsammeln.«

Nette Aussichten für Fanni Rot!

Die Eingangstür gab eine melodiöse Tonfolge von sich.

Hannes linste an Fanni vorbei. »Was wird denn das jetzt? Ein Mannschaftstreffen?«

Fanni drehte sich um und sah Rudolf Hummel zu ihnen treten.

Er begrüßte zuerst sie, dann Hannes.

Der ließ ihm keine Zeit für Floskeln. »Brauchst du auch ein neues Regal für deinen Keller?« Er schaute auf den Bildschirm. »Zwei zwanzig breit, dreißig tief, eins achtzig hoch?«

Rudolf runzelte die Stirn. »Ich komme wegen Willi.«

»Der ist tot«, sagte Hannes lakonisch.

»Ja«, antwortete Rudolf, »und ich finde, wir sollten seiner gedenken.«

»Und wie wir das demnächst tun werden«, rief Hannes. »Lang kann es ja nicht mehr dauern, bis der Willi mit Glanz und Gloria eingegraben wird. Und danach, beim Leichentrunk, da leeren wir ein ganzes Fass auf ihn.«

»Würdig gedenken, so wie es Willi gebührt«, entgegnete Rudolf pikiert.

»Gebührt«, äffte Hannes ihn nach. »Was schwebt dir denn da so vor, Klugscheißer? Sollen wir ihm ein Denkmal aus Holzdübeln basteln?«

»Ich dachte an eine Bergtour«, sagte Rudolf.

Hannes stutzte. »Gar nicht so dumm. Jeder nimmt ein paar Steine mit auf den Gipfel, und wir bauen für Willi ein Türmchen da oben.«

Rudolf nickte beipflichtend, dann wandte er sich an Fanni. »Ihr kommt doch auch mit, du und Hans? Das seid ihr Willi schuldig, um der alten Zeiten willen.«

Ohne lang nachzudenken, sagte Fanni zu.

»Wir dürfen die Sache aber auf keinen Fall bis zum Sankt-Nimmerleins-Tag vor uns herschieben«, sagte Rudolf entschieden. »Ich habe bereits mit Martha gesprochen. Sie ist damit einverstanden, Willis Gedenktour fürs kommende Wochenende anzusetzen. Übermorgen findet in ihrer Wohnung eine Besprechung statt, abends um acht. Da legen wir dann gemeinsam das Ziel der Tour fest.«

Fanni sah, wie Hannes den Mund zum Protest öffnete.

Das lässt er sich nicht bieten, von Rudolf so überfahren zu werden, dachte sie. *Wie ich den Hannes kenne, bestimmt er auf der Stelle einen anderen Zeitpunkt und versteift sich darauf. Das hättest du wohl gern, dass Hannes die Sache vertagt!*

Doch der atmete nur tief durch und sagte:»Meinetwegen«, dann wandte er sich wieder dem Rechner zu und begann, auf der Tastatur herumzutippen.

Unter Rudolfs fragendem Blick nickte Fanni zögernd. Einen Rückzieher wagte sie nicht zu machen, doch seit ihrer vorschnellen Einwilligung wurde sie zunehmend besorgter. *Mit Recht! Mit gutem Recht! Was nämlich wird Hans Rot dazu sagen?*

HALT DEN RAND!

Ein Drucker begann zu summen. Zwanzig Sekunden später knallte Hannes die Rechnung für Fannis Regal auf den Tisch.

»Kannst du bei Gelegenheit überweisen, Fanni-Herzchen. Aber jetzt fährst du erst mal zu Rampe zwo. Dort hilft dir jemand beim Einladen. Keine Angst, das Ding ist in Einzelteile zerlegt. Hans kriegt sie schon richtig zusammen.« Er deutete einen militärischen Gruß an und eilte davon.

»Wir treffen uns also am Mittwoch«, verabschiedete sich Rudolf von Fanni und wandte sich ebenfalls dem Ausgang zu.

Sie schaute ihm einen Moment lang bedrückt nach, dann faltete sie die Rechnung zusammen, steckte sie in ihre Tasche und setzte sich in Marsch.

Hans wird rot sehen, dachte sie, während sie auf den Parkplatz zusteuerte.

Rot!

Aus der Garage gegenüber lugte noch immer der rote Sportwagen. Fanni schlug einen Bogen und strebte auf Hannes' Auto zu. Neben dem Heck blieb sie stehen. Aufmerksam studierte sie die Aufkleber.

Bevor sie sich wieder abwandte, warf sie noch einen Blick auf die Autonummer: DEG H 51. Hannes hatte sie beibehalten. Und er hatte auch die Motive seiner Aufkleber beibehalten: Hütten und Bergbahnen.

Nachdem sich Fanni in den fließenden Verkehr auf der Hauptstraße eingereiht hatte, kehrten ihre Gedanken zur geplanten Willi-Stolzer-Gedächtnis-Bergtour zurück.

Wie soll ich das bloß meinem Mann beibringen?

Mit Anlauf durchs Minenfeld!

Als Hans Rot zum Mittagessen nach Hause kam, fackelte Fanni nicht lang. »Rudolf organisiert eine Gedenktour für Willi. Wir werden dabei sein, ich hab's versprochen.«

»Spinnst du!«, schrie Hans Rot. »Die Tour geht ja wohl kaum auf den Dreitannenriegel oder auf den Natternberg. Die geht in die Alpen. Über Schneefelder und Gletschereis vermutlich. Tausend Meter Höhenunterschied mindestens.«

Fanni sah ihren Mann ungerührt an. »Hätte ich sagen sollen ›Willi ist uns wurscht, wir bleiben lieber zu Hause auf dem Sofa sitzen‹?«

Als Hans daraufhin beschämt den Kopf hängen ließ, tat er ihr ein wenig leid.

»Fanni«, sagte er betreten, »so einen Anstieg schaffe ich nicht mehr. Ich bin doch völlig außer Form. Du, ja, du kannst wahrscheinlich noch mithalten.« Plötzlich hellte sich seine Miene auf. »Fahr du und nimm Leni mit. Die wollte schon lang mal eine Gletschertour machen.«

Fanni nickte. Die Lösung war nicht schlecht. Aber würde Leni mitkommen wollen? Sie verbrachte inzwischen jedes Wochenende mit Marco.

Verständlich, dachte Fanni, sie sehen sich ja während der Woche nie.

»Ruf sie an«, drängte Hans Rot, »jetzt gleich.«

Erstaunlicherweise sagte Leni zu.

»Weißt du«, erklärte sie Fanni, deren Überraschung sie offenbar spürte, »Marco ist fast das ganze Wochenende eingespannt, er steckt gerade mitten in einem Seminar. Am Samstag werden bis fünf Uhr abends Vorträge gehalten, und am Sonntag ist ein gemeinsames Mittagessen der Teilnehmer angesetzt.« Sie atmete tief ein. »Ja, ich würde gern einmal wieder in die Berge fahren. Eine Gletschertour, sagst du? Super! Habe ich noch nie gemacht.«

»Na dann«, sagte Hans Rot befriedigt, als er von Lenis Zusage hörte, »ist ja alles gebongt.«

Fannis Mann war wieder in sein Büro ins Kreiswehrersatzamt gefahren, wo sein Stuhl bedenklich wackelte, seit offen über eine Abschaffung der Wehrpflicht diskutiert wurde. *Was keine Rolle spielt, weil Hans sowieso über kurz oder lang in Pension geht. Er redet doch schon dauernd davon!* Daran wollte Fanni jetzt keinesfalls denken.

Sie spazierte zusammen mit Sprudel auf einem Wanderweg dahin, der in Bischofsmais (dem Fremdenverkehrsort unterhalb der Rusel) seinen Ausgangspunkt hatte, an der Wastlsäge (dem ehemaligen Nobelhotel) vorbeilief und weiter zum sogenannten Teufelstisch führte. Eigentlich mochte Fanni diesen Felsaufbau nicht besonders, der wegen seiner Form und wohl auch wegen seines überraschenden Auftauchens mitten auf einem Hügelkamm den teuflischen Namen trug.

Doch der Weg dorthin war recht angenehm, malerisch und – falls man bis zur Wastlsäge mit dem Auto fuhr – kurz genug für einen knappen Nachmittag.

»Eine Gedenktour«, wiederholte Sprudel, nachdem ihm Fanni erzählt hatte, was auf Rudolf Hummels Initiative hin geplant worden war. Er ließ traurig seine Wangenfalten hängen. »Du wirst zwei Tage lang fort sein.«

Fanni nahm seine Hand. »Samstag und Sonntag. Wochenende. Da könnten wir uns vermutlich sowieso nicht treffen.«

»Und wenn ich mitkäme?«, fragte Sprudel hoffnungsvoll.

Darauf fand Fanni keine Antwort.

Sprudel drückte ihre Hand, dann ließ er sie los, weil er einen überhängenden Ast beiseitebiegen musste. »Ich weiß, es geht nicht. Erstens gehöre ich nicht dazu, zweitens würde Hans Rot davon erfahren, und drittens würde es dich vor deinen Freunden kompromittieren.«

»Es tut mir leid«, sagte Fanni.

Sprudel bemühte sich sichtlich um Haltung. »Versprich mir, dass du auf dich achtgibst – und auf Leni.«

»Ich muss bei Jonas noch Steigeisen und Pickel für sie holen«, entgegnete Fanni, um wieder festen Boden zu gewinnen. »Er hat eine ganz neue Ausrüstung, sagt Leni, die sie sich bestimmt ausborgen darf.«

»Jonas Böckl, der Büchsenmachersohn?«, fragte Sprudel, dem dieser Name bei ihren früheren Ermittlungen bereits mehrmals untergekommen war.

»Jonas ist inzwischen selbst Büchsenmacher«, erklärte Fanni.

»Und Jonas ist nicht nur Jäger, sondern auch Bergsteiger«, stellte Sprudel fest.

Es wurde für eine ganze Weile still, weil sich der Pfad verengte und sie durch einen Kahlschlag steil berganführte.

Als der Weg wieder breiter und das Gelände ein wenig flacher wurde, sagte Sprudel: »Die Ermittlungen im Mordfall Stolzer scheinen nicht recht voranzukommen.«

»Hattest du Gelegenheit, mit Marco darüber zu sprechen?«, fragte Fanni.

»Heute Mittag haben wir uns ein wenig am Telefon unterhalten«, erwiderte Sprudel. »Marco hatte eineinhalb Stunden Pause zwischen den Vorträgen.« Er kickte einen dürren Ast vom Weg. »Marco sagt, ihm als nur ganz am Rande Beteiligten komme es so vor, als würde sich in die Ermittlungsergebnisse immer wieder dasselbe Bild einblenden.«

»Und welches wäre das?«, erkundigte sich Fanni.

»Marco hat sich folgendermaßen ausgedrückt: ›Nachdem gefühlte zweihundert Freunde, Geschäftspartner, Nachbarn und Verwandte der Stolzers vernommen sind und gefühlte dreihundert Aussagen geprüft und verglichen wurden, steht Martha Stolzer nach wie vor im Lichtkegel des Hauptverdachts.‹« Sprudel warf Fanni einen bedauernden Blick zu. »Das liegt wohl daran, dass sie am leichtesten an Willis Gurt kam und sicherlich am genauesten über sein Vorhaben im Klettergarten informiert war. Sie beteuert jedoch nach wie vor, es nicht gewesen zu sein.«

Sprudel verschnaufte kurz, dann sprach er weiter: »Allerdings steht wohl auch Hannes Gruber ziemlich weit oben auf der Verdächtigenliste von Frankls Ermittlerteam. Für seine Auseinandersetzung mit Willi gibt es einen Haufen Augenzeugen, und noch viel mehr Zeugen versichern, dass Gruber schon seit Längerem nicht mehr gut auf seinen Bergkameraden Willi Stolzer zu sprechen war. Natürlich bestreitet Hannes, Willis Klettergurt präpariert zu haben. Er behauptet sogar hartnäckig, die Manipulation sei eindeutig die Handschrift einer Frau.«

Fanni verlangsamte den Schritt, als sie merkte, dass Sprudel durch das viele Reden zu sehr außer Atem geriet. Er warf ihr einen dankbaren Blick zu und fuhr fort:»Beweise gegen Hannes Gruber gibt es scheint's nicht. Und er bekommt ausgerechnet von Martha Rückendeckung. Sie soll ausgesagt haben, Hannes habe kaum eine Möglichkeit gehabt, Willis Gurt zu manipulieren. Zum einen habe er das Haus der Stolzers seit Langem nicht mehr betreten, zum andern habe Willi auf den letzten Touren seinen alten Kombigurt benutzt, sodass Gruber auch in den Berghütten nicht an den Gurt herangekommen wäre, den Willi im Klettergarten trug.«

»Hm«, machte Fanni.»Willis Hüftgurt hat also das Haus vor dem Absturz nur dieses eine Mal verlassen, als das Monogramm eingestickt wurde.«

Schweigend legten sie die letzten Meter zur Schneide des Bergkammes zurück.

Ganz oben, wo der Weg nun fast eben westwärts verlief, fragte Fanni:»Und was ist mit Toni?«

Sprudel nickte.»Ich habe mich nach dem Gespräch mit Marco auch gefragt, warum man ihn für weniger verdächtig hält als Martha. Da ja die Bergsteigersachen der Brüder im selben Kellerraum aufbewahrt wurden, hatte er genauso wie Martha Gelegenheit genug, Willis Gurt zu präparieren. Und heißt es nicht, auch er habe Streit mit Willi gehabt? Aber irgendwie scheint es dieser Toni zu verstehen, Frankl und seine Leute von sich abzulenken. Marco hat ihn jedenfalls mit keinem Wort erwähnt.«

Urplötzlich standen sie vor dem Teufelstisch. Fanni warf einen missmutigen Blick darauf, dann sah sie auf ihre Armbanduhr. Ohnehin bald Zeit, zurückzugehen.

Doch zuvor erzählte sie Sprudel noch von ihrem Besuch bei Hannes. Vor allem davon, dass Hannes behauptet hatte, Toni Stolzer sei homosexuell und habe wechselnde Liebhaber.

Das, überlegte Fanni, als Sprudel schweigend über das Gehörte nachdachte, könnte natürlich zu den Spannungen zwischen den Brüdern geführt haben. Willi machte sich vielleicht Sorgen um die Firma. Hier bei uns auf dem Land hätte es den Stolzers womöglich das Rückgrat gebrochen, wenn Tonis Neigung publik geworden wäre.

Oder hatte Willi just davon erfahren, und es kam deshalb zu Streitigkeiten?

Fanni schüttelte unmerklich den Kopf. Sie waren Brüder, sind gemeinsam aufgewachsen. Willi muss von Tonis Homosexualität gewusst haben.

Aber solange alles im Geheimen ablief und der Schein durch Gisela gewahrt blieb, war es ihm egal!

Gisela!, schoss es Fanni durch den Kopf. Gisela war ja auf einmal weg gewesen! Hatte Toni daraufhin beschlossen, den Heimlichkeiten ein Ende zu machen?

Sich zu outen, wie man so schön sagt?

Könnte sein, dachte Fanni. Doch das wiederum war Willi nicht recht, und so kam es zu den Querelen.

Die Brüder entzweiten sich!

Willi drohte Toni damit, ihn aus der Firma zu werfen.

Da kam ihm Toni zuvor!

Fanni nickte still vor sich hin. Sie fand ihren Gedankengang recht logisch. Toni war verdächtig. So gesehen viel verdächtiger als Martha. Wie kam es bloß, dass Frankl ihn quasi nicht zur Kenntnis nahm?

Weil die beiden ...?

Fanni hustete, als habe sie sich verschluckt.

»Schau«, sagte Sprudel.

Er stand mit dem Rücken zum Teufelstisch und sah schon eine ganze Weile in die Ebene hinunter.

Fanni trat neben ihn. Zu ihren Füßen lag die Kreisstadt Regen. Der gleichnamige Fluss gab sich durch ein Glitzern in der Sonne zu erkennen.

»Peinlich«, sagte Sprudel.

Fanni sah ihn verdutzt an.

»Ist es nicht peinlich«, fragte er, »dass mir nicht einfallen will, wohin der Regen fließt, in welches Gewässer er mündet?«

Fanni musste selbst eine Weile nachdenken. Plötzlich lachte sie laut auf. »Wohin soll er schon fließen? Nach *Regens*burg natürlich. Und dort bleibt ihm nichts anderes übrig, als in die Donau zu münden.«

Sprudel schlug sich an die Stirn. »Ich werde alt, vergesslich, zerstreut und immer dümmer.«

Lächelnd hakte ihn Fanni unter. »Solange du dich dran erinnerst, mein bester und treuester Freund zu bleiben, stört es mich nicht.«

Kopfschüttelnd trat Sprudel den Rückweg an.

»Gisela Stolzer zu vernehmen«, meinte er nach wenigen Schritten, »ist, finde ich, für die Ermittlungen wichtiger als je zuvor. Für Willis Schwägerin gilt ja in etwa das Gleiche wie für Martha und Toni – Gelegenheit, an den Gurt zu kommen, Kenntnis von Willis Plänen, eventuell vorhandenes Motiv.«

Dazu kommt noch die Idee, auf einer Lasche um die Anseilschlaufe Monogramme einsticken zu lassen, dachte Fanni, sagte jedoch nichts, weil Sprudel bereits fortfuhr: »Man weiß allerdings noch immer nicht, wo sie steckt. Offiziell hat Gisela ihren Wohnsitz nach wie vor in Deggendorf, das wurde vom Einwohnermeldeamt bestätigt.«

Fanni und Sprudel ließen eine Gruppe Jugendlicher passieren, die Bierflaschen in den Händen hielten und in den Wald hineingrölten. Als sie außer Hörweite waren, sagte Fanni: »Vielleicht ist es genau andersherum, als wir neulich dachten. Nicht Fritz Maurer hat versucht, mit Gisela anzubändeln, sondern Toni mit Fritz, und das ging Gisela über die Hutschnur.«

Hätte sich Gisela dann nicht Toni zur Brust genommen?

Fanni wedelte mit der Hand, als müsse sie eine Fliege verscheuchen. »Könnte das der Grund gewesen sein, warum sie sich von Toni trennte?«, fügte sie hinzu.

Sprudel schüttelte den Kopf. »Heißt es denn nicht, Toni könne Maurer nicht ausstehen?«

»Natürlich kann er Maurer nicht ausstehen«, erwiderte Fanni, »nämlich dann, wenn der ihm eine Abfuhr erteilt hat.«

8

Am Mittwoch, den 15. Juli, fanden sich fünf Personen auf dem Stolzer'schen Privatgelände ein: Rudolf Hummel mit Frau Gunda, Hannes Gruber mit Frau Elvira und Fanni.

Martha begrüßte die Gäste an der Haustür.

Toni fläzte bereits auf dem Sofa, als sie ins Wohnzimmer traten.

»Ich sag euch eins«, ergriff Hannes das Wort, nachdem die Bier- und Weingläser gefüllt waren, »zu Willis Gedenken müssen wir auf den Großvenediger, alles andere wäre ein Schmarrn.«

»Der Venediger ist Willis Lieblingsberg gewesen«, stimmte ihm Gunda Hummel zu.

»Willi hat ihn von allen Seiten bestiegen«, meinte Rudolf.

»Insgesamt achtmal war er oben«, sagte Hannes.

»Neunmal«, ließ sich Martha vernehmen. »Und es ist ein sehr guter Vorschlag. Weil der Venediger nicht schwer zu besteigen ist, wird auch unser Neuling gut mithalten können.«

»Fanni«, rief Hannes, »mit wem willst du denn dem Hans Hörner aufsetzen?«

»Statt Hans kommt Leni mit«, erwiderte Martha streng. »Sie ist die ältere Tochter von Fanni und Hans, wie ihr sicher noch …«

»Holla, Jungblut«, grölte ihr Hannes ins Wort.

Elvira Gruber warf ihrem Mann einen vernichtenden Blick zu. »Vielleicht denkst du mal eine Sekunde lang nach, bevor du den Mund aufmachst«, sagte sie angesäuert.

Martha schaute sichtlich dankbar zu ihr herüber. »Wir sind also zu neunt.«

»Neun?« Hannes begann, an den Fingern abzuzählen: »Toni und du, Rudolf und Gunda, ich und Elvira, Fanni und Leni – macht acht.«

»Fritz kommt auch mit.« Marthas Stimme war scharf.

»Der bestimmt nicht!«, schrie Hannes.

»Fritz Maurer«, erwiderte Martha schneidend, »ist der Geschäftsführer der Firma Stolzer. Willi ist immer sehr gut mit ihm

ausgekommen. Ich komme auch gut mit ihm aus. Fritz fühlt sich
Willi sehr verbunden, und deshalb möchte er auf unserer Ge-
denktour dabei sein. Und ich habe ihm das bereits zugesagt.«
»Dieser Schleimscheißer!«, murmelte Hannes. »Der hat mir
grad noch gefehlt.«
»Ergib dich, Hannes«, mischte sich Toni ein. »Ich hab auch
schon mein Veto eingelegt. Hat ebenso wenig genützt.«
Hannes sah listig in die Runde. »Wir stimmen ab! Wer ist für
Maurer, wer gegen ihn?«
»Über Fritz Maurer wird *nicht* abgestimmt«, sagte Martha
drohend.
»Was hast du eigentlich gegen den Maurer?«, fragte Rudolf.
»Das ist doch ein –«, begann Hannes.
Seine Frau Elvira fiel ihm ins Wort. »Hannes hat fast gegen je-
den was, das wisst ihr doch.«
»Und gewöhnlich ist uns das schnuppe«, sagte Toni, »aber bei
Fritz ...« Martha legte ihm die Hand auf den Arm, und er ver-
stummte.
»Ende der Diskussion«, entschied Rudolf. »Martha hat Fritz
auf die Tour eingeladen, damit sind wir zu neunt, und basta.«
»Dann machen wir jetzt aus, wann wir uns in Hinterbichl tref-
fen und wie es dann weitergeht«, ordnete Martha an.

Es dauerte eine gute Stunde, bis alles besprochen und beschlossen
war.
Rudolf trank sein Bier aus und erhob sich als Erster. »Ich muss
morgen früh raus.«
»Weichei«, spottete Hannes.
»Wir gehen auch heim«, sagte Elvira, stand auf und zog Han-
nes am Jackenärmel.
Toni winkte kurz in die Runde und machte sich davon.
Martha hatte Rudolf und seine Frau zur Haustür gebracht,
wo sie sich auch von Hannes und Elvira verabschiedete, die ihnen
gefolgt waren.
»Seltsam«, sagte Fanni, als Martha zurückkam. »Was Fritz
Maurer betrifft, haben sich geradezu Fraktionen gebildet. Toni
und Hannes auf der einen Seite ...«

113

»Hannes ist bloß neidisch, weil Fritz so tüchtig ist«, unterbrach Martha sie. »Tüchtig in jeder Hinsicht. Fritz war das erste und einzige Mal auf einer Bergtour dabei, da hat ihm Willi beim etwas haarigen Gipfelanstieg die dritte Seilschaft überlassen. Hannes hat gekocht vor Wut. Aber jeder konnte sehen, dass Willis Entscheidung richtig war. Fritz ist souverän hinaufgeklettert und hat die anderen beim Nachsteigen gesichert. Hannes hing wie ein nasser Sack in der Felsrinne. Willi musste eine Umlenkung bauen und ihn hochziehen.«

Fanni entschlüpfte ein Lacher.

Martha schmunzelte kurz und fuhr fort: »Außerdem wurmt es Hannes maßlos, dass Fritz bereits drei Niederlassungen für uns gegründet hat, die er selbst betreut.«

»Drei Filialen«, staunte Fanni, »hier in der Region?«

»Eine in der Oberpfalz«, antwortete Martha, »eine in Österreich bei Wörgl und eine in Klattau, Tschechien.« Müde strich sie sich eine Haarsträhne aus der Stirn. »In Wörgl gibt es allerdings seit Monaten Probleme. Das Lager ist voll, die Lieferaufträge liegen vor, aber der Betrieb kann nicht anlaufen, weil noch eine Genehmigung von der Gemeinde fehlt. Es ist, als ob jemand unseren Einstieg dort zu hintertreiben versucht. Willi wollte das nächste Mal mit nach Wörgl fahren und gemeinsam mit Fritz beim Bürgermeister vorsprechen. Doch daraus wurde dann nichts mehr.«

»Die Firma ist bei Toni und Fritz in besten Händen«, versuchte Fanni zu trösten. »Die beiden werden den Bürgermeister von Wörgl sicherlich bald für euch gewinnen.«

Martha sah sie bekümmert an. »Ohne Gisela und ohne Willi kommt mir Toni wie ein Federball vor. Jeder Windstoß scheint ihn ins Trudeln zu bringen.«

»Ja, Mami, es bleibt dabei«, teilte Leni ihrer Mutter am Donnerstagabend telefonisch mit. »Morgen am Spätnachmittag treffe ich in Erlenweiler ein.«

Fanni war soeben von einer Wanderung mit Sprudel zurückgekehrt, die sie von der Wegmacherkurve über die Bergwachthütte zum Breitenauerriegel geführt hatte, und steckte mitten in eiligen Vorbereitungen fürs Abendessen.

»Es hat sich allerdings ein kleines Problem ergeben«, fuhr Leni fort.»Max will zu seinen Großeltern.«

»Wie kommt …?«, begann Fanni und versandete.

»Max hat ab morgen Ferien«, erklärte Leni.»Und ich glaube, er möchte sich vor dem Sportcamp drücken, in das Vera ihn stecken will. Jedenfalls besteht er darauf, nach Erlenweiler zu fahren – ganz allein mit dem Zug, wenn's sein muss. Ivo, Olga und Bene und der alte Klein brauchen ihn auf dem Hof, behauptet er.« Fanni lachte.»Natürlich, ohne Max müssten die Rindviecher in Kleins Stall glatt verhungern. Er kommt also mit.«

»Ja«, antwortete Leni.»Vera setzt ihn in einen ICE, mit dem er, ohne umzusteigen, nach Nürnberg fahren kann, wo ich ihn abhole. Fragt sich nur, ob Papa und Max am Wochenende allein zurechtkommen.«

»Ich denke schon«, erwiderte Fanni.»Max wird sowieso den ganzen Tag auf dem Klein-Hof beschäftigt sein. Notfalls kann er da sogar übernachten, falls Hans beim Kegelclub oder beim Schützenverein unabkömmlich ist. Ich rede gleich morgen früh mit Olga.«

»Max kommt?«, rief Hans Rot, nachdem er sich eine Scheibe Salami in den Mund gesteckt hatte.»Wir zwei sind allein hier am Wochenende? Kein Problem, überhaupt keins. Da können wir uns ja am Samstag die Bundesligaspiele zusammen anschauen und am Sonntag das Aufstiegsspiel Birkdorf gegen Tannenried. Meine Kegelrunde am Samstagabend lass ich glatt sausen für den Max.«

Hans Rot würde die gesamte Nachwuchsmannschaft von Klein Rohrheim nach Erlenweiler einladen, um nicht auf den Großvenediger steigen zu müssen!

Bestimmt, dachte Fanni. Aber es will nichts Gutes heißen, wenn Hans Rot die Kegelrunde sausen lässt. Er wird Max von früh bis spät mit Fußball triezen.

Da kommt der Bub ja vom Regen in die Traufe!

Fanni hielt es für besser, den Klein-Hof nicht zu erwähnen. Sollte Hans doch selbst hören, was sein Enkel dazu zu sagen hatte, wenn er über Bauer Klein, über dessen Sohn Bene oder gar über Max' erklärtes Idol Ivo, den Hans Rot nur »Tschechenbankert« nannte, herzog. Sollte er seinem Enkel doch erklären, weshalb ein Fußballspiel einer Herde Kühe an Attraktivität überlegen war.

Wozu Hans Rot kopfscheu machen?

Eben.

Fanni stand auf und räumte den Tisch ab.

Dann ging sie in den Keller und begann, die Ausrüstungsgegenstände für die bevorstehende Bergtour bereitzulegen.

Nachdem sie alles übersichtlich aufgereiht hatte, verstaute sie je drei Bandschlingen, vier Karabiner und zwei Prusikschnüre in zwei wasserdichten Säckchen – eines für sich selbst, eines für Leni. Zu jedem Säckchen gesellte sie einen Klettergurt, ein Paar Steigeisen, einen Eispickel.

Als das gesamte Material aufgeteilt war, nahm sie ihren Rucksack vom Haken und fing an, ihn vollzupacken.

»Das schwere Zeug zuerst«, murmelte sie und stopfte das Futteral mit den Steigeisen hinein. Dem Klettergurt folgte das Waschzeug, dann kam der Hüttenschlafsack samt einer Tüte mit warmer Unterwäsche, Handtuch und T-Shirt zum Wechseln. Fleecejacke und Anorak legte sie ganz obenauf. In der linken Seitentasche deponierte sie Gummisandalen, die sie in der Hütte als Hausschuhe tragen wollte, in die rechte steckte sie Mütze und Handschuhe. Die Deckeltasche füllte sie mit kleinen, doch umso wichtigeren Utensilien: Gletscherbrille, Taschenmesser, Sonnencreme, Heftpflaster und Dreieckstuch, Stirnlampe.

»Thermoskanne und Verpflegung werde ich erst morgen einpacken«, sagte sie leise zu sich selbst. Dann lehnte sie den Rucksack in eine Ecke.

Der Freitag verging mit weiteren Vorbereitungen, mit Kochen und Backen und mit der Ankunft von Leni und Max.

Leni zwängte alles, was Fanni für sie hergerichtet hatte, in ihren Rucksack, zog ihn zu und hüpfte davon, um sich noch für ein Stündchen mit Marco am Hütterl zu treffen.

»So funktioniert das nicht«, sagte Fanni und packte den Rucksack wieder aus.

»Oma«, rügte sie Max, »das darf man aber gar nicht machen, dass man in den Taschen von jemand anders herumwühlt.«

Fanni musste sich ein Lachen verbeißen. So oder so ähnlich hatte sie vor Jahren einmal ihren Enkel gerügt, als er in ihrer Handtasche ein Stück Konfekt, das sich später als vergiftet erwies, gefunden und davon abgebissen hatte. Der Irre vom Falkenstein hatte Fanni damals eine Tüte voll keimverseuchter Schokoherzen untergeschoben. Sie wollte jetzt nicht daran denken, was hätte passieren können, wenn Max alle aufgegessen hätte.

»Ich glaube«, antwortete Fanni, »Leni wird mir dankbar sein, wenn ihr morgen beim Hüttenanstieg die Steigeisenzacken nicht über die Wirbel scheuern.«

Sie packte Lenis Rucksack so, dass er trotz des Gewichts einigermaßen bequem zu tragen war.

»Und jetzt«, sagte Fanni, »geh ich ins Bett.«

»Oma«, rief Max entrüstet, »es ist noch nicht mal halb neun.«

»Weiß ich«, entgegnete Fanni. »Aber ich muss morgen früh schon vor fünf Uhr aus den Federn.«

»Aber es sind Ferien«, empörte sich Max. »Da darf ich bis zehn aufbleiben.«

»Das hab ich dir ja nicht verboten«, erwiderte Fanni.

»Aber, aber«, Max sprang an den Griffen einer Kommode in den Stütz, ließ sich zurückfallen und federte dann daran auf und nieder, »was soll denn ich machen? Leni ist abgehauen, nicht mal Opa ist da. Der hat Schützenschießen.«

»Tja«, meinte Fanni, »da wirst du wohl mit Ivo vorliebnehmen müssen.«

»Ivo!«, schrie Max begeistert und katapultierte sich fast einen Meter hoch.

»Jetzt hör mal zu«, sagte Fanni ernst. »Olga und ich haben vereinbart, dass Ivo um halb neun herkommen darf, aber Punkt zehn wieder zu Hause sein muss. Ihr könnt ein Spiel machen oder einen von den Videofilmen anschauen, die ich im Wohnzimmer auf den Tisch gelegt habe. Und was machst du, wenn Ivo um zehn heimgeht?«

»Zähne putzen und ins Bett«, antwortete Max wie aus der Pistole geschossen.

»Gut«, antwortete Fanni. »Um diese Zeit wird auch Leni zurück sein. Und glaub mir, sie wird es petzen, falls der Fernsehapparat nach zehn noch läuft.«

Max nickte so feierlich, als hätte man ihm das Tafelsilber anvertraut.

Fanni wusste, dass sie sich auf die beiden Buben verlassen konnte. Besonders Ivo, Olgas Sohn, den Bene Klein adoptiert hatte, weil der Jungbauer trotz aller Beschränktheit klug genug war, die Generationenfolge auf dem Klein-Hof zu sichern, war seinem Alter weit voraus. Ivo hatte schon früh gelernt, Verantwortung zu übernehmen.

Notgedrungen, mit einem geistig Behinderten als Vater und einem alten Grantler als Großvater!

Die Haustürklingel schlug an. Max flitzte über den Flur.

9

»Toni und Martha sind schon mit dem Hüttentaxi unterwegs«, verkündete Hannes.

Es war Samstagvormittag, kurz vor halb elf. Rudolf hatte vor einigen Minuten seinen Volvo auf dem Wanderparkplatz in Hinterbichl abgestellt. Er und seine Frau waren gerade dabei, ihre Bergstiefel zu schnüren. Fanni und Leni, die im Wagen der Hummels mitgefahren waren, kamen soeben von der anderen Straßenseite zurück, wo sie im Dorfwirtshaus auf der Toilette gewesen waren. Eilig schlüpften sie in ihre Bergschuhe.

»Wir zwei haben auf euch gewartet«, sagte Hannes und legte seiner Frau den Arm um die Schultern, den sie abschüttelte.

»Fritz«, Hannes zog ein Gesicht, als hätte er auf Bitterwurz gebissen, »ist bis jetzt noch nicht aufgetaucht.«

»Martha hat vorhin erzählt, dass Fritz gestern Mittag nach Wörgl gefahren ist«, sagte Elvira, als ihr Mann nicht weitersprach, »weil er in der dortigen Niederlassung der Stolzers zu tun hatte. Da hat er wohl auch übernachtet. Es wäre ja unsinnig gewesen, noch mal heimzufahren, wo doch Wörgl auf userm Weg liegt.«

Sie runzelte die Stirn. »Die drei Niederlassungen der Stolzers sind, soviel ich weiß, ganz allein Maurers Sache. Er ist dort für alles verantwortlich. Willi muss wirklich großes Vertrauen in ihn gesetzt haben.«

Hannes hatte sich ein paar Schritte von der Gruppe um Rudolfs Wagen entfernt und sprach eifrig in sein Handy. Als Fanni gerade ihren Rucksack schulterte, kehrte er zurück.

»So.« Er steckte das Handy in die Brusttasche seines ärmellosen Jäckchens. »Das Taxi holt uns in zehn Minuten hier ab. Mittagessen gibt's auf der Johannishütte. Dort treffen wir auch die andern zwei.«

Während er redete, bog ein Firmenwagen der Stolzers auf den Platz und parkte in einer Lücke fünf Autos weiter.

»Wer hat eigentlich dem Maurer die Ausrüstung geliehen?«, fragte Hannes und sah mit hochgezogenen Brauen zu, wie Fritz

Maurer den Kofferraum öffnete, Bergschuhe zutage förderte, hineinschlüpfte und sich anschickte, sie zu schnüren.

Elvira zuckte die Schultern. »Darum hat sich wahrscheinlich Martha gekümmert.«

»Wetten«, murrte Hannes, »der Kerl benutzt Willis Steigeisen und Willis Pickel. Hoffentlich hat ihm Martha auch Willis Klettergurt gegeben – den ramponierten.«

Hannes wird sich nie ändern, dachte Fanni. Er benimmt sich wie ein unartiges Kind, ist und bleibt ein Rotzlöffel. *Ein Rotzlöffel, dem man aber nicht lang böse sein kann!* Stimmt, dachte Fanni, und woran liegt das? Daran vielleicht, gab sie sich selbst die Antwort, dass es Hannes auf seine derbe, grobschlächtige Art versteht, alle einzuwickeln, jeden in die Tasche zu stecken. *Seine Frau sieht mir aber nicht danach aus, als hätte Hannes sie in der Tasche!*

Das Hüttentaxi kam die Hauptstraße entlang. Fritz Maurer gesellte sich zu der wartenden Gruppe. Jeder begrüßte ihn freundlich, reichte ihm die Hand. Jeder bis auf Hannes. Der hatte sich wieder ein paar Schritte entfernt und starrte missmutig in den Gebirgsbach, der auf der Westseite des Parkplatzes unter einem Brückchen hindurchfloss. Hannes wartete, bis alle eingestiegen waren, erst dann strolchte er heran und warf sich auf den freien Sitz neben dem Fahrer.

Eine gute halbe Stunde lang holperten sie über Stock und Stein. Obwohl sich Fanni an einem Haltegriff in der Tür anklammerte, hüpfte sie auf und ab wie auf einem Trampolin. Sie fragte sich, ob laufen nicht angenehmer gewesen wäre. Leni dagegen schien die Fahrt recht spaßig zu finden. Niemand sprach ein Wort.

Aufatmend sprang Fanni vor der Johannishütte aus dem Taxi.

»Nichts wie rein in die gute Stube«, rief Hannes. »Die anderen hocken bestimmt schon vor dampfender Suppe.«

»Hannes«, hielt ihn Elvira zurück, »keine Kasspatzen und kein Surbraten jetzt, sonst drückt's dir wieder die Luft ab beim Gehen.«

Schmollend bestellte Hannes Minestrone.

Punkt zwölf machten sie sich zum Defreggerhaus auf, wo Rudolf die Nachtlager bestellt hatte.

Der anfangs recht bequeme Weg führte zuerst flach an dem Bach entlang, der achthundert Meter tiefer im Tal unter dem Brückchen in Hinterbichl hindurchschäumte. Später dann wand sich der Wanderweg – mal steil, mal weniger steil – aufwärts über Geröll mit sattgrünen Grasmatten dazwischen. Rudolf hatte sich an die Spitze der kleinen Karawane gesetzt. Neben ihm ging seine Frau Gunda. Hannes und Elvira schlossen so dicht auf, dass das Grüppchen wie ein Viererpack Rucksäcke wirkte. Mit etwas Abstand folgten Fanni und Leni. Martha und Fritz machten den Schluss. Toni trödelte irgendwo ganz weit hinten herum – meist kaum sichtbar zwischen Büschen und Felsbrocken. Wenn Fanni sich umschaute, sah sie stets nur Martha und Fritz Maurer – in angeregter Unterhaltung.

Ich würde auch gern noch mal ein paar Wörtchen mit dem Geschäftsführer der Stolzers reden, dachte Fanni.

Die Gelegenheit dazu ergab sich schon bald, weil Rudolf stehen blieb, um den Eispickel, der sich am Rucksack seiner Frau gelockert hatte, wieder festzuzurren. Hannes kramte währenddessen nach seinem Sonnenhut, und Martha schmierte sich Labiosan auf die Lippen.

Gerade als sich die Gruppe wieder in Marsch setzen wollte, schloss Toni auf und bat Martha um ein bisschen von ihrer Creme. Dadurch geriet sie in Verzug, und Fritz Maurer folgte Fanni und Leni allein. Kurzerhand verhielt Fanni für einen Moment den Schritt und befand sich im nächsten neben ihm.

Fritz lächelte ihr zu.

Was für ein Sonnyboy! Kein Wunder, dass Martha Stolzer voll auf ihn abfährt!

Fanni lächelte zurück. Wie schon vor knapp zwei Wochen, als sie ihm zum ersten Mal gegenübergestanden hatte, faszinierten sie auch jetzt seine wasserblauen Augen.

Durchsichtiger als ein Gebirgsbach, dachte Fanni, hell wie Spiegel.

»Da haben wir ja noch ein schönes Stück zu laufen.« Fritz deutete den Berghang hinauf, wo der Weg, der sich dort oben zu einem Pfad verengte, einen mit Felsen durchsetzten Hang querte und dann wieder ansteigend auf die Kuppe zulief, hinter der das Defreggerhaus lag.

»Ist das deine erste Gletschertour morgen?«, fragte Fanni.

Fritz nickte.

»Aber wohl nicht deine erste Bergtour?«, hakte sie nach.

Fritz verneinte. »Letzten Sommer hat mich Willi dazu eingeladen, eine Klettertour mitzumachen.«

»Hat sie dir nicht gefallen?«, fragte Fanni.

Fritz lächelte das wasserblaue Lächeln.

Terence Hill würde Bachkiesel fressen, um es so hinzubekommen!

»Mit fehlt einfach die Zeit für so was.«

»Das hört sich ja an«, sagte Fanni, »als würden die Stolzers ihren Geschäftsführer hemmungslos mit Arbeit überhäufen.«

Er sah sie erschrocken an. »Nein, nein, so war das nicht gemeint. Die Niederlassungen waren meine Idee, und Willi hat mir damit freie Hand gelassen.« Er lachte. »Das verpflichtet allerdings auch.«

»Und lässt keinen Raum für Hobbys, Freunde und Familie«, stellte Fanni fest.

»Nein«, bestätigte Fritz. »Und wenn ich mal Zeit habe, dann besuche ich meine Mutter. Sie hat sonst nicht viel Gesellschaft.«

»Wo wohnt denn deine Mutter?«, erkundigte sich Fanni.

»Im Taunus«, antwortete Fritz.

»Ein weiter Weg. Mag deine Mutter nicht zu ihrem Sohn ins Donautal ziehen? Da hätte sie genauso wie in ihrer Heimat Wald und Hügel vor der Haustür.«

Fritz schüttelte den Kopf, während er über einen Felsblock sprang, weil sich der Weg mehr und mehr verengte. »Im Taunus ist sie verwurzelt, und da will sie auch bleiben. Obwohl es sehr einsam ist dahinten am alten Grubenhügel.«

Fanni schnaufte, als wäre sie außer Atem geraten, dann sagte sie lahm: »Das kann ich mir gut vorstellen.«

Fritz sah sie von der Seite an, seine Augen wirkten plötzlich eine Nuance dunkler. »Womöglich wäre es ein großer Fehler«, meinte er, »Mutter nach Deggendorf zu holen. Wer weiß, wie lange ich den Job bei den Stolzers noch behalten kann.«

»Unsinn«, erwiderte Fanni, »Martha wird dich niemals gehen lassen. Und auch Toni weiß, wie sehr die Firma Stolzer auf ihren tüchtigen Geschäftsführer angewiesen ist. Besonders jetzt, nachdem Willi so feige aus dem Weg geräumt wurde.«

»Willi kann keiner ersetzen«, sagte Fritz nachdrücklich. »Was für eine infame Tat, die Anseilschlaufe an seinem Klettergurt so auszufransen, dass sie auf Zug reißen musste.«

»Trinkpause vor dem Steilanstieg«, röhrte Hannes und ließ sich auf einen Stein fallen, der von vielen Hinterteilen glatt poliert aus einer Grasmatte ragte.

Fritz gesellte sich wieder zu Martha.

Toni, der neben ihr gestanden hatte, rückte zu Leni auf. »Hast du genug zu trinken dabei? Ich kann dir gern was abgeben von meinem Getränk. Isostar High Energy Drink, füllt den Verlust an Mineralstoffen im Nu wieder auf.« Er hielt ihr eine stylishe Plastikflasche mit pinkfarbenem Verschluss hin.

Leni nahm einen Schluck. Dann bedankte sie sich und tat so, als ob sie vor frisch gewonnener Energie gleich platzen würde. Aber Toni wirkte auf einmal traurig.

»Womöglich hätte sich Willi mit einem kraftvollen, reaktionsschnellen Griff retten können, wenn er meinen Energiedrink intus gehabt hätte«, murmelte er.

Fanni starrte verdutzt zu ihm hinüber.

Als Hannes zum »Sturmangriff« – wie er den neuerlichen Aufbruch nannte – blies, begann Fanni am Bauchgurt ihres Rucksacks zu nesteln und verzögerte dadurch ihren Abmarsch, bis Toni mit ihr auf gleicher Höhe war.

»Wie«, fragte sie ihn sogleich, »hätte denn Willi seinen Absturz verhindern sollen?«

Toni erklärte es ihr mit knappen Worten und einer veranschaulichenden Handbewegung. Er musste sich kurz fassen, weil der Pfad nun sehr schmal war und steil bergan verlief.

Fanni nickte. Sie begriff, was er meinte.

Während der nächsten eineinhalb Stunden, die sie im Gänsemarsch schweigend bergwärts stiegen, dachte Fanni darüber nach, welche Konsequenzen Tonis Theorie für ihn als einen der

Hauptverdächtigen hatte und welche Schlüsse sich aus Fritz Maurers Auskünften ziehen ließen.

»Ein Bier«, grölte Hannes. »Als Allererstes brauch ich jetzt ein kühles Bier, sonst pappt mir noch die Goschen zu.« Er warf den Rucksack ab und setzte sich auf einer Holzplanke nieder, die an der Südwand der Hütte entlanglief.

Auch die anderen lehnten ihre Rucksäcke gegen die Hüttenwand und ließen sich auf die von der Sonne gewärmten Bretter fallen.

Nur Rudolf verschwand durch die Tür ins Schutzhaus. Er müsse sich um die Nachtlager kümmern, rief er über die Schulter zurück.

Wenig später folgten ihm Leni und Gunda, die sich bereit erklärt hatten, für die ganze Gruppe Getränke zu organisieren. Sie kehrten mit zwei Tabletts voller Gläser und Flaschen und mit Rudolf zurück.

Dann fläzten sie alle faul in der Sonne.

Toni hatte sich eine handtuchgroße Grasfläche ausgesucht, die etwas abseits lag, und sich darauf ausgestreckt. Martha und Fritz hockten nebeneinander auf der Planke an der Hüttenwand und unterhielten sich leise. Ab und zu schnappte Fanni Satzfetzen wie »zwei Lieferungen nach Tschechien« oder »Ausschreibung für Turnhalle« auf.

Sie und Leni saßen ein Stück weiter unten auf der Planke, hatten die Köpfe an die Hüttenwand gelehnt und die Augen geschlossen. Gunda und Elvira hechelten Deggendorfer Geschäftsleute durch. Hannes schnarchte leise.

Es war gegen vier, als Rudolf aufstand und vorschlug: »Ich denke, unsere Neulinge sollten mal das Gehen mit Steigeisen ausprobieren.«

Fanni stimmte ihm zu, bevor Hannes wach genug war, um einen Spruch wie »Gehen geht immer gleich – auch mit Steigeisen« vom Stapel zu lassen. Sie war selbst schon auf den Gedanken gekommen, dass es weder Leni und Fritz noch den alten Hasen schaden würde, ein paar grundlegende Techniken zu üben. Bereits bei der Ankunft hatte sie einen schneebedeckten Hang ausgemacht, der sich in nur wenigen Metern Entfernung hinter der Hütte erhob und sich ideal zum Trainieren eignete.

Sie fing von Rudolf einen dankbaren Blick auf, bevor er anordnete: »Der Kursus für Steigeisengehen und Anseiltechnik beginnt in zehn Minuten. Die Teilnahme ist Pflicht.«

»Sturzübungen«, meldete sich Hannes plötzlich lautstark. »Wenn wir uns schon anschirren, dann machen wir auch Sturzübungen!«

Rudolf schüttelte den Kopf. »Sturzübungen! Unsinn.« Er wandte sich ab. Doch gleich darauf drehte er sich wieder um und sagte: »Wir üben das Gehen am Fixseil. Dabei kann sich ja jeder mal hinfallen lassen, um herauszufinden, wie es sich anfühlt, wenn sich die Prusikschlinge straff zieht.« Er begann, die Schutzhüllen von den Zacken seiner Steigeisen zu pflücken.

Die paar Seilknoten, mit denen auch der Sonntagsbergsteiger vertraut sein sollte, hatten sich Leni und Fritz schnell angeeignet. Und dass man mit Steigeisen breitbeinig geht, um mit den Zacken nicht im eigenen Hosensaum hängen zu bleiben, brauchte ihnen niemand zu erklären. Sie stapften bereits behände den Abhang hinauf und hinunter.

»Ich bau jetzt den Standplatz«, kündigte Hannes an.

Fanni folgte ihm zu einer Stelle, wo die Hangneigung auf gut zwanzig Metern Länge nach ihrer Schätzung mehr als fünfunddreißig Grad betrug, und sah ihm zu, wie er ein Stückchen oberhalb der Steilflanke zwei Eisschrauben im Abstand von ungefähr sechzig Zentimetern schräg übereinander in das von einer dünnen Schneeschicht bedeckte Gletschereis trieb.

Versuchsweise hieb Fanni ihre Pickelhaue in den Hang. Sie rutschte ab. »Wenn man sich richtig fallen lässt, wird man sich nicht halten können«, meinte sie.

»Dafür bau ich ja den Standplatz und häng das Fixseil ein«, entgegnete Hannes. »Damit uns keiner davonsegelt.«

Fannis Blick wanderte den Hang hinunter und folgte seinem sanften Auslauf bis zu einem mit kleinen Felsen durchsetzten Erdhügel hinter der Hütte.

»Genau«, sagte Hannes, der sie beobachtet hatte. »Da unten

125

wär sowieso Schluss. Aber wir wollen ja nicht riskieren, dass sich einer den Schädel aufschlägt. Außerdem soll der Spaß eine Übung für den Ernstfall sein – mit allem Drum und Dran.«

Er hatte bereits eine Bandschlinge, die er mit einem Knoten in einen großen und einen kleineren Abschnitt unterteilt hatte, an den Eisschrauben fixiert und in dem kleinen Schlingenabschnitt einen Karabiner eingehängt. Die Vorrichtung bildete ein etwas windschiefes Dreieck.

»Reihenschaltung«, erklärte Hannes wichtigtuerisch. »Das Kräftedreieck ist nämlich heutzutage passé.«

Kraft in Reihe, Kraft über Eck, als ob so was nicht egal wäre, dachte Fanni recht laienhaft, Hauptsache die Eisschrauben halten, der Karabiner geht nicht auf, die Bandschlinge sitzt.

Hannes nahm nun ein Ende seines vierzig Meter langen, ordentlich aufgerollten Bergseils und befestigte es mit einem Knoten, den Bergsteiger »Achter« nennen, im Karabiner. Dann ließ er den Rest des Seils den Hang hinunterkullern.

Rudolf stand unten bereit, um das andere Ende aufzufangen. Er musste dazu etwas nach links gehen, weil es ein ganzes Stück weit versetzt ankam.

Er packte das Seilende und zog es wieder so weit nach rechts, dass es vom Standplatz aus senkrecht nach unten verlief. Dann band er es zu einer Schlaufe und legte sie um ein kleines Felsköpfchen.

Hannes und Rudolf konnten mit ihrem Werk zufrieden sein, fand Fanni. Das Seil spannte sich vom Karabiner oben akkurat und sauber bis hinunter zum Felskopf am Fuß des Hanges.

Sie blieb neben Hannes bei den Eisschrauben stehen und schaute ihm zu, wie er ein letztes Mal überprüfte, ob der Karabiner, der Fixseil und Bandschlinge zusammenhielt, auch wirklich fest zugeschraubt war. Fritz war ebenfalls herangetreten und studierte die Sicherungsverankerung.

»Diese, ähm, Konstruktion wird einiges an Belastung aushalten müssen«, meinte er.

»Das tut sie«, antwortete Fanni. »Und selbst wenn nicht, kann ja nicht viel passieren.« Sie deutete talwärts auf die fast ebene Fläche, in die der Hang auslief.

Fritz sah hinunter, dann wieder hinauf. Er schaute skeptisch nach links, dann nach rechts.

Fanni beobachtete ihn und verkniff sich ein Lächeln. Als wolle er diesen Abhang für den Wegebau vermessen, dachte sie.

»Wer hier oben ins Rutschen kommt und nirgends Halt findet, driftet dort hinüber«, sagte Fritz plötzlich, »weil sich nämlich der Hang nicht nur talwärts, sondern auch ein wenig nach Osten neigt.«

»Papperlapapp«, ließ sich Hannes vernehmen.

»Möglich«, gab Fanni zu. »Kann schon sein, dass die Falllinie etwas abweicht. Aber weit bestimmt nicht.«

Fritz starrte stirnrunzelnd auf die scharfe Kante, die einen schroffen Abbruch an der Ostseite des Hanges markierte.

»Mach dir keine Sorgen«, sagte Fanni. »Das Fixseil hält, und deine Prusikschlinge fängt dich ganz schnell auf.«

»Na dann«, rief Hannes. »Wer macht den Anfang? Wer macht vor, wie's geht?«

Martha und Elvira, die ein paar Schritte weiter weg gestanden und sich unterhalten hatten, kamen heran. Fritz und Fanni entfernten sich ein paar Meter vom Standplatz und traten zu Leni.

Hannes nickte seiner Frau zu und deutete auf eine kleine Mulde etwa einen Meter unterhalb des Sicherungskarabiners. Elvira stieg hinein. Sie stützte sich dabei auf ihren Pickel und versuchte, die Zacken ihrer Steigeisen tief in den glatten Untergrund zu treiben, denn Hannes hatte für die Übung den steilsten und vereistesten Abschnitt des Hanges gewählt.

Als Elvira ihre Position für stabil genug befand, bückte sie sich und band ihre Prusikschlinge um das Fixseil. Hannes ließ es sich nicht nehmen, den Prusikknoten am Seil hin- und herzuschieben, um zu testen, ob er einwandfrei funktionierte.

»Der Knoten muss locker am Seil entlangwandern, sich bei ruckartiger Belastung aber sofort zusammenziehen und den Absturz stoppen«, erklärte er mit erhobener Stimme.

Daraufhin kommandierte er: »Auf geht's!«

Elvira machte ein paar schnelle Schritte, dann ließ sie sich hinfallen.

»Und schleunigst auf den Bauch drehen«, rief ihr Hannes zu.
»Und die Eisen weg vom Boden! Und den Pickel reinhauen!«
Elvira rutschte höchstens zwei Meter weit hinunter. Bevor
sie die Pickelhaue ins Eis schlagen konnte, um ihr Abgleiten zu
bremsen, hatten Prusikknoten, Fixseil und die Standplatzsiche-
rung ihren Zweck bereits erfüllt.

Elvira hing fest.

Sie senkte die Beine, die sie in den Knien angewinkelt nach
oben gestreckt hatte, und bohrte die Frontalzacken der Steigeisen
ins Eis. Dann hieb sie die Pickelhaue hinein. Sie brauchte drei
Anläufe, bis der Pickel so weit festsaß, dass sie ihn als Griff benutzen konnte, um aufzustehen.

Daraufhin stapfte Elvira zwei Schritte aufwärts, sodass sich
auf den Prusikknoten kein Zug mehr auswirkte und er sich wieder lockerte. Schließlich ging sie, den Knoten mit sich schiebend,
langsam am Seil entlang hinunter.

»Das ist die ganze Kunst«, ließ sich Hannes hören. »Der
Nächste, bitte!«

Während Martha das Gehen am Fixseil absolvierte, wobei
auch sie sich hinfallen ließ, wegrutschte, gestoppt wurde, aufstand und dann weiter nach unten stiefelte, hatte sich auch Hannes vom Standplatz wegbewegt. Er erklärte nun Leni, warum es
so immens wichtig war, bei einem Sturz die Steigeisen vom Untergrund fernzuhalten.

»Die Zacken graben und verkanten, haken sich fest, rutschen
aber dann doch weiter, haken sich wieder fest und immer so fort.
Die Folge ist, dass du dich überschlägst, kugelst und purzelst wie
ein eckiges Holztrumm und nichts dagegen machen kannst.«

Leni nickte verständig. »Ich geh als Letzte«, sagte sie, »dann
kann ich mir noch ein paarmal ansehen, wie's geht.

Inzwischen war auch Gunda schon unten angelangt.

Toni kniete am Standplatz und fummelte eine Ewigkeit am Seil
herum.

»Hast du vergessen, wie der Prusikknoten geht?«, rief ihm
Hannes zu.

Toni winkte sichtlich genervt ab. Endlich richtete er sich auf
und lief los.

»Und jetzt Fanni!«, ordnete Hannes an.

Sie wollte eben einen Schritt auf den Standplatz zumachen, da hörte sie einen Laut vom Fuß des Hanges. Sie drehte sich talwärts und blickte hinunter.

Rudolf rief etwas, das der Bergwind in ein Jaulen verwandelte. Sie tippte auf ihr rechtes Ohr, um ihm klarzumachen, dass sie ihn nicht verstanden hatte.

Rudolf deutete daraufhin zuerst auf Elvira, dann auf Martha und dann auf die Hütte.

Die beiden wollten also nicht warten, bis alle am Fixseil geprobt hatten und der Standplatz abgebaut war, sondern jetzt gleich zur Hütte zurückkehren.

Gut, warum nicht? Fanni winkte ihnen zu.

Als sie sich wieder umwandte, hatte Fritz seine Übung bereits beendet. Er war jedoch nicht bis zum Ende der Seilsicherung weitergegangen, sondern hatte seine Prusikschlinge bereits früher vom Seil gelöst – ein paar Meter oberhalb von Rudolfs Standort, dort wo die Steilheit des Hanges schon beträchtlich abnahm. An dieser Stelle befand er sich nun und schaute nach oben.

Fanni hatte ihre Prusikschlinge aus der Hosentasche geangelt und wollte soeben in die Mulde steigen, da sah sie, dass ihr Leni gefolgt war.

Wenn Leni vor mir geht, dachte Fanni, dann kann ich aufpassen, dass sie den Knoten richtig bindet, kann intervenieren, falls sie die Prusikschlinge nicht richtig anlegt.

Als ob dein Kind das Schleiferl nicht mit links hinkriegen würde!

Fanni deutete auf die Startmulde, die bereits die Abdrücke etlicher Paar Steigeisen aufwies. »Nach Ihnen, meine Liebe.«

Leni kicherte und brachte sich in Position.

Fanni wachte mit Argusaugen, doch Leni schlang den Knoten souverän. Sie stieß sich ab, ließ sich fallen, rutschte und rutschte.

Leni rutschte immer schneller.

Fannis Blick hetzte zur Prusikschlinge und weiter zum Prusikknoten. Der bewegte sich nicht, saß aber so locker am Seil, als stünde Leni daneben. Die Schlinge verband ihn mit der Schlaufe an Lenis Hüftgurt.

Warum zum Henker zog sich der Knoten nicht straff? Warum hing er da wie abgeschnitten?

»Verdammt, das gibt's doch nicht!«, rief Hannes.

Erst durch seinen Schrei wurde Fanni auf das Fixseil aufmerksam, das – aus seiner Verankerung gerissen – lose hinter Leni herschlingerte. Der Karabiner, der das Seilende mit der Bandschlinge an den Eisschrauben verbunden hatte, baumelte daran, hüpfte übermütig auf und ab.

»Pickel!«, schrie Hannes. »Verdammt noch mal, hau deinen Pickel rein.«

Leni hatte sich vorschriftsmäßig in Bauchlage gebracht und die Steigeisen in die Luft gereckt. Sie versuchte, die Pickelhaue ins Eis zu treiben, doch die schrammte nur darüber hinweg.

Leni rutschte schneller und schneller, und jeder konnte erkennen, wohin. Wie Fritz vermutet hatte, driftete sie aufgrund der schrägen Hangneigung nach Osten ab.

Leni hielt direkt auf den Abbruch zu.

Fanni stand schreckensstarr.

»Den Pickel, verdammt!«, schrie Hannes. »Hau ihn rein! Hau ihn rein!«

Leni versucht es immer wieder. Schnee und Eisbröckchen spritzten weg, der Pickel schrammte weiter, schrammte und schrammte.

Sein Reibungswiderstand vermochte jedoch das Tempo, in dem es Leni schräg abwärts trieb, ein wenig zu bremsen.

»Leni«, flüsterte Fanni. »Leni!« Sie wollte loslaufen, ihre Tochter einholen, sie aufhalten, sie davor bewahren, über die Kante zu stürzen.

Hannes packte Fanni und hielt sie zurück. »Du kannst sie nicht einholen«, sagte er heiser. »Wenn du anfängst, hier zu rennen, stolperst du nach dem zweiten Schritt. Dann geht's auch mit dir dahin, und damit hilfst du Leni nicht.«

Leni rutschte nun etwas langsamer, aber dennoch unaufhaltsam auf den Abbruch zu.

Fanni versuchte vergeblich, Hannes' zupackende Hände abzuschütteln. Plötzlich sah sie Fritz Maurer neben Leni auftauchen. Er bekam sie am Anorak zu fassen, hielt sie fest. Einen halben Meter glitt sie noch weiter, dann lag Leni still.

Sofort senkte sie die Steigeisen aufs Eis und grub die Zacken hinein. Als Fanni herankam, stand sie bereits wieder auf den Beinen. Sie winkte ab.

»Nichts ist passiert, Mami, gar nichts, wirklich nicht.«

Fanni sah ihre Tochter an, dann blickte sie in den Abgrund, der sich vor ihr auftat, und dann fiel sie auf die Knie.

10

Die Wellen schlugen hoch, nachdem sich alle im Gastraum der
Hütte um einen großen Ecktisch versammelt hatten. Hannes
trug das eilig aufgerollte Seil noch immer über der
Schulter. »Das war keine Pfuscharbeit!«, schrie er so laut, dass
die Gäste an den Tischen hinter der Balustrade, die den Ecktisch
von der Gaststube abgrenzte, die Köpfe reckten. »Die Bandschlinge war ordentlich im Karabiner eingehakt, und den habe
ich fest zugeschraubt. Fanni, das hast du doch selber gesehen.«
Fanni nickte matt.
»DER KARABINER KONNTE SICH NICHT LÖSEN!«, sagte
Hannes beschwörend.
»Hat er aber«, gab Elvira trocken zurück.
»Hat er«, stimmte ihr Rudolf zu. »Wenn wir also nicht glauben wollen, dass dieser Karabiner urplötzlich zum Leben erwacht
ist und sich eigenhändig von der Bandschlinge befreit hat, müs-
sen wir davon ausgehen, dass sich jemand daran zu schaffen ge-
macht hat.«
»Du spinnst ja«, rief Hannes.
Die anderen sahen sich mit bestürzten Mienen an.
»Quatsch«, sagte Elvira plötzlich. »Angenommen, jemand
hätte den Karabiner ausgehängt, dann hätte der ja kein bisschen
Halt mehr gehabt. Er wäre mitsamt seinem Seilende auf der Stelle den Hang hinuntergesegelt.«
Martha stimmte ihr zu. Nach einer Weile auch Rudolf.
»Genau!«, schrie Hannes.
Dann war es still. Lange.
»Ein Saboteur würde es wohl auf diese Weise gemacht haben«,
sagte Rudolf plötzlich.
Niemand hatte darauf geachtet, dass er eine Bandschlinge
und einen Karabiner, so wie es bei der Sicherungsverankerung geschehen war, auf dem Tisch zu einem ungleichseitigen Dreieck
angeordnet und verbunden hatte. Als Behelf hatte er den Salz-
und den Pfefferstreuer verwendet. Die Bandschlinge führte über

Pfeffer- und Salzstreuer zu dem Karabiner, der in dem kurzen Abschnitt eingehängt war und mit jenen Ersatzeisschrauben das vorschriftsmäßige Dreieck bildete.

Rudolf nahm nun das Seilende, das von Hannes' Schulter hing, band es mit einem Achter in den Karabiner und schraubte ihn zu. »So hat er ausgesehen, dein Standplatz«, wandte er sich an Hannes.

Der nickte finster.

Rudolf schraubte den Karabiner wieder auf, angelte die Bandschlinge heraus und ließ ihn zuschnappen.

»Und jetzt schaut mal her«, verlangte er, nahm den geschlossenen Karabiner und führte ihn samt seinem Seilstück durch das Schlingenende, sodass er an einer Seite herunterbaumelte.

»Seht ihr«, sagte er dabei, »die Bandschlinge ist nicht – wie es sich gehört – im zugeschraubten Karabiner eingehängt, sondern das Seilende mit dem Karabiner dran ist lose durch sie durchgezogen. Sein Gewicht verhindert, dass er herausschlüpft. Was aber wird passieren, wenn man an dem Seil zieht, an dem er hängt?«

Rudolf umfasste mit beiden Händen das Stück Seil, das vom Tisch zu Hannes führte, und zog daran. Der Karabiner schnellte aus der Bandschlinge und fiel zu Boden.

Die anderen starrten auf seine Demonstration.

»Bis zum ersten kräftigen Ruck wäre der Karabiner in der Bandschlinge hängen geblieben. Er wäre nicht weggerutscht – den Hang hinunter«, murmelte Martha.

»Wer sollte denn so was Verrücktes tun?«, brüllte Hannes.

Daraufhin wurde es wieder still.

»Interessante Vorführung, aber wenig aufschlussreich«, sagte Toni nach einiger Zeit. »Die Manipulation an der Sicherung hätte ja im selben Moment, in dem sich Leni ans Seil hängte, vorgenommen werden müssen. Bei Lenis Vordermann – Fritz war das, glaube ich – hielt der Karabiner ja noch.«

»Genau«, meldete sich Gunda zu Wort, »das wäre uns doch aufgefallen, wenn sich jemand am Standplatz zu schaffen gemacht hätte, als Leni dran war.«

»Toni hat doch ewig da rumgefummelt!«, bellte Hannes.

Toni erschrak sichtlich. »Ich … ich musste extra die Handschuhe ausziehen, um den Knoten binden zu können, weil ich Fäustlinge anhatte. Der eine ist mir dann irgendwie unters linke Steigeisen gerutscht, und es hat eine Weile gedauert, bis ich ihn wieder freibekommen habe.«

Hannes sah ihn spöttisch an, wollte etwas sagen, aber Rudolf kam ihm zuvor. »Nach Toni war Fritz dran. Bei ihm hat der Karabiner noch gehalten. Das heißt, da war er noch ordnungsgemäß mit der Bandschlinge verbunden. Erst danach kam Leni.«

»Kreuzkruzitürken!«, schrie Hannes. »Wer sollte denn dem Mädl übelwollen?«

»Eigentlich war ja Mami dran«, mischte sich Leni ein. »Sie hat mir aber den Vortritt gelassen.«

Alle starrten Fanni an.

»So kommen wir nicht weiter«, sagte Rudolf. »Wenn wir herausfinden wollen, ob jemand Gelegenheit hatte, sich am Karabiner und der Bandschlinge zu schaffen zu machen, sollten wir uns vergegenwärtigen, wo jeder Einzelne stand, während Fritz am Fixseil hinunterstieg.«

Es entstand eine kurze Pause, bis alle begriffen hatten, was er meinte. Dann redeten sie wild durcheinander.

»Wahnsinn!«, schrie Hannes.

Rudolf hatte inzwischen seine Mütze mitten auf den Tisch gelegt. »Das ist der Standplatz. Nehmt Halstücher, Reepschnüre, irgendwas, und markiert eure Position.«

Es gab einiges Hin und Her, dann war die Mütze von allen möglichen Kleinteilen umringt.

Nicht weit westlich von ihr lag ein Alpenvereinsausweis: Hannes.

Daneben, aber näher am Standplatz, quasi auf dem Weg dorthin, lagen Lenis Haarspange und Fannis Handschuh.

Ziemlich weit im Süden befanden sich drei Euromünzen: Rudolf, Gunda und Toni.

Und ein Stückchen weiter noch ein Labellostift und eine Labiosan-Tube: Martha und Elvira auf dem Weg zur Hütte.

Die Armbanduhr von Fritz hatte an jener Stelle ihren Platz gefunden, wo in der Wirklichkeit der Hang bereits flacher wurde, das Fixseil aber noch nicht endete.

»Was für ein Glück«, sagte Leni zu ihm, »dass Sie – dass du dich da oben schon ausgebunden hattest. Ansonsten hättest du niemals schnell genug in meiner Nähe sein können, um mich aufzuhalten.«

Leni hatte noch immer Schwierigkeiten, die so viel älteren, ihr fremden Leute einfach zu duzen. »Das gehört sich aber so«, hatte ihr Hannes auf der Johannishütte erklärt. »Auf dem Berg, da gibt es kein Sie, kein Herr und kein Oberhofrat, da gibt es bloß ein Du und sonst nix.«

»Danke.«

»Es waren ja fast alle schon unten«, erklärte Rudolf, nachdem er die Anordnung auf dem Tisch eine Weile studiert hatte. »Alle außer Fanni, Leni und – Hannes.«

»Ja, glaubst du –«, begann Hannes zu schreien.

Rudolfs Geste brachte ihn zum Schweigen. »Wenn wir nicht annehmen wollen, dass Fanni vorhatte, ihre eigene Tochter um die Ecke zu bringen, oder dass Leni plante, sich in den Abgrund zu stürzen, wobei die eine jeweils gesehen hätte, was die andere machte –«

»Sie wären aber auch beide auf Hannes aufmerksam geworden«, nahm ihm Elvira das Wort, »falls sich Hannes – was du zu denken scheinst – an den Standplatz herangeschlichen und den Karabiner ausgehängt hätte.« Sie blickte in die Runde. »Also war diese ganze Veranschaulichung für die Katz. So, wie du gemeint hast, kann es eben nicht gewesen sein.«

»Wie war's dann?«, murmelte Martha.

»Vielleicht sollten wir uns mal fragen«, sagte Toni, »ob es wirklich und tatsächlich ein Attentat auf Fanni war oder ein Unglücksfall, den wir uns einfach nicht erklären können?«

»Ja, wer von uns sollte denn drauf aus sein, dass sich Fanni den Hals bricht?« Gunda begann zu weinen.

»Wer war denn drauf aus, dass sich Willi den Hals brach?«, erwiderte Martha darauf anklagend.

Das brachte alle wieder zum Schweigen.

Hannes steckte seinen Alpenvereinsausweis ein. Martha griff nach ihrer Labiosan-Tube.

Gunda wischte sich die Tränen ab. Dann sah sie rundherum

von einem zum andern und sagte, jedes Wort einzeln betonend: »Ich – bleibe – keine – Sekunde – lang – mehr – mit – euch – hier.«

Rudolf nickte zuerst zögernd, dann energischer. »Es ist wohl wirklich am besten, die ganze Sache abzublasen. Jeder misstraut jedem, und möglicherweise auch zu Recht.« Er wandte sich an seine Frau. »Wir packen. Vielleicht schaffen wir den Abstieg noch bei Tageslicht.« Daraufhin nahm er seinen Euro vom Tisch, steckte ihn ein und starrte auf die beiden Euromünzen, die noch dalagen. Dabei kam ihm offenbar der Gedanke, dass er und seine Frau nicht allein zu entscheiden hatten. Er drehte sich zu Toni um. Der zuckte die Schultern. »Dann blasen wir halt ab. Ich bin in zehn Minuten startbereit.«

Einen Moment lang schien es so, als wollte Martha noch etwas sagen. Doch dann nickte sie Rudolf, der noch immer am Tisch stand, bloß zu und verließ schweigend mit Toni den Raum.

»Ich werde auch absteigen und nach Hause fahren«, sagte Fritz. »Nicht dass ich jemandem hier misstrauen würde, aber in der Firma wartet eine Menge Arbeit auf mich, die ich nur wegen der Gedenktour für meinen Chef liegen gelassen habe. Doch diese Tour ist ja soeben für abgesetzt erklärt worden.«

»Lass mich dir noch mal Danke sagen«, wandte sich Fanni an ihn. »Ich darf gar nicht dran denken, wie es hätte kommen können, wenn du nicht zur Stelle gewesen wärst. Niemand sonst hatte eine Chance, früh genug bei Leni zu sein. Wir andern standen viel zu weit entfernt.«

Fritz lächelte wieder sein wasserblaues Lächeln. »Ich glaube, sie hätte sich schon noch gefangen. Kaum hatte ich sie am Schlafittchen, stand sie ja schon auf den Füßen. Leni wäre sicher auch ohne mein Zutun nichts passiert.«

»Trotzdem«, sagte Fanni und reichte ihm die Hand. »Danke.«

Leni stand auf und gab ihm einen Kuss auf die Backe.

Er wandte sich ab und steuerte auf den Durchgang zu den Schlafräumen im ersten Stock zu, um zu packen.

Fanni und Leni blieben stehen und sahen ihm unschlüssig hinterher.

»Ihr wollt also alle verduften?«, rief Hannes, der am Tisch sitzen geblieben war und auf Rudolfs Mütze gestarrt hatte, die noch immer als Standplatz in der Mitte lag.

»Ich nicht«, erwiderte Leni.

»Eigentlich …«, begann Fanni, räusperte sich, wollte weitersprechen, aber Leni kam ihr zuvor.

»Mama, wir sind doch nicht hergekommen, um unverrichteter Dinge wieder abzuziehen, bloß weil ich ein bisschen übers Gletschereis gerutscht bin. Morgen besteigen wir den Großvenediger, gar keine Frage.«

Hannes' Miene hellte sich auf. Da sagte seine Frau: »Wir beide fahren allerdings heim.«

Er sah sie völlig perplex an. »Ja wieso denn das?«

»Merkst du denn nicht«, antwortete Elvira scharf, »dass du derjenige bist, den alle am meisten verdächtigen? Wer hat denn ohne große Schwierigkeiten dafür sorgen können, dass Willi abstürzt? Du! Wer hat heute – ob nun Fanni und Leni danebenstanden oder nicht – am leichtesten den Karabiner aushängen können? Auch du! Leni war ja damit beschäftigt, ihre Prusikschlinge ums Seil zu knoten, und wie ich Fanni einschätze, hat sie ihre Tochter dabei nicht aus den Augen gelassen. Auch von den andern hat verständlicherweise keiner auf dich geachtet. Martha und ich waren auf dem Weg zur Hütte, Rudolf, Toni und Gunda haben sich unterhalten, und Fritz hat mit dem Reißverschluss seiner Jacke ein Gefecht ausgetragen, soviel ich vor meinem Aufbruch noch mitbekommen habe.«

Hannes klappte den Mund auf und wieder zu.

»Wenn morgen auch nur das Geringste passiert«, fuhr Elvira fort, »wem wird man dann die Schuld geben? Dir!«

Endlich fand Hannes seine Stimme wieder. »Aber sie brauchen mich, wenn sie auf den Gipfel wollen. Fanni und Leni können doch nicht allein …«

Er wurde unterbrochen, weil Toni und Martha mit gepackten Rucksäcken zurückkamen. Sie verabschiedeten sich recht kurz angebunden und gingen schnell davon.

»Leni hat keine Bergerfahrung«, ereiferte sich Hannes, als die beiden außer Sicht waren. »Und Fanni hat nie eine Seilschaft ge-

137

führt oder selbstständig einen Standplatz gebaut. Kannst du Eisschrauben setzen, Fanni?«

Fanni schüttelte den Kopf.

»Das muss sie überhaupt nicht können«, widersprach Elvira. »Der Venediger ist schließlich kein Eiger. Auf dieser Touristenroute schon gar nicht. Wer nicht gerade Sturzübungen machen will, braucht hier keine Eisschrauben. Morgen sind vermutlich nicht mal Steigeisen nötig, weil es zusehends wärmer wird. Und weil die Hütte schon jetzt gerammelt voll ist, kann man davon ausgehen, dass sich morgen früh eine endlose Karawane in Richtung Gipfel wälzt. Fanni muss sich mit ihrer Seilschaft nur einreihen und in die Fußstapfen ihres Vordermanns treten.«

»Aber –«, begann Hannes.

»Wir bleiben nicht«, schnitt ihm Elvira das Wort ab. Ihr Ton drohte mit Scheidung. Da gab Hannes klein bei.

Rudolf räusperte sich. »Ich kann das nicht zulassen«, sagte er ernst, »dass Fanni und Leni allein gehen. Schon deshalb nicht, weil auf einem Gletscher mindestens drei in einer Seilschaft sein sollten.« Er sah Gunda erwartungsvoll an, und sie nickte leicht. Er lächelte ihr zu. »Also abgemacht. Gunda und ich bleiben.«

Fanni stand mit Leni vor dem Defreggerhaus und sah Elvira zu, wie sie den Pfad talwärts eilte. Hannes folgte mit großem Abstand.

Fritz hatte soeben seine Bergschuhe zugeschnürt und war nun ebenfalls marschbereit. Die Sonne stand inzwischen tief und spiegelte sich in den Hüttenfenstern.

Fritz blinzelte. »Eine Sonnenbrille könnte wohl nicht schaden.« Er fing an, in seinem Rucksack danach zu kramen. »Verflixt.«

Fanni schaute ihn fragend an.

»Ich hab den Beutel mit Kleinkram im Schlafraum vergessen, weil ich ihn vorhin aus dem Rucksack genommen habe, um die Lampe hineinzutun.«

Er begann, die Schuhe wieder aufzuschnüren, da es strikt verboten war, die oberen Räume der Hütte in Bergschuhen zu betreten.

»Behalt sie an«, sagte Fanni. »Ich hol dir deinen Beutel.«
Fritz lächelte sichtlich erleichtert. »Er liegt, glaube ich, auf dem Matratzenlager.«
Fanni setzte sich in Bewegung.
»Hellgrün mit einer durchgezogenen blauen Kordel«, rief er ihr nach. »Die Brille ist drin, die Stirnlampe, der Autoschlüssel ...«
Fanni betrat den Schlafraum und fand den beschriebenen Beutel auf dem Fensterbrett. Um sicherzugehen, dass sie nicht einen falschen an sich nahm, öffnete sie ihn, sah den Schlüsselbund, die Stirnlampe, die Brille und ein Feuerzeug. Fanni starrte lange auf das Feuerzeug. Dann schloss sie den Beutel wieder und brachte ihn nach unten.
Fritz wühlte eine Weile darin herum, bevor er seine Sonnenbrille herausfischte. Als er sie gerade aufsetzen wollte, traf sein Blick auf Fannis. Die wasserblauen Augen schienen ihr plötzlich dunkel wie Bergschründe. Im nächsten Moment lagen sie hinter den Brillengläsern verborgen. Kurz darauf winkte Fritz zum Abschied und machte sich auf den Weg.

Nach dem Abendessen saßen sie zu viert auf der Holzbank vor der Hütte und hingen ihren Gedanken nach.
Fanni hatte Revue passieren lassen, was sich an diesem langen Tag ereignet hatte, und sie hatte einiges von dem, was dieser oder jener gesagt hatte, möglichst wörtlich zu rekapitulieren versucht. Letztendlich war sie zu dem Schluss gelangt, dass es erforderlich war, den Mordfall Willi Stolzer von einer ganz anderen Warte aus zu betrachten.
Es gibt da ein paar Hinweise, dachte Fanni, sehr vage Hinweise, zugegeben, die sich jedoch wie Puzzleteile ineinanderfügen lassen.
Ist es denn überhaupt möglich, Puzzleteile zusammenzusetzen, wenn man nicht recht weiß, wie das fertige Bild auszusehen hat?
Fanni zuckte zusammen, als vor der Hüttentür plötzlich eine fremde Stimme ertönte. »Hier oben sieht man die Sterne viel klarer.« Eine zweite Stimme murmelte Unverständliches, dann war es wieder still.

Leni hob ihr Gesicht und schaute in den Nachthimmel. »Es ist wahr«, seufzte sie.

Der geeignete Moment für ein bisschen Romantik! Sieh doch, glitzernde Sterne, ein funkelnder Mond, erleuchtete Berghänge, geheimnisvoll dunkle Schluchten!

Fanni starrte in den Nachthimmel und dachte, dass die Mondsichel dort oben hing wie eine Reklame für Dekorationsartikel.

Spielverderberin!

»Wir sollten uns schlafen legen«, sagte Fanni. »Frühstück um halb sechs.«

Die Besteigung des Großvenediger verlief ganz genau so, wie Elvira es vorausgesagt hatte. Ein schier ununterbrochener Zug von Alpinisten trat mit dicken Profilsohlen eine breite Spur in den von der Sonne aufgeweichten Schnee.

Rudolf führte die Seilschaft.

»Gunda macht den Schlussmann«, hatte er angeordnet. »Das ist dir doch recht, Fanni? Sie hat inzwischen mehr Erfahrung und viel mehr Übung als du. Glaub mir, Gunda reagiert schnell, besonnen, effektiv.«

Fanni hatte genickt. Dem Schlussmann kam fast ebenso viel Verantwortung zu wie dem Seilschaftsführer, eine Verantwortung, die Fanni ohnehin nicht übernehmen hätte wollen.

Und so reihten sie sich in den Strom der Gipfelstürmer ein: Acht Meter hinter Rudolf hatte sich Leni ins Seil gebunden. Acht Meter hinter ihr hing Fanni dran, und nach weiteren acht Metern kam Gunda. Etliche Schlaufen Restseil steckten in ihrem Rucksack.

Der Anstieg zeigte sich auf dieser Seite des Berges – von der ihn Fanni noch nie gemacht hatte – nur mäßig steil.

Ein Spaziergang, dachte sie. Ein geradezu gemütlicher Sonntagsspaziergang.

Vom warmen Südwind ließ sie sich alle Ängste wegblasen, stapfte guter Dinge dahin, bis, ja bis sie den schmalen Firngrat vor dem Gipfelaufbau erreichten.

»Lieber Gott«, flüsterte Fanni, »lass keinen von uns stolpern, keinen schwanken.« Sie blickte in die Schlünde, die sich links und rechts von ihr auftaten, und dachte an die Maßnahme, die laut Lehrbuch für Alpinisten beim Absturz eines Seilkameraden von der Gratschneide zu ergreifen war und die Fanni beim bloßen Drandenken die Haare zu Berge stehen ließ. »Wenn einer aus der Seilschaft auf der einen Seite eines Grates hinunterstürzt«, so lautete die Anweisung, »dann muss ein zweiter auf der anderen Seite hinunter*springen*. Nur so lässt sich das Gleichgewicht halten und verhindern, dass die ganze Seilschaft in den Abgrund gezogen wird.«

Würde ich springen?, fragte sich Fanni. Würde ich es früh genug tun? Sie begann zu hyperventilieren.

Lieber Gott, lass keinen von uns stürzen, betete sie atemlos.

Holla, Fanni Rot ist nach dreißig Jahren Agnostizismus wieder gläubig geworden!

Halt dich raus.

Was wenn eine der Seilschaften, die sich bereits auf dem Rückweg befinden, nicht abwartet und euch auf dem Grat entgegenkommt?

Fanni hyperventilierte heftiger.

Auf dem Gipfel wuselten so viele Leute hin und her, dass an eine gemütliche Brotzeitrast nicht zu denken war. Unter teils ärgerlichen, teils belustigten Blicken maulaffenfeilhaltender Alpinisten schichtete Rudolfs Seilschaft hastig ein paar Schnee- und Steinbrocken als Denkmal für Willi Stolzer aufeinander.

»Und jetzt weg hier«, verlangte Leni, »bevor eine Abstiegs-Stampede ausbricht.«

Seufzend betrachtete Fanni den Firngrat, über den sie nun wieder zurückmussten.

Freu dich doch, dass du ihn schon bald wieder vergessen kannst!

Unter dem Gipfelkreuz begannen soeben zwei Sechser-Seilschaften zu zanken, deren Seile sich ineinander verheddert hatten.

»Abmarsch«, kommandierte Rudolf.

Sie setzten sich in Trab, stiegen den Gipfelabhang hinunter, nahmen den Grat in Angriff, waren schnell darüber hinweg. Nicht weit dahinter, im oberen Keesboden, fanden sie eine sonnige Mulde, wo sie Mittagsrast hielten. Alle vier waren sich einig, dass auch der weitere Abstieg nach Hinterbichl möglichst zügig vonstattengehen sollte.

Um ein Uhr erreichten sie das Defreggerhaus, um drei die Johannishütte. Um halb vier saßen sie im Sammeltaxi, aus dem sie um vier auf dem Parkplatz in Hinterbichl mit müden Beinen kletterten.

Die Heimfahrt verlief recht still.

Im Gasthaus vis-à-vis dem Parkplatz hatten sie noch schnell Kaffee getrunken und Apfelstrudel dazu gegessen, dann waren sie in Rudolfs Wagen gestiegen. Leni hatte sich neben Fanni auf dem Rücksitz zusammengerollt und war bald eingeschlafen. Vor der Ausfahrt Wörgl setzte Rudolf den Blinker. »Hannes hat mir geraten, hier zu tanken«, sagte er. »Er behauptet, in diesem Gewerbegebiet steht die Tankstelle mit den niedrigsten Spritpreisen von ganz Österreich. Solche Sachen weiß er immer ganz genau.«

Während Rudolf den Tank füllte und Gunda die zerplatzten Insekten von der Windschutzscheibe scheuerte, ließ Fanni den Blick müde und entsprechend geistesabwesend durch die Umgebung schweifen.

Ein Hinweisschild mit der Aufschrift »Stolzer & Stolzer – Holzhandlung« und einem roten Pfeil darunter fiel ihr ins Auge.

Stimmt, dämmerte es ihr, es war ja schon ein paarmal von einer Niederlassung der Stolzers in Wörgl die Rede.

Am Ende einer Zufahrt, auf die der Pfeil unter der Beschriftung des Schildes zeigte und die schräg gegenüber der Tankstelle in ein eingezäuntes, gut ausgeleuchtetes Terrain mündete, konnte Fanni eine Halle aus Fertigbauteilen erkennen, eine betonierte Rampe, mehrere Lastwagen – einer davon schien ihr zur Hälfte be- oder entladen zu sein –, einen Gabelstapler und einen grauen Pkw. Ihr Blick wanderte nachlässig über alles hinweg und kehrte zur Zapfsäule zurück. Dahinter tauchte Rudolf auf; wenig später startete er den Wagen.

Fanni nickte ein und wurde erst nach drei Stunden wieder wach, als Rudolf bei der Abfahrt »Deggendorf Mitte« die Autobahn verließ. Zehn Minuten darauf hielt er vor dem Haus der Rots.

Fanni schloss die Haustür auf.

»Lass deinen Rucksack hier stehen«, sagte sie zu Leni. »Um den kann ich mich morgen kümmern. Geh du lieber gleich duschen und ins Bett.«

»Okay – Nacht«, kam die gemurmelte Antwort ihrer Tochter von der dritten Treppenstufe auf dem Weg nach oben.

Leni musste am nächsten Tag in aller Herrgottsfrühe losfahren, um pünktlich ihren Dienst im Universitätslabor in Nürnberg beginnen zu können. *Das Mädel braucht sattsam Schlaf nach dem strapaziösen Wochenende!*

Als Fanni in den Flur trat – es war Viertel nach zehn –, erspähte sie durch den Glaseinsatz in der Tür, dass Hans Rot im Wohnzimmer vor dem Fernsehapparat hockte.

Sie ging hinein und setzte sich neben ihn.

11

»Oma, gut, dass du wieder da bist«, rief Max am nächsten Morgen, als er in seinem Pyjama und in Lenis Plüschbärenpantoffeln zu Fanni in die Küche geschlurft kam.
»War das Wochenende mit Opa nicht schön?«, fragte Fanni.
»Doooch, schon«, meinte Max. »Aber wir sind so viel unterwegs gewesen, dass ich überhaupt gar nicht Zeit gehabt hab, auf dem Klein-Hof beim Melken zu helfen.«
Fanni sah ihren Enkel mitfühlend an. Hans Rot hatte sich wohl schwer ins Zeug gelegt, Max von »Bauer Klein, dem Strolch«, von »dessen Sohn, dem Kretin« und von »Ivo, dem Tschechenbankert« fernzuhalten.
»Wenn ich angezogen bin, geh ich aber gleich rauf zum Hof«, verkündete Max.
Fanni stellte eine Schale mit Müsli vor ihn hin. »Sobald du aufgegessen hast, ziehst du am besten die alte Jeans an, die wir neulich Stallhose getauft haben. Danach kannst du bis Mittag Kühe betreuen. Zum Essen stehst du pünktlich hier auf der Matte, okay?«
»Klaro«, antwortete Max. »Soll ich vielleicht Eier mitbringen vom Hof, oder Rüben oder so was?«
Fanni wollte schon verneinen, da fiel ihr etwas ein. »Bring bitte Kartoffeln mit. Ein Dreikilosäckchen wirst du schon tragen können.«
Max löffelte in Windeseile sein Müsli, saugte seine Teetasse leer und trollte sich nach oben, von wo er drei Minuten später in Jeans und T-Shirt wieder herunterkam.
»Tschüss, Oma.«
Moment, wollte Fanni rufen, Zähne putzen, Gesicht waschen, Haare kämmen. Aber die Haustür war schon ins Schloss gefallen.
Als ob es den Kühen nicht egal wäre, wenn Max ungewaschen bei ihnen im Stall erscheint. Sie machen ja auch keine Morgentoilette!

144

Beim nächsten Mal kommt er mir aber nicht so davon, nahm sich Fanni vor. Dann fing sie an, das benutzte Geschirr in die Spülmaschine zu räumen.

Zehn Minuten später klingelte es.

Max und Ivo standen draußen. »Der Bauer lässt fragen«, sagte Max, »was für Kartoffeln er dir herrichten soll. Da gibt es nämlich die –«

Ivo unterbrach ihn. »Wir haben zwei Sorten: Linda und Marianne. Linda kocht mehlig. Marianne kocht speckig. Marianne nimmt man hauptsächlich für Kartoffelsalat.«

Fanni vergaß zu antworten. Sie staunte wieder einmal, wie erwachsen der Adoptivsohn des debilen Hoferben wirkte, obwohl er doch kaum älter war als Max.

Ivo fuhr fort: »Der Bauer sagt, am gescheitesten wäre es, wenn Sie sich die Ware selber anschauen, Frau Rot. Außerdem haben wir heute erntefrischen Spinat vom Mistbeet.«

Fanni schlüpfte in ihre Gartenschuhe. »Da komm ich doch am allergescheitesten gleich mit.«

Beziehst du nicht seit Jahren wechselweise mehlige Linda und speckige Marianne von Bauer Klein?

Fanni lächelte in sich hinein. Dem Bauern war offenbar nach einem Plausch mit ihr, was er aber keinesfalls offen zugeben würde. Deshalb hatte er einen Umweg gewählt und sie eingeladen, seine Ware zu begutachten – falls sie Zeit dazu hatte. Sie wusste, dass er es ihr aber auch nicht übel nehmen würde, wenn sie die Bestellung Ivo einfach auftrüge.

Es verhielt sich jedoch zufällig so, dass Fanni selbst gern mit Bauer Klein reden wollte. Denn seit ihrem Besuch bei Giselas Mutter beschäftigte sie – in mehr oder weniger großen Abständen – die Frage, wie der halbe Viehbestand des Lehmackerbauern in einer einzigen Nacht hatte eingehen können. Von Bauer Klein erhoffte sie sich Aufschluss darüber.

»Ja, die Frau Fanni«, rief Bauer Klein, offenkundig erfreut, sie zu sehen.

Er hatte es Fanni nie vergessen, dass sie ihn, nachdem seine damalige Schwiegertochter erschlagen worden war, vor einer Mordanklage bewahrt hatte, und behandelte sie seither als VIP.

Dienstfertig ließ er seine Schubkarre voll Grünfutter im Stich und führte Fanni in die Scheune, wo die Kartoffeln lagerten.

Mit der linken Hand eine Linda befühlend, mit der rechten eine Marianne befingernd, erinnerte er Fanni an den gravierenden Unterschied zwischen den beiden Sorten und klärte sie über die diesjährige Qualität der Kartoffelernte auf: »Marianne ist heuer dickschaliger als sonst. Und Linda fällt kleiner aus. Direkt mickrig«, urteilte er und wog ein Kartöffelchen aus der rechten Schütte in der Hand. »Die Hauptsache wissen Sie ja. Wie sie sich beim Kochen unterscheiden, meine ich. Für Pommes, sagt die Olga ...«

Es fehlt wohl nicht viel, und er kocht dir von jeder Sorte eine als Kostprobe, damit du auch den Geschmack vergleichen kannst!

Fanni hörte Bauer Klein aufmerksam zu und teilte ihm dann mit, dass sie ein Säckchen Linda haben wolle.

»Richt ich Ihnen her, Frau Fanni«, sagte der Bauer. »Drei Kilo Linda. Der Ivo bringt Ihnen das Sackerl sofort ins Haus. Sie brauchen ja die Kartoffeln bestimmt fürs Mittagessen.«

Fanni schüttelte den Kopf. »Nein, nein. Es hat wirklich keine Eile. Sie müssen den Buben nicht extra zu mir runterschicken. Der Max kann das Sackerl mitbringen, wenn er heimgeht – um zwölf.«

Als Fanni hinter dem Bauern aus der Scheune trat, sah sie Ivo mit dem Grünfutter soeben im Stall verschwinden.

»Sie müssen sicherlich enorm darauf achten, Bauer, dass sich keine Giftkräuter ins Futter schleichen.«

»Giftkräuter?« Der Bauer sah Fanni an, als hätte sie ihn mit der Mistgabel gestochen.

»Ja, Giftkräuter«, bestätigte Fanni. »Nicht weit von dem Ort entfernt, wo meine Tochter Vera jetzt wohnt, gibt es einen Bauern, dem ist einmal ein ganzer Stall voll Kühe eingegangen, weil das Grünfutter mit Giftkräutern vermischt war. Ein paar der Tiere haben wohl überlebt, aber die gaben dann nur noch Magermilch.«

Bauer Klein prustete. »Frau Fanni, Frau Fanni, da hat Sie aber jemand ganz schön verkohlt. Das Grünzeug, das auf unsern Wiesen wächst, das vertragen die Rindviecher erstklassig, da fehlt gar nix. Außerdem sind die recht wählerisch. Die fressen keinen Hahnenfuß und keine Odelblegern. Was denen nicht schmeckt, das sortieren die aus.«

»Odelblegern?«, fragte Fanni.

»Na ja, das ist so ein Gewächs mit großen harten Blättern«, erklärte Klein, »eins, das jeder Bauer hasst, weil es auf der Weide die saftigen Grashalme verdrängt.« Er legte die Stirn in Falten und dachte angestrengt nach. Dann sagte er bekümmert: »Es fällt mir einfach nicht ein, Frau Fanni. Ich komm einfach nicht drauf, wie man zu den Odelblegern auf Hochdeutsch sagt.«

»Macht ja nichts«, antwortete Fanni gedankenverloren. »Und Kühe fressen wirklich nichts, was ihnen schaden würde?«

Bauer Klein begann, den Kopf zu schütteln, aber plötzlich hielt er inne. »Na ja, im Frühling, wenn man sie das erste Mal auf die Weide lässt, da übertreiben sie es gern mit dem Klee. Nicht dass der Klee einer Kuh schaden tät, aber wenn sie zu viel davon frisst, kriegt sie Blähungen. Das Gas, das sich im Magen bildet, könnt ihr – wenn's nicht rauskann – Herz und Lunge abdrücken. Manchmal hilft dann nur ein Schlauch ...«

Bauer Klein brach ab und sah Fanni, die versonnen einen Kieselstein vom Pflaster vor der Scheunentür wegkickte, verschmitzt an. »Wollen Sie ins Geschäft einsteigen, Frau Fanni?«

Fanni blickte ernst zurück und sagte: »Nein, aber mich würde interessieren, woran die Kühe in Stockheim eingegangen sind.«

Bauer Klein hob in einer abwehrenden Geste die Hände. »Ja, Frau Fanni, Krankheiten gibt's genug. Da möchte ich mit dem Aufzählen lieber gar nicht anfangen.«

»Und wenn eine Kuh krank ist«, fragte Fanni, »wie wird sie denn dann wieder gesund?«

Bauer Klein klappte der Kiefer herunter. »Na, wie wir halt auch. Sie kriegt eine Medizin –«

»Und die nimmt sie ein?«, unterbrach ihn Fanni.

»Wenn der Tierarzt der Kuh die Medizin nicht spritzt, dann mischen wir sie halt ins Futter.«

Fanni tüftelte noch an ihrer nächsten Frage, da blinzelte ihr Bauer Klein zu. »Ich kann mir schon denken, auf was Sie hinauswollen, Frau Fanni. Aber Sie müssen sich mal vorstellen, dass Kühe Gras fressen, solange es Gras und Kühe gibt. Mit Gras kennen sie sich aus. Aber was ist mit einem Pulver, das man ihnen druntermischt? Das Pulver sagt der Kuh nix, und deswegen frisst sie es einfach mit – wenn es nicht grad nach Odelblegern schmeckt.«

»Verstehe«, sagte Fanni. »Danke, Bauer.« Sie wandte sich zum Gehen, doch Klein hielt sie mit einer Handbewegung auf.

»Und was die Milch betrifft, Frau Fanni: Also eins ist klar.« Er grinste. »Eine Kuh hat keine Zentrifuge im Bauch.«

Fanni nickte. Sie begriff, was der Bauer damit sagen wollte: Kühe gaben Kuhmilch, keine Molkereiprodukte.

»Aber«, sprach Klein weiter, »es kommt gar nicht selten vor, dass man die Milch von einer bestimmten Kuh nicht verwenden darf. Da hätten wir als Erstes die Biestmilch. Die gibt's, wenn eine Kuh frisch gekälbert hat. Dann hätten wir da noch die Milch von kranken Kühen. Eitrige Milch zum Beispiel oder Milch nach Milchfieber. Und dann noch die Milch von Kühen, die mit Antibiotika behandelt worden sind. Denen ihre Milch darf sechs Wochen lang nicht in den Handel. Da geht es streng her, ganz streng. Das Gesundheitsamt nimmt laufend Proben aus den Milchtanks. Ein Bauer, dem man draufkommt, dass er mit seiner verdorbenen Milch einen Zehntausendlitertank verseucht hat, der kann einpacken – ein für alle Mal.«

Fanni sah ihn forschend an. »Und ist es auch schon vorgekommen, dass sich die Milch nach Gabe von Medikamenten verfärbt hat?«, fragte sie.

Der Bauer zuckte die Schultern. »Ich selbst hab's noch nicht erlebt. Aber wer weiß, was eine Arznei alles fertigbringt.«

Aus dem Stall kam ein Muhen, dann schoss Ivo heraus. »Bauer, Bauer, bei der Resi ist es bald so weit.«

»Ja dann«, meinte der Bauer, »dann schauen wir uns die Sache mal an. Wollen Sie mitkommen, Frau Fanni?«

»Lieber nicht«, sagte Fanni und wandte sich erneut zum Gehen. Da fiel ihr Max ein. Sie drehte sich wieder um.

Klein feixte. »Also den Buben, den kriegen Sie jetzt nicht weg, Frau Fanni.«

Max kam zwar wie versprochen am Mittag heim, bestand aber darauf, den Nachmittag wieder auf dem Klein-Hof zu verbringen.

»Die Resi kälbert, da wird jede Hand gebraucht – dringendst.«

»Und hier zum Essen werden saubere Hände gebraucht, allerdringendst«, erwiderte Fanni. »Nicht solche mit Dreckspuren und Grasflecken drauf.«

Max trottete ins Badezimmer.

Er wird bis zum Abend bleiben wollen!

Und was wäre dagegen einzuwenden?

Das musst du Hans Rot fragen!

Max schien zu wissen, wie man unliebsamen Debatten aus dem Weg ging. Er wartete, bis sein Großvater wieder auf dem Weg ins Büro war, bevor er aus dem Haus flitzte.

Während Max über die Wiese zum Hof sprintete, öffnete Fanni die Garage und begann, Bergschuhe, Steigeisen und Pickel aufzusammeln. Sie trug die gesamte Ausrüstung in den Garten und breitete alles neben der Wassertonne aus. Dann holte sie eine Bürste und fing an, den ersten Bergschuh zu schrubben.

Hinter der Hecke hockte Frau Itschko mit ihrem tragbaren Telefon.

Fanni horchte kurz hin, lauschte, ob neuerlich Giselas Name fallen würde, aber Frau Itschko war offenbar dabei, eine Einkaufstour zu beschreiben, die sie am Vormittag gemacht hatte. »... war die gleiche Bluse um zehn Euro teurer, stell dir bloß vor, genau die gleiche Bluse!«

Daraufhin versuchte Fanni, die Stimme der Nachbarin auszublenden, und halbwegs gelang es ihr auch.

Hans Rot kann das gar nicht, dachte sie müßig. Es ärgert ihn total, wenn Frau Itschko hier draußen zu telefonieren anfängt. Meist rennt er ins Haus und schließt die Verandatür. Bei den Itschkos beschwert hat er sich allerdings noch nie darüber.

Und das liegt daran, dass Frau Itschko mit dem Juniorchef vom Autohaus Haber verheiratet ist, wo Hans seinen BMW least!

Fanni wusch soeben die gröbsten Schmutzspuren von den

Steigeisen, da hörte sie Frau Itschko sagen: »... ein Goldkett-chen um den Hals, und alle Weiber sind hinter ihm her.«

Sie horchte auf.

Frau Itschko begann, besagten Halsschmuck en détail zu be-schreiben, doch nach ein, zwei Sätzen wurde ihre Stimme von einem Tuckern übertönt. Bene kurvte mit dem Traktor über die Wiese.

»... nein, neu auf dem Tennisplatz«, vernahm Fanni als Nächs-tes.

»... vorher nie gesehen. – Ja, wir haben zusammen einen Kaf-fee getrunken, und dabei hat er mir den Vorschlag gemacht. – Nein, für eine Filmrolle muss man nicht zwanzig sein. Das Ein-zige, was man dafür braucht, ist die richtige Ausstrahlung. Gise-la ist auch keine zwanzig. – Sie ist in diesem Jahr dreiundvierzig geworden. – Nein, sieht man ihr nicht an. – Flotter Feger, ja so kann man sagen. – Ja, sie soll fest unter Vertrag sein bei Alfa-Film. – Eine Woche, höchstens zwei, das könnte ich schon schaf-fen.«

Fanni ließ sich auf einen der Gartenstühle fallen. Durfte sie über den Verdacht, der in ihrem Kopf keimte, noch Schweigen bewahren?

Was wäre von einem Gedankenaustausch mit Sprudel zu hal-ten?

Nichts, dachte Fanni. Ich will nicht, dass er jetzt schon er-fährt, was auf dem Venediger-Gletscher passiert ist; will nicht, dass er sich noch mehr Sorgen macht, als er es ohnehin tut. Bei vergangenen Ermittlungen bin ich zu oft in Gefahr geraten, habe ihn zu oft in Angst und Schrecken versetzt, und diesmal wurde zu allem Unglück auch noch Leni mit hineingezogen, diesmal hätte es beinahe sie getroffen.

Fanni stöhnte. Sobald das Bild ihrer den Steilhang hinunter-rutschenden Tochter vor ihr auftauchte, musste sie sich an irgend-etwas festhalten, um nicht in unkontrolliertes Zittern zu verfal-len. Sie packte den Griff eines Eispickels.

Als sie sich wieder in der Gewalt hatte, warf sie einen Blick auf die Uhr im Wintergarten, deren Zifferblatt durch die Schei-be hindurch zu erkennen war.

»Heute bliebe mir sowieso nicht genug Zeit für ein ausgiebiges Gespräch mit Sprudel«, murmelte sie.

Fanni hatte ihrer Tochter versprochen, Jonas die Ausrüstung zurückzubringen, die sich Leni für die Venediger-Tour von ihm ausgeliehen hatte. Der Einfachheit halber hätte sie die geborgten Sachen auch ohne viel Aufhebens bei Jonas' Mutter am Erlenweiler Ring abgeben können, aber das wäre ihr recht ungehobelt vorgekommen. Fanni stand auf und machte sich daran, die gesäuberten Utensilien im Keller zu verstauen. Die von Jonas geborgten legte sie in den Kofferraum ihres Wagens.

Eine Stunde später trat sie in das Jagdbedarfsgeschäft der Böckls, wo sie Böckl junior beim Auszeichnen langer Herrenunterhosen aus plüschiger Kunstfaser antraf.

»Dreiuhrflaute«, sagte Jonas und bot Fanni einen Stuhl an. »Wie ist es denn gelaufen am Wochenende? Stehen eure Namen jetzt im Gipfelbuch?«

Fanni nickte und lieferte einen knappen Bericht.

Jonas' Augen glänzten. »Ich möchte ja wirklich auch gern mal über einen Gletscher wandern.« Sehnsüchtig schaute er auf den Wandkalender über dem Tresen, auf dem unter »Juli« die Dresdner Hütte abgebildet war. »Schon vor zwei Jahren hab ich mir Steigeisen und Pickel angeschafft, und bis heute bin ich noch nicht dazu gekommen, eine Gletschertour zu machen. Haben Sie das Zuckerhütl schon bestiegen, Frau Rot? Das würde mich reizen.«

Wieder nickte Fanni.

Plötzlich prasselte Frage um Frage zu ihrer Tour zum Zuckerhütl auf sie nieder. Fanni rang um Antworten. Das lag doch alles schon so lange zurück.

Nicht recht weit her mit deinem Gedächtnis!

Um halb vier herrschte im Büchsenmacherladen noch immer Dreiuhrflaute. Jonas zeigte Fanni seine neueste Kollektion Schafwollsocken. Spontan entschied sie, für ihren Mann ein Paar zu kaufen, wählte ganz besonders dicke. Hans Rot würde es ihr danken, wenn im Dezember die Saison auf der Eisstockbahn begann.

Während Jonas das Wechselgeld abzählte, warf Fanni einen Blick aus dem Fenster. Ein roter Sportwagen mit Aufklebern an der Heckscheibe steuerte soeben die Parkbucht vor dem Laden an.

»Aha, der Hannes holt sich den Walkjanker ab, den er neulich bestellt hat.« Jonas war ebenfalls auf das Auto vor der Schaufensterfront aufmerksam geworden.

»Geht Hannes auch zur Jagd?«, fragte Fanni erstaunt.

Jonas blinzelte ihr zu. »Wäre er da mit einer Flinte nicht besser beraten?«

Sie schnitt ihm eine Grimasse.

Schmunzelnd fuhr er fort: »Hannes steht auf Walk und Loden. Und wir«, er klopfte sich an die Brust, »führen die besten Fabrikate.«

Beide schauten durch die Fensterscheibe und beobachteten Hannes, wie er sich aus dem Fahrersitz schälte.

»Kaum zu verkennen, dieses Auto, nicht wahr?«, sagte Fanni.

»Möchte man meinen«, entgegnete Jonas. »Aber Zufälle gibt's, das glaubt man nicht.«

Fanni sah ihn erwartungsvoll an.

Mach schon, Junge! Spuck aus, was dir aufgefallen ist!

Jonas blickte noch immer auf die Parkbucht, wo Hannes inzwischen ein Gespräch mit dem Geschäftsinhaber des Friseursalons schräg gegenüber begonnen hatte. Plötzlich wandte er sich ab und fixierte Fanni.

»Vergangene Woche war's, da bin ich mit einer Jagdgesellschaft in Tschechien gewesen. Und auf der Schnellstraße nicht weit hinter Pilsen gondelt auf einmal so ein Alfa vor mir her.« Jonas deutete auf den roten Wagen vor dem Fenster. »Der Hannes, denk ich. Was treibt denn der hier im Böhmerwald? Alles hat gepasst: die Marke, die Farbe und die Aufkleber, die schon bald die Heckscheibe zupflastern.«

Jonas' Zeigefinger stach eine Delle in die Tüte mit den Schafwollsocken auf dem Tresen. »Aber irgendetwas an dem Wagen kam mir seltsam vor. Hat nicht lang gedauert, bis mir klar war, was. Die Giulietta vom Hannes, die röhrt nämlich nicht wie das

Mähwerk vom Bauer Klein, die summt wie Mutters Nähmaschine. Und die Giulietta vom Hannes zuckelt auch nicht dahin wie die Waldbahn über den Graflinger Berg. Weil mir das Gefährt eh zu langsam war, hab ich zum Überholen angesetzt, und als ich gleichauf war, hab ich natürlich einen Blick hinübergeworfen.«

»Und wer saß drin?«, fragte Fanni gespannt.

»Nur der Fahrer«, antwortete Jonas.

»Kam er dir bekannt vor?«

Jonas schüttelte den Kopf. »War nicht viel zu sehen von dem. Er hatte eine Baseballkappe auf. Komisches Ding, schwarz mit Glitzersteinen, die so angeordnet waren.« Er malte mit dem Zeigefinger Spiralen auf die Ladentheke.

»Konntest du das Kennzeichen erkennen?«, fragte Fanni aufgeregt.

»Ehrlich gesagt, darauf hab ich überhaupt nicht geachtet«, erwiderte Jonas. Plötzlich lachte er. »Auf Verbrecherjagd, Frau Rot?«

Hannes enthob sie einer Antwort. »Na, du Hasenschreck. Hast du meinen Janker endlich geliefert gekriegt?« Er knuffte Fanni in die Seite, was sie als Begrüßung wertete.

»Bitte sehr«, Jonas griff in ein Fach unter dem Tresen, »du kannst ihn gleich mal anprobieren.«

»Keine Zeit«, rief Hannes. »Die Verbandssitzung der Gewerbetreibenden fängt in zehn Minuten an. Ich hab's furchtbar eilig.«

Er schnappte sich das Paket, das Jonas herausgezogen hatte, und knallte seine Kreditkarte auf den Ladentisch. »Du solltest dich auch langsam auf den Weg machen, Hasenjäger.«

»Ladendienst«, antwortete Jonas lakonisch. »Zur Sitzung kommt mein Vater.«

Hannes war bereits aus der Tür.

»Sitzung«. Dieses Wort rief Fanni in Erinnerung, dass Jonas kürzlich als jüngstes Mitglied in den Stadtrat gewählt worden war.

»Dein Vater hat mir neulich verraten, wie viele Deggendorfer dich als Stadtrat haben wollten«, sagte sie. »Gratuliere.«

»Danke, Frau Rot«, erwiderte Jonas höflich. Dann lachte er. »Mein Alter platzt fast vor Stolz.«

Kein Wunder, dass sich der Böckl freut, dachte Fanni. Endlich ist sein Sohn zur Vernunft gekommen, endlich nutzt Jonas seine Talente so, wie es sich ein Vater wohl wünscht. Endlich, nachdem der Bengel gut fünfundzwanzig Jahre lang nicht zu bändigen gewesen war.

Plötzlich erschrak sie.

Jonas schien es bemerkt zu haben, denn er fragte: »Was ist denn, Frau Rot?«

»Mir ist gerade eingefallen«, antwortete sie verlegen, »dass ich dich noch immer duze, während du mich mit ›Frau Rot‹ ansprichst. Das geht aber jetzt nicht mehr.«

Jonas tätschelte ihren Arm. »Wir behalten das so bei. Sie waren schon immer eine Respektsperson für mich. Bei Ihnen hab ich mich nicht mal getraut, ans Garagentor zu pissen.«

Fanni wurde noch verlegener. »Wie gefällt dir dein Amt als Stadtrat?«, fragte sie, um über ihre momentane Unsicherheit hinwegzukommen.

Jonas runzelte die Stirn. »Sie werden es nicht glauben, Frau Rot. Aber das Erste, was mir widerfahren ist, war, dass mich einer schmieren wollte.«

Fanni sah ihn verdutzt an.

»Die Stadt hat ständig Aufträge zu vergeben«, erklärte Jonas. »Straßenarbeiten, Baumaßnahmen, Müllabfuhr. Büroeinrichtung muss angeschafft werden und so weiter. Für offizielle Empfänge braucht man Bier, Leberkäs, Brezen – ein komplettes Abendbüfett im Fall des Falles. Sämtliche Geschäftsleute der ganzen Gegend sind scharf drauf, einen Auftrag von der Stadt an Land zu ziehen. Die sind nämlich lukrativ, diese Aufträge, das sag ich Ihnen, Frau Rot.«

»Wer …?«, begann Fanni, aber Jonas schnitt ihr das Wort ab.

»Ich hab ihm den Marsch geblasen, Frau Rot. Hinhängen tu ich ihn nicht. Deshalb rück ich auch nicht damit raus, wer's war. Auch vor Ihnen nicht, Frau Rot, obwohl ich weiß, dass Sie den Mund halten würden.«

»Wenn mich meine Nase nicht foppt«, sagte Fanni darauf und

wandte sich zum Gehen, »dann kommt dieser anrüchige Kerl aus der Holzbranche.«

Die Ladentür schwang mit einem waidmännischen Hörnerklang zu. Als Fanni draußen das Schaufenster passierte, sah sie aus dem Augenwinkel, dass Jonas ihr verblüfft nachschaute.

12

Nicht nur weil Max nach wie vor zu Besuch da war, wollte Fanni auch an den folgenden Tagen auf ein ausgiebiges Beisammensein mit Sprudel verzichten.

Am Mittwoch war sie morgens sehr früh aufgewacht und hatte – mehrmals – die Gründe Revue passieren lassen, die sie davon abhielten, sich ihm anzuvertrauen. Da war zum einen der Vorfall auf dem Venediger-Gletscher. Sprudel hatte sie nur widerstrebend allein mit auf Willis Gedenktour fahren lassen. Und prompt war was passiert.

Zum andern war Sprudel, nachdem ihm Frankl bereits am Tag von Willis Absturz im Klettergarten und gleich darauf bei Fannis Vernehmung den Wind aus den Segeln genommen hatte, ohnehin sehr zögerlich – wenn nicht widerwillig – an den Fall herangegangen.

Zu alldem fühlte sich Fanni außerstande, in Worte zu fassen, was in ihrem Kopf vorging. Sie sah sich nicht in der Lage, jene Kleinigkeiten, Hinweise, Gesprächsfetzen, die mit ihren Gedanken Karussell fuhren, anzuhalten und so aufzureihen, dass sie als Argumente taugten und sich zu einer vernünftigen Leseart zusammenfügen ließen.

Fanni Rot wagt nicht, gewisse Verknüpfungen herzustellen und gewisse Schlüsse zu ziehen, weil sie ihr selbst nicht geheuer sind!

Jedenfalls nicht vor fremden Ohren, ja nicht einmal vor Sprudels vertrauten, gab Fanni zu. Und aus all diesen Gründen, sagte sie sich, werde ich ein wenig Abstand zu ihm halten.

Sie griff zum Telefonhörer. Und jetzt ist der richtige Zeitpunkt, Sprudel beizubringen, dass bis zum Wochenende nur ein Stündchen am Nachmittag für ihn eingeplant ist.

Sprudel schlug einen Spaziergang zum Schloss von Offenberg vor.

»Ich werde auf dem Parkplatz neben der Autobahnbrücke auf dich warten«, bot er an.

Beide hingen unausgesprochenen Gedanken nach, während sie vom Garten der Taverne aus über eine steinerne Treppe zum Schloss hinaufstiegen. Fanni fröstelte im feuchten Schatten der alten Bäume. Sie beschleunigte den Schritt. Schon bald überquerten sie die Brücke, die zum Schlosshof führte, und fanden sich an dessen Eingang einem versperrten Tor gegenüber. Da mussten sie wohl oder übel wieder umkehren. Bereits vierzig Minuten nach ihrer Ankunft standen Fanni und Sprudel schon wieder auf dem Parkplatz. Fanni öffnete die Fahrertür ihres Wagens. Sprudel sah ihr so betrübt dabei zu, dass sie sich, statt einzusteigen, ihm zuwandte.

»Schau, Sprudel, ich hab doch zurzeit die Verantwortung für den Max«, sagte sie ernst. »Da kann ich nicht stundenlang von zu Hause wegbleiben, auch wenn der Bub die meiste Zeit im Kuhstall am Klein-Hof verbringt.«

»Das ist es nicht, Fanni«, entgegnete Sprudel ebenso ernst. »Ich würde doch auf keinen Fall wollen, dass du Max sich selbst überlässt.«

»Was ist es denn?«, fragte Fanni.

Sprudel zog heftig an seiner linken Wangenfalte.

Max würde jetzt sagen: Mann, der hat echt ein Problem!

Fanni hob beide Arme und legte sie um Sprudel. Er ließ seine Wangenfalte los, umfasste Fanni und schmiegte seine Wange an ihre Schläfe.

So standen sie da und schwiegen.

»Du bist so einsilbig, seit du aus den Bergen zurück bist«, sagte Sprudel nach einer Weile. »Du ziehst dich zurück, verkriechst dich. Willst du Willi Stolzers Tod nicht mehr aufklären? Hast du keine Lust mehr, wie früher sämtliche Aspekte des Verbrechens zu diskutieren, Hypothesen aufzustellen, ein wenig Ermittlungsarbeit zu leisten? Wollen wir uns über den Fall ausschweigen?«

»Keinesfalls«, verteidigte sich Fanni. »Obwohl ich den Eindruck habe, dass dir dieser Fall lästig ist, dass du dich viel lieber raushalten würdest.«

»Ich möchte, dass wir zusammenarbeiten«, sagte Sprudel darauf, »so wie wir es immer getan haben. Aber wie soll unsere Kommunikation funktionieren«, beklagte er sich, »wenn du alle deine Gedanken für dich behältst, wenn du brütest und grübelst und tüftelst und mich völlig aussperrst?«

Das tut ihm weh! Saumäßig weh sogar!

Fanni musste zwei Tränen wegblinzeln. Dann drückte sie Sprudel ganz fest an sich. »Ich wollte dich nicht kränken, Sprudel, wirklich nicht. Du bist mein bester, liebster, einziger Freund. Ohne dich kann ich mir mein Leben überhaupt nicht mehr vorstellen.«

Sprudel löste die Umarmung, behielt nur ihre Hände in den seinen und sah sie skeptisch an.

»Ich will dir auch meine Überlegungen zu diesem Mordfall nicht vorenthalten«, sagte Fanni. »Jedenfalls nicht, um dir wehzutun. Das Problem ist, dass ich sie nicht klar formulieren kann. In meinem Kopf tummeln sich Beobachtungen, Schussfolgerungen, Verdachtsmomente wie Moskitos überm Wassertümpel. Halb gedachte Gedanken wirbeln durcheinander und sind nicht unter einen Hut zu bringen.«

»In früheren Fällen«, erwiderte Sprudel traurig, »haben wir uns gemeinsam daran gemacht, ein solches Wirrwarr zu ordnen, Thesen zu akzeptieren oder zu verwerfen. Wir haben keine Ruhe gegeben, bis wir ein Muster hatten.«

»Das werden wir auch diesmal so machen«, antwortete Fanni. »Sobald Max wieder bei seinen Eltern ist, werden wir Zeit dazu haben.«

Willst du dir inzwischen etwa klammheimlich noch ein paar Antworten besorgen?

Als Hans Rot gegen fünf nach Hause kam, vermeldete er, dass er seinen Enkel heute mit zum Schützenabend nehmen wolle.

»Ein Kollege aus Grafenau gibt einen Einführungskurs im Bogenschießen. Das wird Max bestimmt gefallen. Buben sind verrückt nach Pfeil und Bogen.«

Fanni meinte zwar, dass sich Max im Moment mehr für Landwirtschaft und Viehzucht interessierte, widersprach jedoch nicht, als Hans hinzufügte, jeder Bub träume davon, ein zweiter Winnetou zu sein.

Fanni rief Max, der ohnehin schon vor einer halben Stunde heimgekommen war, weil Ivo seinen Stiefvater ins Lagerhaus der Raiffeisenkasse zum Kunstdüngerholen begleiten musste, aus seinem Zimmer.

»Ihr solltet noch was essen, bevor ihr losfahrt«, sagte sie und öffnete den Kühlschrank.

Hans Rot schloss ihn wieder. »Du musst uns nichts richten. Ich und Max, wir essen heute Wiener mit Kraut im Vereinslokal.«

Kurz darauf verließen die beiden das Haus.

»Gut drei Stunden freie Zeit«, murmelte Fanni, als sie den Wagen aus der Zufahrt rollen hörte.

Da wird sich Sprudel aber freuen!

Fanni schüttelte den Kopf. Nein. Mit Sprudel würde sie ein langes, ein sehr, sehr langes Gespräch führen, sobald Max wieder in Klein Rohrheim war, der Unfall auf dem Gletscher ein wenig von seinem Schrecken eingebüßt hatte und sie eventuell mit mehr Informationen aufwarten konnte. Stattdessen würde sie, jetzt gleich, noch mal mit Martha reden.

Als Fanni an der Tür des Stolzer'schen Wohnhauses klingelte, öffnete Toni.

»Martha sitzt drüben im Büro«, antwortete er auf ihre Frage. »Seit Gisela weg ist und Willi nicht mehr da, bleibt eine Menge Arbeit an ihr hängen. Die neuen Angebote müssen raus, vor allem aber die laufenden Rechnungen.«

»Dann will ich sie nicht stören«, sagte Fanni. »Grüß sie schön von mir und sag ihr, dass ich bald wieder von mir hören lasse.« Sie wandte sich zum Gehen.

»Magst du nicht mir ein bisschen Gesellschaft leisten?«, fragte Toni lächelnd. »Ich wollte mir gerade zwei Eier in die Pfanne schlagen. Danach habe ich allerdings noch einen Kundentermin. In letzter Zeit gibt es nämlich eine Menge Reklamationen auszubügeln«, fügte er, mehr mit sich selbst redend, hinzu.

Fanni zögerte.

»Komm halt rein«, bat Toni. »Oder hat nur meine Schwägerin Anspruch auf deine Unterhaltung?«

Da trat Fanni ein.

Toni führte sie die Treppe hinauf in den ersten Stock, wo sich die Wohnung befand, die er viele Jahre lang mit Gisela geteilt hatte. Er holte vier Eier aus dem Kühlschrank, überließ Fanni die Bratpfanne und begann, Schwarzbrot aufzuschneiden. Nachdem er die Brotscheiben in einem Körbchen angerichtet hatte, schenkte er ein wenig Rotwein in zwei bauchige Gläser und füllte eine Karaffe mit Wasser.

Fanni nahm einen Schluck von ihrem mit viel Wasser verdünnten Wein. Toni hatte offenbar in all den Jahren nicht vergessen, dass sie so gut wie keinen Alkohol trank, erst recht wenn sie noch Auto fahren musste.

Während des Essens versuchten sie es mit oberflächlicher Plauderei. Sie sprachen über die erkleckliche Anzahl leer stehender Läden in Deggendorf, über das falsch verlegte Pflaster auf dem Stadtplatz, über das neue Restaurant neben dem Kino, über dies und über das. Letztendlich kamen sie dann auf Willi.

»Was meinst du?«, fragte Fanni geradeheraus, nachdem Toni die leeren Teller abgeräumt hatte. »Wer hat deinen Bruder auf dem Gewissen?«

»Glaub mir, Fanni«, antwortete er, »wenn ich auch nur die leiseste Idee hätte, dann würde ich damit auf der Stelle bei diesem ruppigen Kommissar vorstellig werden.«

»Kannst du mir erklären«, sagte Fanni darauf forsch, »warum dieser ruppige Kommissar dich nicht zu verdächtigen scheint, während er Martha …« Sie brach ab, weil Toni lauthals zu lachen begonnen hatte.

»Der ruppige Kommissar«, sagte er glucksend, »hat mich bald nach Willis Tod einem ziemlich ruppigen Verhör unterzogen. Aber am Ende musste er Abbitte leisten. Ich habe nämlich ein Alibi.«

»Das kann nicht sein«, entgegnete Fanni streng.

»Dann nenn es Entlastungsindiz«, antwortete Toni.

Fanni sah ihn auffordernd an.

»Schau«, sagte Toni. »Bei der ersten Bilderreportage, die Willi in den Neunzigern vom Deggenauer Klettersteig gemacht hat, war ich auf den meisten Fotos mit drauf. Als Modell sozusagen – mit Gurt und Helm, wie es sich gehört. Die zweite Reportage sollte ein, nennen wir es Pendant der ersten werden. Derselbe Klettergarten, dasselbe Modell.« Er lächelte Fanni an.

»Du und Willi, ihr hättet eigentlich gemeinsam dort sein sollen«, sagte Fanni nachdenklich.

»Gut kombiniert«, lobte Toni sie. »Aber an dem Tag, als Willi in den Klettergarten fuhr, war ich auf einer Handwerksmesse. Ich vermute, dass er der reizvollen Lichtverhältnisse wegen schon mal ein paar Fotos von den Leitern und Drahtseilen vorweg machen wollte und den Rest dann wie geplant später mit mir. Und jetzt, liebe Fanni, erwarte ich die richtige Schlussfolgerung von dir.«

Sie nickte ihm zu. »Du hättest deinen eigenen schönen Mordplan verschandelt, wenn du letztendlich dabei gewesen wärst, als Willi abstürzte. Denn der Clou an diesem Plan sollte ja wohl sein, dass sich der Mörder zur eigentlichen Tatzeit weit weg vom Opfer befand. Außer …« Sie dachte darüber nach.

»Komm mir jetzt nicht mit ausgeklügelten Theorien, Fanni«, unterbrach Toni ihren Gedankengang. »Es führt schlichtweg zu weit, zu unterstellen, der Mörder hätte sich gerade dadurch unverdächtig machen wollen, dass er sich gemeinsam mit Willi im Klettergarten befand. Und das …«

»… sieht der Herr der Flüche auch so.«

»So ist es.« Toni stand auf, um den Wasserkrug neu zufüllen.

Und du solltest es genauso sehen, Fanni Rot! Übrigens, gibt es nicht noch etwas durchaus Überzeugendes, das Toni entlastet?

Ja, dachte Fanni, es gibt noch etwas. Ihr war wieder eingefallen, wie Toni auf dem Weg zum Defreggerhaus gesagt hatte, Willi hätte sich mit einem reaktionsschnellen Griff in die Beinschlingen des Gurtes womöglich retten können. Diese Möglichkeit konnte Toni nur deshalb in Betracht ziehen, weil er davon ausging, dass der Verschluss des Gurtes manipuliert und folglich gerissen war. In einem solchen Fall wäre der Gurt an Willis Beinen entlang weggerutscht, und er hätte sich – theoretisch – noch daran festklammern können. So aber war das wirkliche Geschehen nicht abgelaufen. Die Anseilschlaufe war präpariert gewesen. Sie war gerissen, und Willi war mitsamt seinem Gurt abgestürzt.

Toni hat sich wohl von Anfang an vorgestellt, der Gurt hätte sich geöffnet, und ist gar nicht auf den Gedanken gekommen, es könnte anders gewesen sein.
Er wusste nicht, wie es wirklich war, dachte Fanni.
Einer aber wusste es!
Als Toni an den Tisch zurückkam, sagte er: »›Himmelherrgottsakra!‹, hat der Kommissar am Ende des Verhörs geflucht, ›Himmelherrgottsakra, dann war's doch die Witwe‹.« Toni blinzelte Fanni zu. »Aber wir beide wissen, dass Martha ihren Willi geliebt hat.«

»Hast du schon einmal daran gedacht«, fragte Fanni, »dass Gisela Willis Gurt präpariert haben könnte, bevor sie – ähm – verschwand?«

Toni nickte und schüttelte gleich darauf den Kopf. »Sie hatte absolut keinen Grund dazu.«

»Aber es war Willi doch sicher nicht recht, dass sie Knall auf Fall aus der Firma ausscheiden wollte?«, entgegnete Fanni. »Wenn ich bloß an all die Werbebroschüren denke. Es gibt ja niemanden, der ihren Platz einnehmen könnte. Martha hat sich schon immer vor öffentlichen Auftritten gedrückt. Giselas Abgang muss für euch nicht leicht zu schlucken gewesen sein.«

»Willi hat unsere Scheidung tatsächlich viel mehr getroffen als mich.« In Tonis Stimme schwang Sarkasmus. »Er hat Gisela bekniet, ihren Entschluss zu überdenken, hat ihr alle möglichen Offerten gemacht – eine eigene Penthousewohnung am Perlasberg beispielsweise.« Ernst fuhr er fort: »Aber Willi hat meine Frau weder bedroht noch sonst wie unter Druck gesetzt – und selbst wenn.«

Toni sah Fanni prüfend an. »Würdest du es Gisela wirklich zutrauen, so einen hinterfotzigen Mord zu begehen? Sag ehrlich.«

Fanni schwieg und starrte in die leere Bratpfanne.

Toni wartete.

»Mein Gott, Toni«, platzte Fanni heraus. »Abgesehen davon,

dass ich Gisela seit Jahren nicht mehr gesehen habe, hatte ich auch früher nie einen richtigen Draht zu ihr. Es kam mir immer so vor, als würde sie Filmrollen spielen – alles, von Sissi bis zum Bondgirl.«

»Ihr großes Vorbild war Sophia Loren ...«, begann Toni.

»Eben«, unterbrach ihn Fanni beinahe heftig. »Ein Leinwandstar.«

Toni verstummte. Als er wieder zu sprechen anfing, erweckte er den Eindruck, als würde er mit dem Korkuntersetzer reden, auf dem sein Weinglas stand: »Gisela ist egoistisch und gleichzeitig naiv. Sie ist rücksichtslos und gleichzeitig leichtgläubig. Aber heimtückisch ist sie nicht.«

»Mich würde interessieren, *wo* sie ist«, sagte Fanni.

Darauf blieb Toni die Antwort schuldig.

»Warum verdächtigt eigentlich niemand Fritz Maurer, unseren Geschäftsführer?«, fragte er nach einer Weile.

Fanni sah ein wenig verwirrt aus, als sie entgegnete: »Weil – ganz objektiv gesehen – so einiges dagegenspricht, dass er es getan hat. Erstens wäre er nur schwer an Willis Gurt gekommen. Zweitens dürfte er wenig Ahnung von alpinen Sicherungstechniken haben. Drittens sollte ihm daran gelegen sein, dass Willi Chef der Firma Stolzer blieb. Kam er mit ihm nicht weitaus besser zurecht als mit dir?«

Toni nickte kurz.

»Viertens wurde kurz nach Willis Tod ein Anschlag auf ihn verübt, woraus man eigentlich schließen müsste, dass es der Täter nicht nur auf Willi abgesehen hatte.«

»Donnerwetter«, sagte Toni beeindruckt. »Du hast ja richtig Denkarbeit geleistet. Und gar keine schlechte. Und du hast natürlich völlig recht, wenn du es für abwegig hältst, dass Fritz ausgerechnet denjenigen beseitigt hätte, der ihm die Stange gehalten hat.«

»Während du ihn ja unbedingt weghaben wolltest«, sagte Fanni.

»Ja«, gab Toni offen zu.

Das wäre jetzt der richtige Zeitpunkt, Toni zu fragen, ob er vielleicht vergeblich, aber womöglich desto intensiver ein Auge auf

Fritz Maurer geworfen hatte, was der Zusammenarbeit in der Firma recht abträglich war und bei Gisela den Topf zum Überlaufen brachte!

Das geht nicht, dachte Fanni missgestimmt, ich kann ihn nicht fragen, ob er Fritz erfolglos den Hof gemacht hat und deswegen sauer auf ihn war.

Schließlich sagte sie nur: »Warum?«

»Weil ich das Gefühl nicht loswerde«, erwiderte Toni, »dass Fritz ein ganz ausgekochter Gauner ist.«

»Ein Gauner«, wiederholte Fanni. »Denkst du an Unterschlagung?«

Toni zuckte die Schultern. »So sehr ich ihm auch auf die Finger geschaut habe, ich konnte ihm nie was nachweisen.«

»Dann gab es wohl auch nichts nachzuweisen«, entgegnete Fanni.

»Günther meint auch, dass ich mir alles nur einbilde«, sagte Toni.

»Günther?«

Toni sah sie an und seufzte tief. »Warum soll ich noch hinterm Berg halten damit? Gisela lässt sich von mir scheiden, und Willi ist tot. Allen anderen kann es egal sein, dass ich seit vielen Jahren mit Günther liiert bin.«

Da hat sich Hannes Gruber wohl getäuscht, was Tonis Promiskuität angeht!

»Willi wusste das nicht?«, fragte Fanni.

»Er wusste es ganz genau«, antwortete Toni. »Und er hat es mir ständig vorgeworfen. Als Gisela dann sagte, sie wolle die Scheidung mit allen Konsequenzen, da ist Willi schier ausgerastet. ›Du hast diese Ehe auf dem Gewissen‹, hat er mir vorgeworfen, ›und womöglich sogar die Firma, falls sich Gisela einen rigorosen Anwalt nimmt.‹«

»Ist Gisela wegen Günther …?«, begann Fanni.

Toni schüttelte den Kopf. »Günther und ich – diese Beziehung hat sie doch überhaupt nicht interessiert. Unsere Ehe war ein Geschäft, Fanni. Wohlstand und ein Podium für ihre Auftritte gegen den Beweis für meine Heterosexualität.«

Der Grund für den Streit zwischen den Brüdern ist jetzt end-

gültig klar, aber die Ursache für Giselas Fortgehen will sich nicht recht zeigen!

»Toni«, sagte Fanni nach längerem Schweigen, »ist dir eigentlich bewusst, dass du – Entlastungsindizien hin oder her – ein erstklassiges Motiv dafür hattest, deinen Bruder zu ermorden? Als Gisela weg war, stand nur noch er zwischen dir und Günther und der Möglichkeit, eure Beziehung öffentlich zu leben.«

Toni lachte freudlos. »Beziehung öffentlich zu leben! Das hat Willi mit allen Mitteln verhindert, stimmt. Und außer Martha hatte niemand bessere Möglichkeiten als ich, seinen Gurt zu präparieren. Wer also hat meinen Bruder um die Ecke gebracht?« Er klopfte sich auf die Brust. »Ich, Toni Stolzer. Toni, die Schwuchtel. Auf mich treffen sämtliche Voraussetzungen zu. Schade nur, dass eine winzige Kleinigkeit dagegen spricht.«

Fanni schluckte und schwieg.

Als es an der Tür klopfte, stand Toni auf und öffnete.

Martha kam herein. »Ich hab deinen Wagen gesehen, Fanni. Aber wie es aussieht, hat Toni dich mit Beschlag belegt.«

»Ich übergebe sie dir bereitwillig«, entgegnete Toni. »Unser Gespräch fing nämlich gerade an, heikel zu werden.« Gedämpft fügte er hinzu: »Außerdem wäre es ungehörig, einen Kunden mit aufgequollenen Paneelen in der Küche warten zu lassen.«

»Worüber habt ihr euch denn unterhalten, du und Toni?«, fragte Martha, als sie sich in ihrem Wohnzimmer bei einer Kanne Tee gegenübersaßen. »Über den Mord an Willi, über den feigen Anschlag auf Fritz in der Lagerhalle oder über das Debakel am vergangenen Wochenende?«

Bevor Fanni antworten konnte, fügte sie hinzu: »Je mehr passiert, desto verdächtiger erscheint mir Hannes. Jedes Mal gerät er einem mitten ins Visier.« Martha rieb sich mit beiden Händen übers Gesicht. »Meine noch vor Kurzem so heile Welt ist völlig aus den Fugen geraten, Fanni. Der Ehemann ermordet, die Schwägerin auf und davon. Toni möchte am liebsten ganz offiziell mit Günther …« Sie hielt erschrocken inne.

Fanni beugte sich vor und legte ihr die Hand auf den Arm.

»Er hat es mir gesagt.«

Martha stöhnte. »Dann ist es ihm also ernst damit.«

Beschwichtigend sagte Fanni: »Natürlich wird es Gerede geben deshalb. Womöglich verliert ihr sogar den einen oder anderen erzkatholischen Kunden. Aber jeder Aufruhr legt sich eines Tages wieder.«

Martha warf ihr einen zweifelnden Blick zu. »Aber das ist noch nicht mal alles. Wörgl läuft nicht an; in letzter Zeit häufen sich Reklamationen wegen fehlerhafter Ware, und Hannes posaunt überall herum, dass die Firma Stolzer mit ganz abgefeimten Mitteln versucht, städtische Aufträge an Land zu ziehen.« Sie atmete durch und sagte leise, wie zu sich selbst: »Ich frage mich, ob Hannes mit dieser Anschuldigung nicht bloß von seinen eigenen Machenschaften ablenken will. Wer hat denn der Stadtverwaltung fünfzig laufende Meter Anbauregale geschenkt? Hannes Gruber. Dafür will er ja wohl honoriert werden.«

Martha sinnierte ein paar Augenblicke vor sich hin. »Fritz tut, was er kann«, sagte sie schließlich. »Aber als Geschäftsführer hat er, wo immer er auch auftritt, bei Weitem keine so gute Verhandlungsposition, wie er sie als Firmenchef hätte.«

»Du willst ihn beteiligen?«, fragte Fanni stirnrunzelnd.

Martha nickte verlegen.

Großer Gott, sie will ihn heiraten!

Bevor sich Fanni von ihrer Überraschung erholt hatte, rief Martha gequält: »Was soll ich bloß tun?«

»Abwarten«, sagte Fanni trocken, »und die Augen offen halten.«

»Die Augen offen halten!«, äffte Martha sie nach. »Als ob das was nützen würde. Hatten wir sie etwa zu, als sich bei der Übung am Fixseil der Karabiner gelöst hat? Hatten wir nicht. Und trotzdem ist uns allen völlig schleierhaft, wie das passieren konnte.«

»Schleierhaft«, wiederholte Fanni nachdenklich. »Wir sollten versuchen, den Schleier wegzuziehen.«

Martha sah sie an, als hätte Fanni ihr vorgeschlagen, das Holzlager anzuzünden. Aber sie sagte kein Wort. Fanni setzte nach: »Falls der Karabiner absichtlich aus der Bandschlinge gehakt wurde, dann müssen ein paar von uns diese Manipulation beobachtet haben. Unser Gehirn hat die Beobachtung allerdings missgedeutet, falsch eingestuft, fehlinterpretiert. Seit Tagen zerbreche ich mir den Kopf darüber, was mir im entscheidenden Augenblick entgangen sein könnte. Nur Hannes stand ja noch oben, als sich Leni ans Seil hängte. Hat mein Hirn ausgeblendet, dass er ...«

Martha lachte sie aus. »Fanni, das ist doch dummes Psychologengeschwafel.«

»Was kann es denn schaden, einen Versuch zu machen?«, sagte Fanni. »Lehn dich zurück und schließ die Augen. Dann versetzt du dich noch mal auf deinen Posten am Fuß des Gletscherhangs. Und dann lässt du ganz langsam – wie in Zeitlupe – an dir vorüberziehen, was du in den Minuten vor Lenis Sturz alles bemerkt hast.«

»Als Leni ins Rutschen kam, war ich ja mit Elvira schon auf dem Weg zur Hütte«, wehrte Martha ab.

»Davor«, beharrte Fanni. »Was hast du im Hang beobachtet, bevor du dich weggedreht hast, um zur Hütte zu gehen?«

Martha seufzte, lehnte sich zurück und schloss die Augen.

Fanni wartete. Sie wartete sehr, sehr lange, glaubte schon, Martha sei eingeschlafen.

Dämliches Psychospiel! Was kann sie schon Besonderes gesehen haben, Fanni?

Am Donnerstag warf sich Fanni ungestüm auf die Hausarbeit, um diverse Bilder zu verdrängen: Sprudels traurig-vorwurfsvollen Blick, den er ihr tags zuvor beim Abschied zugeworfen hatte; Leni, auf einen Felsabbruch zurutschend; einen lose am Ende einer Bandschlinge baumelnden Karabiner, der, durch den ersten starken Ruck daraus befreit, über den Hang hüpft.

Sie wusch die gesamte Wäsche ihres Enkels und legte schon einiges bereit, was am nächsten Tag eingepackt werden musste. Als es nichts weiter zu tun gab, kündigte sie Max an, dass sie ihm die Haare schneiden lassen wolle, damit er nicht morgen als Struwwelpeter nach Hause komme.

»Außerdem«, fügte sie hinzu, »müssen wir noch einkaufen.«

Vera hatte in dieser Woche bereits zweimal angerufen und Fanni daran erinnert, dass am Samstag in Stockheim ein Freundschaftsspiel des Fußballnachwuchses stattfinden sollte, bei dem Max auf keinen Fall fehlen dürfe. Fanni hatte dafür zu sorgen, dass Max am Freitag wohlbehalten in Klein Rohrheim eintraf. Nicht zu spät am Abend, versteht sich.

Am Sonntag kommen Hans und ich aus Klein Rohrheim zurück, überlegte Fanni, während sie auf dem Weg zum Friseur mit Max die Deggendorfer Straße entlanggondelte. Und dann ist Montag. Den werde ich mit Sprudel im Hütterl verbringen, den ganzen Montag – jedenfalls die Zeit von zehn bis sechs. Hans fährt zu einer Fortbildungsveranstaltung nach Passau, was bedeutet, dass er mittags nicht heimkommt und abends später als sonst.

Sie parkte vor dem Geschäft der Böckls, weil an den Parkuhren an der Straße kein Platz frei war. Durch die Schaufensterscheibe konnte sie Hannes am Verkaufstresen erkennen. Er steckte in einem Walkjanker, der ihm viel zu klein war. Sie sah auch Jonas, der barsch abwinkte, einen Zettel nahm und etwas draufschrieb.

Ist ja auch kein Grund, sich derartig aufzuführen, dachte Fanni, während sie beobachtete, wie Hannes mit den Händen fuchtelte und schrie, dass er bis auf die Straße hinaus zu hören war.

»Meine Güte, Hannes«, murmelte sie, »die Joppe gibt es bestimmt auch zwei Nummern größer. Die muss halt umgetauscht werden.«

»... angemessenen Wettbewerb verlangen«, röhrte Hannes. »... und der Stadtrat ...«

Fanni sperrte die Ohren auf.

»... krumme Touren ...«, glaubte sie, Jonas zu vernehmen.

»Komm jetzt, Oma.« Max zupfte an ihrem Ärmel. »Zu welchem Friseur wollen wir denn?«

Fanni dachte, dass ihr Enkel höchstwahrscheinlich zu einem gehen wollte, bei dem die wenigsten Leute im Wartebereich saßen. Sie blickte die Straße hinauf. Zwei Querstraßen weiter lag der Salon Haarscharf, schick, modern, sehr beliebt, aber oft hoff-

nungslos überfüllt. Sie schaute die Straße hinunter, und da fiel
ihr der Wagen von Hannes ins Auge. Hatte Hannes nicht neulich
mit Friseurmeister Stein gesprochen, dessen Geschäft schräg gegenüber von Böckls Laden lag?

Stein ist im Stadtrat!

»Stein war immer ein großer Anhänger von Edmund Stoiber«,
hatte Hans Rot neulich erwähnt, »und ein noch größerer Befür-
worter des Donauausbaus. Und er ist die größte Plaudertasche
im gesamten Landkreis.«

Zielstrebig steuerte Fanni auf die andere Straßenseite, wo zwei
Häuser weiter ein Schild mit der Aufschrift »Stein & Haare«
den Eingang zum Friseursalon markierte.

Der Seniorchef kümmerte sich persönlich um Mäxchens
Haarschnitt. Fanni stand daneben und suchte krampfhaft nach
der passenden Einleitung für den anstehenden Small Talk.

Als ihr Blick aus dem Fenster fiel und an der Böckel'schen
Ladentür hängen blieb, aus der ein wütender Hannes stapfte und
drinnen einen kopfschüttelnden Jonas zurückließ, kam endlich
der richtige Einfall.

»Mir scheint«, sagte sie, »hier bin ich ins Stadtratsviertel geraten.«

Stein deutete mit seiner Schere nach vis-à-vis. »Ja, Jonas ist
unser jüngster. Und auf Draht ist der, mein lieber Schwan.«

»Hat er sich seine Sporen bereits verdient?«, fragte Fanni höflich lächelnd.

»Vorne kürzer?«

»Wie?«

»Soll ich die Haare von Ihrem Enkel vorne noch kürzer schneiden?«

Fanni zog Max zurate und erntete ein schrilles »Nein«.

Der Friseurmeister begann, um Mäxchens linkes Ohr herum-
zuschnippeln. »Der Jonas, ja, der ist schon recht auf dem Stadt-
ratsposten. Solche wie ihn sollte es mehr geben.« Er ließ die
Schere für einen Moment in der Luft hängen, schien mit sich zu
ringen. Dann schnippelte er eilig weiter und sagte gedämpft: »Seit
einiger Zeit haben wir nämlich ein Problem im Stadtrat.«

Fanni wartete. Der Friseurmeister schnippelte.

Nach einer Weile sagte sie:»Es geht wohl um Bestechung.«
Stein nickte.»Der – ähm – jemand versucht, Stadträte zu
schmieren, um an Aufträge zu kommen. Bei einigen Kollegen
scheint er sogar Erfolg gehabt zu haben, andere – wie Jonas –
ließen ihn abblitzen. Jonas hat die Sache während einer Sitzung
zur Sprache gebracht. Daraufhin ist ein heftiger Streit ausgebrochen.«
Stein verstummte wieder. Doch bevor Fanni nachhaken konnte, fuhr er fort:»Einer der Räte hat verlangt, die ganze Affäre
schonungslos an die Öffentlichkeit zu bringen – alles und jeden
beim Namen zu nennen.«
»Schweres Geschütz«, sagte Fanni, weil Stein wieder in
Schweigen verfiel. Er ließ Mäxchens Haare durch die Zähne eines groben Kammes gleiten, schnitt da und dort ein paar Fransen
ab.
Nach einer Weile sagte er:»Es würde einige Räte das Mandat
kosten, und einer eingesessenen Firma, die bisher tadellos da-
stand, würde es schwer schaden.«
»Es würde sie ruinieren«, betonte Fanni.
Der Friseurmeister stimmte ihr zu.»Deshalb stehen Jonas
und noch ein paar Stadträte – abgesehen von denen, die sich sowieso schmieren ließen – auf dem Standpunkt, die Sache nicht
aufzuplustern. ›Es genügt ja, diesem schwarzen Schaf einfach zu
zeigen, wo's langgeht bei uns in Deggendorf‹, hat Jonas erklärt.«
*»Krumme Touren«, hat Jonas Böckl dem Hannes Gruber vor-
geworfen!*
Stein nahm einen Pinsel und stäubte damit eine Wolke abge-
schnittener Härchen aus Mäxchens Nacken.»Fertig!«

Fanni hatte ihrem Enkel versprochen, sich mit dem Einkaufen
zu beeilen, denn Max hatte keine Zeit zu vertrödeln. Die Rindviecher auf dem Klein-Hof rechneten ein letztes Mal mit ihm.
»Oma, alles, was wir brauchen, gibt's im Supermarkt, und der
liegt direkt auf unserm Heimweg am Kreisverkehr. Obstecke, Bä-
cker, Wurstwaren, im Supermarkt gibt's alles. Du wirst doch
nicht kreuz und quer übern Stadtplatz von Geschäft zu Geschäft
laufen wollen, das dauert ja ewig.«

Fanni hätte den Tafelspitz zwar lieber bei ihrem bevorzugten Metzger in der Graflinger Straße gekauft, die Radieschen am Marktstand beim alten Rathaus und das Olivenöl in dem kleinen Laden gegenüber der Kirche, aber sie wollte Max nicht enttäuschen. Um halb sechs war Melkzeit am Klein-Hof, und Fanni sah ein, dass ihr Enkel noch mal dabei sein wollte, bevor er die Heimreise antrat.

Sie eilte an den Regalen im Supermarkt entlang. Max hatte ihr den Merkzettel abgenommen und warf in den Einkaufswagen, was ihm die Notizen darauf sagten.

»Nein, Max, ›Schoko-P.‹ heißt nicht ›Schokoplätzchen‹, sondern ›Schokopulver‹ – zum Backen, bitte schön. Das ›T.‹ hinter ›Menthol‹ bedeutet ›Tempotaschentücher‹, nicht ›Tic Tac‹.«

»Oma, jetzt haben wir alles, was auf der Liste steht. Komm, da vorn ist die Kasse.«

Fanni wollte sich eigentlich noch bei den Teesorten umsehen, ließ es jedoch bleiben. Das würde sie bei ihrem nächsten Einkauf in der kommenden Woche tun.

Kaum lag die bezahlte Ware in einer Klappbox in Fannis Kofferraum, schoss Max mit dem leeren Einkaufswagen davon. Er kam zurück, bevor Fanni den Deckel unten hatte, und warf sich auf den Rücksitz.

»Oma, du bist so eine lahme Ente.«

Fanni legte die Strecke Deggendorf–Erlenweiler um einiges schneller zurück als sonst und sagte sich, dass Kinderbetreuung wohl doch eher etwas für junge Leute sei.

13

»Kommst du mit nach Stockheim zum Freundschaftsspiel?«, fragte Max am Samstag nach dem Mittagessen, das Fanni in Veras Küche in Klein Rohrheim zubereitet hatte.

»Auf alle Fälle«, antwortete Fanni entschieden.

Sie wollte ganz unbedingt nach Stockheim, allerdings nicht um sich dort das Fußballspiel anzusehen. Und erst recht nicht, um an der anschließenden Kürbisprämierung teilzunehmen. An Ostern waren in den beiden Grundschulen von Klein Rohrheim und Stockheim Kürbiskerne verteilt worden. Die beiden Städte fühlten sich irgendwie verschwistert, denn sie führten viele solcher gemeinsamen Aktionen durch. Jeder Schüler sollte aus seinem Kern einen Kürbis ziehen, und heute nach dem Fußballspiel wurde der größte prämiert.

Der größte Kürbis von Stockheim und Klein Rohrheim! Was für ein Mumpitz.

Auf einmal begann sie kichern. Wie pflegte Obelix zu sagen? Obelix, der Gallier aus den Comics, die Leni und Leo als Kinder so geliebt hatten und heute noch lasen, wenn ihnen einer in die Hände fiel: »Die spinnen, die Römer.«

»Die spinnen, die Klein Rohrheimer«, murmelte Fanni. »Die spinnen, die Stockheimer.«

Es ist, wie Hans Rot vormals sagte! Du bist eine Soziopathin, Fanni! Jedes gesellschaftliche Ereignis ist dir suspekt!

Nicht nur das, dachte Fanni selbstkritisch, mir sind auch viele Menschen suspekt. Solche beispielsweise, die so tun, als könnten sie kein Wässerchen trüben, und andere anschwärzen. Und auch solche, die mir einen schönen Tag wünschen, so oft sie mir über den Weg laufen.

Hast du sie noch alle, Fanni?

Etwas abseits der zusammengeknäuelten Zuschauer herumlungernd, wartete Fanni den Anpfiff gar nicht erst ab, weil sich ohnehin niemand um sie kümmerte.

172

Der Ball flog gerade das erste Mal in Richtung Tor, da stand Fanni bereits vor dem gelben Haus, an dessen Zaun die Lilien nun verwelkt waren.

Giselas Mutter war dabei, die Blüten abzuschneiden. Sie schaute auf, als Fanni herantrat. Ihr Blick wurde vorwurfsvoll. »Sie hätten es mir sagen sollen.«

»Das konnte ich nicht, Frau Brunner«, antwortete Fanni. Giselas Mutter nickte traurig. »Geändert hätte es ja nichts.« Sie stemmte sich hoch und bog den Rücken gerade. Dann lud sie Fanni ein, mit ihr ins Haus zu kommen.

»Ein Kommissar war bei mir«, sagte sie, als sie sich am Küchentisch gegenübersaßen. »Er hat mir alles erzählt.« Sie seufzte. »Die Polizei sucht nach meiner Tochter.«

»Nach Gisela wird jetzt gefahndet?«, fragte Fanni erschrocken. Frau Brunner schüttelte den Kopf. »Nicht so wie nach einem Verbrecher. Nein, so nicht. Aber Gisela ist eine sehr, sehr wichtige Zeugin, sagt der Kommissar. Er hat mir gesagt, ich solle im Tagblatt eine Anzeige aufgeben, in der ich sie bitte, sich bei mir zu melden. Sie könnte hier in der Nähe Freunde haben, meint er. Schließlich werden ihre Unerhaltszahlungen nach Stockheim überwiesen.«

An die Alfa Filmwelt mit Firmensitz in Mainz, dachte Fanni. Sie hatte schon mehrmals eine Nummer angerufen, die sie nach ihrem Gespräch mit dem Stockheimer Filialleiter der Sparkasse bei der Telefonauskunft erfragt hatte. Jedes Mal hatte eine automatische Stimme sie gebeten, ihren Namen und ihre Telefonnummer aufs Band zu sprechen, und hatte angekündigt, man würde sie kontaktieren. Aber jedes Mal hatte Fanni wortlos wieder aufgelegt.

Klugerweise! Was wenn Hans Rot so einen Rückruf entgegengenommen hätte?

»Die Anzeige ist heute erschienen«, hörte sie Frau Brunner sagen.

»Aber gemeldet hat sich bis jetzt niemand«, stellte Fanni fest.

»Gisela ist wie vom Erdboden verschluckt«, erwiderte Frau Brunner bedrückt. »Das Hoffen auf Nachricht von ihr macht mich mürbe.« Sie räusperte sich. »Obwohl ich es ja eigentlich gewohnt bin, auf ein Lebenszeichen von meiner Tochter zu warten.«

Eine Weile herrschte Schweigen. Dann fragte Frau Brunner, wie Martha den Tod ihres Mannes verkrafte.

»Sie arbeitet viel im Betrieb«, antwortete Fanni, »das lenkt sie wenigstens vom Grübeln ab.«

»Sicher nicht leicht für Martha und Toni, Stolzer und Stolzer plötzlich allein zu leiten.«

»Bestimmt nicht«, antwortete Fanni. »Zumal es hinten und vorne Schwierigkeiten gibt.« Sie berichtete von der Stolzer'schen Niederlassung in Wörgl, die brachlag, von gehäuften Reklamationen, von dem harten Wettbewerb, den Firmen heutzutage auszutragen hatten, und davon, mit welchen Mitteln er mancherorts geführt wurde.

Frau Brunner hörte zu, wirkte interessiert und schien sich, während Fanni redete, ein wenig zu entspannen.

Was so ein bisschen Klatsch und Tratsch nicht alles vermag!

Als es Zeit war zu gehen, sagte Fanni: »Was ich noch fragen wollte, Frau Brunner: Wie heißt dieser Nachbarsjunge noch mal? Ich meine den, der mit Johann, dem Enkel Ihrer Tante Doris, befreundet war.«

Giselas Mutter sah sie einen Moment lang verwirrt an, dann fiel offenbar der Groschen. »Ach, Frau Rot, Sie sprechen von Magermilch.«

»Ja, Magermilch«, wiederholte Fanni. »Und wie ist sein richtiger Name?«

Frau Brunner schaute nun noch verwirrter drein als eben. »Ich fürchte, ich entsinne mich nicht.«

Da sah sich Fanni zu einer Erklärung genötigt. »Es könnte wichtig sein, Frau Brunner. Magermilch könnte vielleicht mit Gisela in Verbindung stehen. Sein auffälliger roter Wagen ist mir womöglich schon in Deggendorf untergekommen, auf dem Kundenparkplatz der Stolzers. Glauben Sie, die beiden kennen sich?«

Frau Brunner schüttelte den Kopf. »Gisela war ja nicht oft hier und nie länger als einen Tag. Magermilchs Wagen sehe ich auch nur dann und wann mal vorbeifahren. Ich kann mir nicht vorstellen, dass sich die beiden je über den Weg gelaufen sind.«

»Und Sie kommen wirklich nicht auf seinen richtigen Namen?«, drängte Fanni.

Frau Brunner dachte lange nach, legte die Stirn in Falten, murmelte vor sich hin. Dann schüttelte sie wieder den Kopf.

»Schade«, sagte Fanni und erhob sich.

Auf dem Weg zurück zum Sportplatz entschloss sie sich, nun doch zur Kürbisprämierung zu gehen. Halb Stockheim musste ja bei diesem Ereignis anwesend sein, und einer von den Stockheimern würde wohl in Gottes Namen wissen, wie der Kerl hieß, den alle Magermilch nannten.

Da wirst du womöglich ganz schön herumfragen müssen!

Das werde ich tun, dachte Fanni, und zwar ohne große Rücksicht auf Umgangsformen. Und wenn ich mich am Montag mit Sprudel treffe, werde ich die Antwort parat haben.

Bei ihrer letzten Verabredung vergangenen Mittwoch hatten sie das Treffen am Montag bereits vereinbart. »Um zehn Uhr im Hütterl«, hatte sie gesagt. »Das müsste ich schaffen.«

»Du brauchst nicht zu hetzen«, hatte Sprudel geantwortet. »Ich habe eine Ladung Brennholz geliefert bekommen und einen Teil davon zum Hütterl hinaufgebracht. Es muss unter dem Vordach aufgeschichtet werden. Damit kann ich mich beschäftigen, bis du kommst.«

Am Sonntagabend, als sie und Hans Rot nach Erlenweiler zurückkehrten, hatte Fanni mit Auspacken und Abendbrotrichten alle Hände voll zu tun.

Sie fahndete in der Tiefkühltruhe im Keller gerade nach dem Knoblauchbaguette, als sie Hans Rot, der es sich mit der Zeitung im Wohnzimmer bequem gemacht hatte, rufen hörte: »Toni hatte einen Unfall.«

Fanni eilte die Treppe hinauf.

»Hier«, sagte ihr Mann, »es steht in der Samstagszeitung.«

Fanni las die Zeile, auf die Hans Rots Zeigefinger tippte. Es handelte sich nur um eine kurze Notiz. Tonis Wagen war am Freitagmorgen kurz hinter Plattling von der Straße abgekommen und hatte sich überschlagen.

Fanni lief in den Flur und wählte Marthas Nummer.

»Er liegt im Krankenhaus«, berichtete Martha. »Günther ist schon das ganze Wochenende über bei ihm. Toni hatte Glück, sagen die Ärzte. Ein paar Kratzer, zwei Rippen ...«

»Wie ist denn das Unglück passiert?«, unterbrach Fanni sie.

»Die Steuerung soll versagt haben«, antwortete Martha.

So, so, die Steuerung von Tonis Wagen hat versagt, kommt ja schließlich jeden Tag vor, dass Steuerungen versagen!

Hans Rot schlurfte aus dem Wohnzimmer.

Als er – offenbar auf dem Weg ins Bad – an Fanni vorbeiging, hörte sie ihn murmeln: »Dermaßen neugierig, das Weibervolk. Alle so brutal neugierig – alle, ohne Ausnahme.«

Fanni wechselte noch ein paar Worte mit Martha, dann legte sie auf. Der Klingelton, der im selben Augenblick ertönte, ließ sie zusammenfahren.

Eilig hob sie wieder ab und war mit Leni verbunden.

Ihre Tochter hielt sich nicht mit langen Vorreden auf. »Der Unfall am Venediger – ich hab Marco davon erzählt, als wir am Montag miteinander telefoniert haben – hat ihm keine Ruhe gelassen«, begann sie, und ihre Stimme klang streng, fast fremd in Fannis Ohren. So redete Leni nur, wenn sie etwas sehr Ernstes, schier Unfassbares zu sagen hatte. »Nach seinem Seminar hat er sich am Freitag gleich auf den Weg zu mir nach Nürnberg gemacht. Und ich musste alles immer wieder mit ihm durchgehen. Als er gemerkt hat, dass wir so nicht weiterkommen, hat er sich an einen Kollegen von der Kriminaltechnik gewandt, der früher mal Dachdecker war und sich bestens mit Sicherungstechniken auskennt. Mit ihm haben wir uns heute Nachmittag getroffen und die Szene nachgestellt – hundertmal ungefähr. Aber letztendlich haben wir die einzig mögliche Lösung gefunden.«

Während Leni Atem schöpfte, ergänzte Fanni: »Und zwar die, die uns Rudolf schon auf dem Ecktisch im Defreggerhaus demonstriert hat. Jemand hat den Karabiner aus der Bandschlinge gehakt und das Seilende samt Karabiner dann locker wieder durch die Schlinge durchgeschlungen, sodass er zwar nicht wegrutschen konnte, aber bei Belastung herausschlüpfen musste.«

»Genau«, sagte Leni. »Und wir wissen auch mit ziemlicher Sicherheit, wer das gemacht haben muss.«

»Magermilch war's«, sagte Fanni.

»Magermilch?«

Fanni horchte kurz auf die Geräusche aus dem Badezimmer, bevor sie zu antworten wagte. Als sie Duschwasser rauschen hörte, begann sie in kurzen, gedrängten Sätzen das zu berichten, was sie über Willi Stolzers Mörder herausgefunden und sich nach und nach über ihn zusammengereimt hatte.

»Mami«, rief Leni alarmiert. »Du bist in Gefahr! Er wird es wieder versuchen. Offenbar hat er ja schon länger den Verdacht, dass du was aufgespürt hast. Bist du allein zu Hause?«

»Nein, nein«, antwortete Fanni beruhigend. »Papa ist da. Und morgen, bald nachdem er ins Büro gefahren ist, treffe ich mich mit Sprudel am Hütterl.«

»Gut«, sagte Leni hörbar erleichtert. »Niemand weiß von dem Hütterl. Da bist du sicher, und Sprudel ist der beste Aufpasser, den ich mir für dich vorstellen kann. Außerdem will Marco heute noch zurückfahren, sich gleich morgen früh mit seinem Kollegen Frankl besprechen und dann diesen Schuft – diesen Magermilch zur Vernehmung ins Kommissariat bringen lassen.«

Die Badezimmertür öffnete sich einen Spaltbreit. »Mit wem quasselst du denn jetzt schon wieder? Schau mal auf die Uhr, wie spät es ist!«

Hans Rots Zwischenbemerkung schien Leni nicht entgangen zu sein. »Pass auf dich auf, Mami«, sagte sie. »Und Gute Nacht.«

14

Es war am Montag um kurz vor zehn, als Fanni ihren Wagen startete, um zum Hütterl zu fahren. Sie hatte Verpflegung für sich und Sprudel in einen Korb gepackt, eine Tasche mit Vorräten hergerichtet (Kaffeepulver, Zucker, Teebeutel, trockene Kekse) und einen Träger mit Säften vorbereitet.

Wenige Minuten nach zehn hielt sie an der großen Föhre. Sie öffnete den Kofferraum, nahm Träger und Tasche heraus. Dann wollte sie nach dem Korb greifen, aber der war nicht da.

Steht wohl noch in der Garage, du musst vergessen haben, ihn in den Kofferraum zu tun!

Ja, das hatte sie. Sie hatte ihn abgestellt, weil ihr eingefallen war, dass sie besser auch ihre Handtasche samt Führerschein und Portemonnaie mitnehmen sollte, war ins Haus gelaufen und hatte sie geholt. Und dann hatte sie den Korb mit der Verpflegung stehen lassen.

Ob du willst oder nicht, du musst ihn holen! Oder möchtest du dir und Sprudel einen Fastentag verordnen?

Das wollte Fanni keinesfalls, und deshalb musste sie noch mal nach Hause. Es dauert ja nicht lang, beschwichtigte sie sich selbst.

Rasch sprang sie ins Auto. Träger und Tasche ließ sie einfach am Wegrand liegen. Sie würde ja gleich wieder da sein.

Hier kommt doch sowieso niemand vorbei!

Zwanzig Minuten später parkte Fanni den Wagen erneut unter der Föhre, wo Flaschenträger und Tasche geduldig auf sie gewartet hatten.

Fanni ließ sie stehen, wo sie waren, nahm den Korb aus dem Kofferraum, schloss den Wagen ab und machte sich auf den Weg zur Hütte.

Sprudel würde mit ihr zurückgehen, um ihr mit dem Rest zu helfen.

Das Hütterl wirkte wie immer friedvoll und beschaulich, als es vor Fanni auftauchte. Unter dem Vordach waren knapp einen Meter hoch Holzscheiter aufgeschichtet. Ein ansehnlicher Haufen Brennholz lag noch auf dem Waldboden neben dem Klohäuschen und harrte darauf, ebenfalls unter den Schutz des Daches zu kommen.

Von Sprudel keine Spur.

Musste wohl mal pinkeln!

Fanni drückte die Hüttentür auf, die nur angelehnt gewesen war, trat ein – und da lag er.

Fanni ließ den Korb fallen, ihr Schrei gellte durch den Raum.

Sprudel lag zusammengekrümmt vor der Polsterliege.

Sie stürzte zu ihm hin, warf sich neben ihm auf die Knie.

»Sprudel, was ist denn bloß passiert?« Ganz behutsam nahm sie sein Gesicht in beide Hände.

Er stöhnte leise, öffnete die Augen und schaute sie an. Fanni erschrak vor dem, was sich darin spiegelte: Angst, Bestürzung und etwas, das ihr wie eine Warnung erschien.

Hastig eilte ihr Blick über seinen Körper. Die Hände waren mit Kabelbinder fest zusammengeschnürt, sein linkes Bein lag in einer Weise nach außen verdreht da, wie es auf natürliche Art nicht daliegen hätte können. Von den Bodendielen darunter starrte ihr verschmiertes Blut entgegen.

Fannis Blick sprang zurück zu Sprudels Gesicht. Und dann bemerkte sie das Blut an ihren Fingern.

Hinter ihr ertönte ein Lachen.

Fanni musste sich nicht umdrehen, um zu wissen, von wem es kam.

»Das wär's dann gewesen, Fanni Rot«, sagte eine Stimme.

Fanni setzte sich auf den Boden, bettete ganz vorsichtig Sprudels Kopf in ihren Schoß und begann unendlich sanft, seine Wange zu streicheln.

Es wird das letzte Mal sein, Fanni Rot! Das letzte Mal, dass du die Falten auf seinen Wangen spürst! Das letzte Mal, dass dich seine Bartstoppeln kitzeln!

»Woher wusstest du von dem Hütterl, Fritz?«, fragte Fanni, ohne den Blick von Sprudels Gesicht zu wenden.

Wieder ertönte das Lachen. »Du hast mich selbst hergeführt heute Morgen. Besser hätte es sich gar nicht treffen können. Hier stört uns kein Mensch.«

Fanni hörte, wie sich Fritz Maurer in einen der Polstersessel fallen ließ. Am Ächzen des Holzrahmens erkannte sie, dass es derjenige war, in dem Sprudel gewöhnlich saß.

Ich spring den Schuft an, dachte sie plötzlich kämpferisch. Den Schürhaken kann ich als Waffe verwenden. Vielleicht ... *Er hat dir den Hals gebrochen, bevor du vom Boden hochkommst!*

»Da wir gerade so gemütlich beieinandersitzen«, ließ sich Fritz Maurer alias Magermilch vernehmen, »könntest du mir erzählen, Fanni Rot, was dich auf meine Spur gebracht hat.«

Fanni antwortete ihm nicht.

»Es war der Alfa, stimmt's? Johanns Giulietta. Die Giulietta, mit der ich Hannes Gruber hereinlegen wollte, die ausgeschlachtete Giulietta, von der nur noch die Karosserie italienisch ist. Du hast den Wagen in Stockheim vorbeifahren sehen, als du mit Giselas Mutter vor dem Haus gestanden bist. Dummer Zufall, saudummer Zufall.«

Fanni streichelte Sprudel über die Wange und schwieg.

»Die Aufkleber sind dir ins Auge gesprungen«, fuhr Maurer fort, »und da wolltest du es genau wissen. Du bist zum Hof hinaufgegangen, um dir den Wagen aus der Nähe anzusehen. Ist das etwa derjenige, hast du dich gefragt, der mir an dem Tag auf dem Stolzer'schen Kundenparkplatz aufgefallen ist, an dem der Anschlag auf den Geschäftsführer verübt wurde?«

»Dachte ich es mir doch«, murmelte Fanni, »dass du nach dem fingierten Anschlag im Haus herumgeschlichen bist und belauscht hast, was Martha und ich gesprochen haben. Die Haustür war nämlich damals nicht angelehnt, wie du behauptet hast. Ich hatte sie ins Schloss fallen hören. Vermutlich besitzt du seit Langem einen Nachschlüssel.«

»Ist das der Wagen von meinem Bergfreund Hannes, oder gibt es noch so ein Auto?, hast du dich gefragt«, fuhr Maurer fort, ohne auf die Bemerkung einzugehen.

Dann machte er eine nachdenkliche Pause. »Dass du auf dem Hof auftauchen würdest – mit derartiger Vorwitzigkeit konnte ich nicht rechnen. Zum Glück bist du nicht nahe genug herangekommen, um wirklich was zu erkennen. Das Nummernschild zum Beispiel. Hättest du sonst damals schon Alarm geschlagen?«

Fanni schwieg, streichelte. Dann beugte sie sich hinunter und küsste Sprudel sanft auf den Mund.

Im nächsten Augenblick stand Maurer vor ihr und schlug ihr so heftig ins Gesicht, dass ihr Kopf gegen den Holzrahmen der Polsterliege flog.

Sprudel ächzte.

»Ich will Antworten«, drohte Maurer. »Sonst ...« Er bohrte seine Schuhspitze oberhalb des Knies in Sprudels verletztes Bein.

Von Sprudel kam ein gepresstes Stöhnen.

»Ich konnte die Nummernschilder nicht sehen«, sagte Fanni hastig. »Aber ich musste mir irgendwie Klarheit verschaffen, ob meine Aussage über den Wagen auf dem Stolzer'schen Kundenparkplatz richtig oder falsch war. Falsch konnte sie dann nicht sein, wenn Hannes mit diesem Magermilch identisch war, von dem mir Frau Brunner erzählt hatte.«

»Also bist du wenig später noch mal zurückgekommen«, entgegnete Maurer, offensichtlich zufriedengestellt.

Er kehrte zum Sessel zurück und setzte sich wieder. »Hätte ich dir nicht zugetraut, dass du so schnell wieder auftauchst.« Er seufzte. »Ich hab dir sowieso viel zu wenig zugetraut. Und das hat sich als grober Fehler erwiesen. Ich hätte dich gleich ausschalten sollen, als du das zweite Mal auf den Hof kamst und deine Nase ans Scheunenfenster gedrückt hast. Aber dahinter konntest du erst recht nichts mehr erkennen.« Leise fügte er hinzu: »Reine Vorsichtsmaßnahme von mir, den Alfa in die Scheune zu fahren.«

»Im Gegenteil«, erwiderte Fanni. »Ich fand einen sehr wichtigen Hinweis: Von einem der Aufkleber hat mir eine silberne Spirale entgegengeblinkt.«

Maurer pfiff durch die Zähne. »Da hattest du ja ein nettes Unterscheidungsmerkmal gefunden.«

»Auf dem Wagen von Hannes befand sich kein solcher Aufkleber«, bestätigte ihm Fanni.

»Das hast du bei nächster Gelegenheit wohl gleich nachgeprüft.«

Fanni hatte ihre Aufmerksamkeit wieder Sprudel zugewandt und gab keine Antwort.

Maurer machte eine rasche Bewegung. »Hast du –«

»Ja«, beeilte sich Fanni zu sagen. »Ich habe es am nächsten Tag gleich nachgeprüft. Auf Hannes' Wagen sind nur Aufkleber von Bergbahnen und Hütten.«

Maurer lachte auf. »Aber du bist mit deiner Entdeckung nicht zur Polizei gerannt, nicht mal zu deinem Freund hier. Warum nicht?«

»Was hatte ich denn schon entdeckt? Nur dass in Stockheim ein roter Wagen herumkurvt, der für jemand wie mich, die von Autotypen keine Ahnung hat, dem von Hannes zum Verwechseln ähnlich sieht«, erwiderte Fanni. »Welches von beiden Autos ein paar Tage zuvor bei Stolzers geparkt hatte, konnte ich ja im Nachhinein nicht mehr feststellen. Niemand hätte das mehr feststellen können.«

Sogar Sprudel, glaubte Fanni, würde nur abwinken, wenn sie ihm mit diesem Autoverwechselspiel käme.

Maurer lachte wieder laut. »Die Aufkleber haben dir aber verraten, dass es sich bei dem Wagen von Hannes und dem in Stockheim um zwei verschiedene Fahrzeuge handelt. Und damit bestand die Möglichkeit, dass du unabsichtlich eine Falschaussage gemacht hast. Vielleicht war es ja gar nicht der Alfa von Hannes, hast du gedacht, der auf dem Kundenparkplatz stand.«

»Vielleicht aber doch«, sagte Fanni.

»Und deshalb hast du den Mund gehalten«, Maurer schien ungemein amüsiert, »und gründlich nachgedacht. Aber wie bist du nur auf mich gekommen? Mir ist nämlich ziemlich bald so ein abwägender Blick an dir aufgefallen, wenn du mich angesehen hast.«

»Es war anfangs nur ein sehr, sehr vager Verdacht«, entgegnete Fanni.

»Muss ich nachhelfen?«, bellte Maurer, weil Fanni nicht weitersprach.

Sie zuckte zusammen und sagte schnell: »Viele Hinweise deuteten in Richtung Hannes. Nachdem ich sie ein paarmal durchgegangen war, fiel mir auf, dass die meisten aus einer einzigen

Quelle stammten. *Du* hattest mir von der Auseinandersetzung zwischen Hannes und Willi berichtet und eine Menge Gründe für Hannes' Wut auf Willi mitgeliefert. *Du* hast mir deutlich zu verstehen gegeben, dass du Hannes für Willis Mörder hältst und auch für den Angreifer in der Lagerhalle. Und *du* warst es, der mich erst darauf gebracht hat, dass ich Hannes' Wagen auf dem Kundenparkplatz gesehen hatte. Du hast Hannes angeschwärzt, sooft sich Gelegenheit bot –«

»Diese Gelegenheiten habe ich herbeigeführt, meine Liebe«, unterbrach sie Maurer.

»Du hast diesen roten Wagen mit den Aufklebern absichtlich auf dem Kundenparkplatz abgestellt, um den Verdacht auf Hannes zu lenken«, fuhr Fanni fort. »Irgendjemandem wird das Fahrzeug schon auffallen, hast du gedacht.«

»Und so war es ja auch«, sagte Maurer selbstgefällig.

»Du wolltest Hannes den Überfall auf dich anhängen, weil du dachtest, das würde ihn als Willis Mörder noch überzeugender machen. So ungefähr nach dem Motto: ›Böser Konkurrent ermordet Firmeninhaber und versucht, auch dessen Geschäftsführer zu erschlagen‹.«

»Und wer hat diesen Überfall wirklich ausgeführt?«, fragte Maurer augenzwinkernd.

»Du selbst natürlich«, antwortete Fanni prompt.

»Ein toller Schachzug«, prahlte Maurer. »Damit war ich so gut wie aus dem Kreis der Mordverdächtigen ausgeschlossen.«

Fanni wandte für eine Sekunde den Blick von Sprudels Gesicht und sah zu ihm hinüber. »Wie hast du dir die Kopfwunde eigentlich beigebracht?«

»Vorsichtiger Schnitt mit einer scharfen Messerklinge, damit es schön blutet. Das Blut dann gründlich verrieben, damit das Ganze wie eine breitflächige Verletzung aussieht«, antwortete Maurer.

»Darum hast du dich auch geweigert, sofort Anzeige zu erstatten, denn das hätte vermutlich eine genauere Untersuchung der Wunde zur Folge gehabt«, sagte Fanni.

Es war einen Moment still im Hütterl. Fanni streichelte wieder Sprudels Wange.

»Ich bin dir also ins Visier geraten«, sagte Maurer schließlich.

»Das hab ich dir angesehen.«

»Es war mehr eine Ahnung als ein Verdacht«, erwiderte Fanni.

»Aber du wolltest ihr nachgehen.«

Fanni nickte leicht. »Ich sah plötzlich Zusammenhänge zwischen dem verkorksten Jungen aus Stockheim, den alle Magermilch nannten, und dir.«

»Welche da wären?«

»Dein sportliches Geschick, von dem man in Stockheim heute noch spricht. Die Ähnlichkeit mit deinem Vater. Es war doch dein Vater, der damals zur Scheune ging, um den Hund zu beruhigen. Er hatte deine Figur und deine blasse Haut –«

»Alles noch immer recht nebulös«, unterbrach sie Maurer.

»Fand ich auch«, sagte Fanni. »Deshalb habe ich auf dem Weg zum Defreggerhaus eine Unterhaltung mit dir angefangen.«

»Und dabei ist dir unverkennbar ein Licht aufgegangen. Du wärst eine schlechte Pokerspielerin, Fanni Rot.«

»Wärst du ein besserer, müsstest du nicht Geld unterschlagen, um deine Spielschulden zu bezahlen«, konterte Fanni.

Maurer warf ihr einen bösen Blick zu. »Welche Erkenntnis zeigte sich dir denn nun in diesem Lichtblitz am Berghang?«

»Die Einsicht«, antwortete Fanni, »dass dir als Einzigem klar zu sein schien, an welcher Stelle Willis Klettergurt präpariert worden war. Toni zum Beispiel glaubte, der Verschluss wäre manipuliert worden. Hannes und Martha begnügten sich offenbar damit, sich zerfranstes Gewebe vorzustellen, und machten sich keine weiteren Gedanken darüber, wo genau sich der wunde Punkt befand. Auch die anderen hatten keine Ahnung, dass es die Gurtschlaufe war, die riss. Es kam nämlich nie zur Sprache.«

»Aber weil ich es auch einfach hätte erraten können, zählte das nicht wirklich als Beweis«, sagte Maurer.

»Nein, nicht wirklich«, gab Fanni zu. »Allerdings häuften sich bei unserem Gespräch die Indizien, die dich mit Magermilch, dem Zocker, in Verbindung brachten.«

Fragend zog Maurer, im Polsterstuhl lümmelnd, eine Augenbraue hoch.

»Mir fiel dein Zögern auf, nachdem ich dich nach dem Wohnort deiner Mutter gefragt hatte«, erklärte Fanni. »Es sah ganz so aus, als müsstest du überlegen, was du mir zur Antwort geben sollst. Letztendlich hast du dich für die Wahrheit entschieden. ›Taunus‹ hast du gesagt. Ja, Stockheim liegt im Rheingaugebirge, und so viel ich weiß, gehört das zum Taunus.«

Maurer grinste abfällig. »Was für eine lächerliche Beweisführung.«

»Gleich darauf kam der eigentliche Schnitzer«, fuhr Fanni fort. »Du hast erwähnt, dass es für deine Mutter einsam sei am ›alten Grubenhügel‹. Dachtest dir sicher nichts dabei, weil die Straße, an deren Ende deine Eltern wohnen, jetzt Blumenallee heißt. Was du wohl nicht wusstest, war, dass ein halb verrostetes Schild mit der Aufschrift ›Am Grubenhügel 1‹ hinter der Scheune liegt.«

Maurer applaudierte. »Sehr scharfsinnig, Miss Marple. Was für eine Spürnase. Meine Entscheidung, dich am Venediger-Gletscher in den Abgrund zu befördern, war wirklich vernünftig.«

»Pech, dass dein gemeiner Trick nicht geklappt hat«, entgegnete Fanni.

Maurer schlug mit der flachen Hand auf die Armlehne seines Stuhls. »Du solltest mir dankbar sein, dass ich deine Tochter vor dem Absturz bewahrt habe.«

Fanni musste ihm in Gedanken zustimmen, schwieg aber.

Sie wandte sich wieder Sprudel zu und nahm wahr, dass in seinen Augenwinkeln Tränen hingen.

Fanni wischte sie behutsam weg.

Er muss grässliche Schmerzen haben!

»Weiter«, verlangte Maurer. »Was hast du sonst noch herausgefunden?«

Fanni antwortete folgsam: »Das nächste Indiz dafür, dass Stolzers einen kriminellen Zocker als Geschäftsführer eingestellt hatten, fand ich in dem Beutel, den ich für dich aus der Schlafkammer im Defreggerhaus geholt habe.«

Maurer wirkte perplex.

»Auf dem Feuerzeug darin«, fuhr Fanni fort, »entdeckte ich die gleiche Spirale aus Glitzersteinen, die ich schon auf einem der Aufkleber an dem Wagen in Stockheim gesehen hatte. Diese Spirale ist mir später noch zweimal begegnet. Ein Bekannter erwähnte sie – das Symbol war ihm auf der Kappe des Fahrers eines roten Alfas aufgefallen –, und eine Nachbarin hörte ich am Telefon von einer Glitzerspirale als Anhänger an einem Goldkettchen sprechen.«

Maurer angelte die Kette unter seinem Hemd hervor und starrte auf die Spirale. »Johanns Logo. Das Firmenzeichen von Alfa Filmwelt.«

»Alfa Filmwelt«, wiederholte Fanni. »Da hast du Gisela hingelockt, und du bist weiter auf der Suche nach Darstellerinnen. Ich frage mich –«

»Du hast dich nichts mehr zu fragen«, unterbrach sie Maurer. »Und du wirst auch nie erfahren, wie ich euch bei den Sturzübungen überlistet habe.«

»Das weiß ich bereits«, erwiderte Fanni.

Als sie nicht sofort weitersprach, warf ihr Maurer einen warnenden Blick zu und deutete auf Sprudel.

Sie beeilte sich zu antworten: »Martha hat mich darauf gebracht. Ich bat sie, sich gedanklich in die Szene am Gletscher zu versetzen und genau zu beschreiben, was sie damals gesehen hat. Das tat sie. Dabei stellte sich heraus, dass das Letzte, was sie beobachtet hatte, bevor sie zur Hütte zurückkehrte, deine Sturzübung war. ›Er hat sich nicht recht getraut‹, sagte Martha, ›ist quasi nur in die Hocke gegangen und stand gleich wieder aufrecht.‹ Da wurde mir klar, dass du den Sturz nur vorgetäuscht hattest, schwer drauf bedacht, das Seil nicht zu belasten, weil es sonst mitsamt dem losen Karabiner heruntergerutscht wäre. Rudolf hat uns ja später genau demonstriert, wie die Sicherung demontiert wurde. Deine Manipulation am Seil nahm natürlich ein paar Minuten in Anspruch. Aber das fiel niemandem auf. Warum auch hättest du als Neuling den Prusikknoten in Rekordzeit schlingen sollen?«

»Martha hat dich also drauf gebracht«, wiederholte Maurer. »Die arglose Martha hat unwissentlich aufgedeckt, wie ich Fanni Rot in den Abgrund schicken wollte. Schade, dass es nicht geklappt hat.«

Fanni antwortete nicht. Sie hielt stumme Zwiesprache mit Sprudel.

Maurer sinnierte eine Zeit lang vor sich hin. Plötzlich fragte er: »Warum bist du dann mit deinen Erkenntnissen noch immer nicht zu den Bullen gegangen oder zu dem da?« Er stieß mit der Fußspitze in Richtung Sprudel.

Fanni schwieg, streichelte.

Da ertönte wieder das Lachen, das gar nicht zu dem Fritz Maurer passte, den Fanni als Geschäftsführer der Firma Stolzer & Stolzer kennengelernt hatte. »Du hast mich unterschätzt, Fanni Rot, hast nicht damit gerechnet, dass ich so schnell wieder zuschlage.«

»Vor allem hätte ich damit rechnen müssen«, sagte Fanni traurig, »dass du Toni daran hindern würdest, nach Wörgl zu fahren – so wie du Willi daran gehindert hast. Mich glaubte ich ja gar nicht in Gefahr. Am Wochenende war ich sowieso außer Reichweite und heute ...«

»Du weißt von den Unterschlagungen?«, unterbrach sie Maurer erstaunt.

»Falls Magermilch Willis Mörder war, musste er ja ein Motiv für die Tat gehabt haben.« Fanni sah kurz zu ihm hinüber. »Bei einem Spieler, der schon in jungen Jahren Opferstöcke aufgebrochen hat, um das Geld daraus zu verzocken, war das Motiv nicht schwer zu finden. Toni hatte dich sowieso schon lange in Verdacht, ein Gauner zu sein.«

»Aber er hat nie was rausgefunden«, sagte Maurer herablassend.

»Nein«, stimmte ihm Fanni zu. »Der Erste, der hinter deine Nebengeschäfte gekommen wäre, war Willi. Er hatte vor, in Wörgl nach dem Rechten zu sehen. Deshalb musste er sterben. Deshalb mussten falsche Spuren gelegt, Unschuldige belastet werden.«

»Geniale Idee, die Sache mit der präparierten Anseilschlaufe. Das hat sie alle in Verdacht gebracht, die ganze Mannschaft, sogar Gisela, weil sie die Laschen mit den eingestickten Namen hat nähen lassen.«

»Auf deinen Vorschlag hin, nehme ich an«, sagte Fanni müde. »Du hast frühzeitig vorgesorgt für den Fall, dass du eines Tages zuschlagen musst.«

»Gisela war begeistert«, erwiderte Maurer selbstgefällig. »Sie hat mir die Gurte quasi auf dem Präsentierteller serviert.«

»Von dem stümperhaften Ergebnis dürfte sie allerdings weniger begeistert gewesen sein«, meinte Fanni. »Aber mit den arthritischen Händen deiner Mutter war es wohl nicht einfach, so eine Kniffelarbeit auszuführen.«

Maurer schnalzte unwillig mit den Fingern.

Hör auf, den Kerl zu verärgern!

»Wie hast du es geschafft, zum richtigen Zeitpunkt ungesehen an Willis Gurt zu kommen?«, fragte Fanni schnell. »Hast du es riskiert, den Nachschlüssel zu benutzen?«

Er lachte eitel. Vor lauter Entzücken schimmerten seine Augen klarer als Quellwasser. »Das war auch ohne kinderleicht. Ich musste nur einen Kurzschluss verursachen, als die Chefs mal auswärts waren. Schon durfte ich überall die Sicherungen kontrollieren, auch im Wohnhaus.«

Fanni hörte nicht mehr hin. Sie versuchte, sich und Sprudel in eine etwas bequemere Lage zu bringen, merkte aber gleich, dass sie Sprudel damit nur noch mehr Schmerzen bereitete.

»Willst du, dass ich ihm ein paar Tritte verpasse?«

Fanni schreckte auf. »Was ...«

»Ob du Beweise für die Unterschlagungen gefunden hast, habe ich gefragt.«

Fanni schüttelte den Kopf.

»Aber du wusstest, dass meine Privatgeschäfte über die Niederlassungen laufen.«

Fanni nickte.

»Wenn ich aufstehe ...«

»Wörgl«, antwortete Fanni hastig. »Rudolf hat auf dem Rückweg von Hinterbichl bei Wörgl die Autobahn verlassen und ist ins Gewerbegebiet gefahren, um zu tanken. Die Tankstelle liegt direkt neben dem Gelände der Stolzer'schen Holzhandlung. Es hat allerdings Tage gedauert, bis mir aufging, was es für eine Bedeutung hatte, dass an einem Sonntagabend ein halb beladener Lkw in dem hell erleuchteten Betriebshof stand, in dem auch ein grauer Wagen parkte, ähnlich dem, mit dem du nach Hinterbichl gekommen bist. Ich –«

»Was?«

»Ich konnte gar nicht glauben, dass die Stolzers so blauäugig ...«

Maurer lachte. »Die Niederlassungen waren meine Domäne. Ich habe sie eingerichtet. Tschechien und die Oberpfalz laufen hervorragend. Willi hat mir voll vertraut. Nicht einmal Toni, der mich von Anfang an auf dem Kieker hatte, kam auf meinen Dreh mit den Niederlassungen. Er hat bloß immer in den Abrechnungen herumgewühlt.«

»Du hast dich so sicher gefühlt«, murmelte Fanni, »dass du Wörgl komplett für deine Geschäfte nutzen wolltest.«

»Eine Zeit lang jedenfalls«, gab Maurer zu.

»Du hast es überreizt«, sagte Fanni. »Dabei hatte Willi noch nicht mal Verdacht geschöpft. Er wollte dich nur unterstützen.«

»Aber dir«, entgegnete Maurer, »ist der Gedanke gekommen, dass ich die Niederlassungen für meine Zwecke verwende.« Er sah Fanni auf eine Weise an, die es ihr ratsam erscheinen ließ, zu antworten.

»Zuerst konnte ich mir nicht vorstellen, wie. Doch dann haben Martha und Toni die überhandnehmenden Reklamationen erwähnt. Du selbst hattest zuvor auch schon davon gesprochen, wobei du versucht hast, Toni als den Schuldigen hinzustellen. Die Reklamationen haben mich darauf gebracht, wie es ungefähr laufen könnte: In Wörgl und den anderen Filialen – wenn dort auch vorsichtiger wegen der Angestellten – tauschst du einwandfreie Ware gegen den Schund aus, mit dem du die Kunden von Stolzer belieferst. Das gute Material verkaufst du auf eigene Rechnung.«

»Nicht schlecht kombiniert«, lobte Maurer. »Im Groben liegst du richtig.«

»Für die Billigware«, fuhr Fanni fort, »brauchst du dringend Aufträge von Stadt oder Staat, weil sich private Bauherren nicht so leicht was unterjubeln lassen. Hannes hatte recht. Du hast versucht, die Stadträte zu bestechen, um an lukrative Aufträge zu kommen.«

»Das Schwein wollte mich über die Klinge springen lassen«, knurrte Maurer. »Willi hat ihm nicht geglaubt, Toni leider schon.«

»Hannes wurde zur Plage«, sagte Fanni. »Deshalb hast du ihn dir als Sündenbock ausgesucht.«

Sie dachte einen Moment daran, wie ihr massive Zweifel an ihrem Theoriegebäude gekommen waren, als sie Hannes in Böckls Jagdgeschäft mit Jonas hatte streiten sehen. Die Szene hatte so gewirkt, als wolle Hannes seine Bestechungsversuche verteidigen. Aber es war genau umgekehrt gewesen. Hannes hatte von Jonas verlangt, endlich offenzulegen, wer dem Stadtrat Schmiergelder geboten hatte.

»Wirklich erstaunlich«, sagte Maurer, »wie viel du herausgefunden hast. Aber letztendlich hast du das Spiel doch verloren.« Er wirkte auf einmal nachdenklich. »Du hättest es vielleicht gewinnen können, wenn du früh genug den Entschluss gefasst hättest, dich jemandem anzuvertrauen. Warum hast du das nicht getan?«

»Weil ich mir unsicher war«, antwortete Fanni. »Bis vorgestern, als mir der Stockheimer Briefträger Magermilchs richtigen Namen genannt hat. Nein, eigentlich bis gestern, als Leni anrief und mir versicherte, dass ich mich nicht irrte, dass nur du die Manipulation am Fixseil vorgenommen haben konntest.«

Und außerdem? Gib es doch zu, Fanni! Du wolltest Sprudel eine Weile schmoren lassen und ihm dann heute mit stolzgeschwellter Brust den gelösten Fall präsentieren! Nach deinem wohlverdienten Applaus wolltest du mit deinem getreuen Sprudel noch mal alles durchsprechen und anschließend mit ihm zu diesem Frankl gehen, um dem – Sakra! – zu zeigen, wer hier Nägel mit Köpfen zu machen versteht!

»Nun ja«, sagte Maurer blasiert, »was hattest du schon in der Hand? Ein paar kindische Mutmaßungen.«

Er hielt inne.

»Deine Tochter – Leni … Ist sie nicht mit dem Kommissar liiert, der eigentlich …?«

Fanni schluckte.

Maurer sprang auf. »Er ist inzwischen informiert!«

Fanni antwortete nicht.

Maurer setzte sich wieder hin und trommelte mit den Fingerspitzen auf die Armlehne des Sessels. Nach einer Weile sagte er:

»Ich werde mich also absetzen müssen. Da spielt es wohl keine Rolle mehr, ob ihr zwei hier noch redet oder nicht redet. Ich könnte euch leben lassen.«

Seine Augen waren dunkel, als er das sagte. Da wusste Fanni, dass er sie töten würde.

Langsam stand er auf.

Spiel auf Zeit, Fanni! Um Gottes willen, spiel auf Zeit! Marco kann doch längst auf dem Weg hierher sein!

Wieso denn? Wozu hätte ihm Leni erzählen sollen, dass ich den Tag heute im Hütterl verbringen würde? Und warum sollte sich Marco damit beeilen, Maurer für die Vernehmung im Kommissariat aufzuspüren? Marco hat ja auch nicht mehr als ein Gedankenexperiment gegen ihn in der Hand.

Trotzdem, Fanni, schinde Zeit, bitte!

Sie sah Sprudel an. Er hatte die Augen weit offen, und Fanni glaubte eine Aufforderung darin zu lesen.

Fanni!

»Ihr beide, du und Johann, habt die Kühe vom Lehmackerhof absichtlich krank gemacht«, sprach sie aus, was ihr unversehens in den Sinn kam.

Maurer lachte unangenehmer denn je. »Wir wollten mal sehen, wie sie die Pillen von Tante Doris vertragen. Es gab ja kiloweise davon. Doris haben wir dafür Traubenzucker in ihr Döschen getan.«

»Und damit habt ihr sie auch auf dem Gewissen«, stellte Fanni fest.

Maurer zuckte die Schultern. Schleichend kam er näher.

Wie eine Wildkatze vor dem Sprung!

Fanni presste ihre Lippen auf Sprudels Mund.

»Stehen bleiben, Sakrament!«

Fanni hätte sich nie träumen lassen, dass sie einmal so erleichtert sein würde, Frankl fluchen zu hören. Lautlos sackte sie über Sprudels Körper zusammen.

15

Fannis Tränen tropften durch Sprudels Finger und nässten das Bettzeug. Sprudel konnte sich kaum bewegen – sein Kopf war bandagiert, seine linke Schulter dick verbunden; sein rechtes Bein hing in einem Dreißiggradwinkel zur Matratze ausgestreckt in einer Schlinge. Die Pose vermittelte die Illusion, er sei erstarrt, während er dazu angesetzt hatte, im Stechschritt zur Zimmerdecke zu marschieren.

Fannis Kopf nagelte seine rechte Hand an die Bettdecke.

Es war Dienstag, der 28. Juli, nachmittags vier Uhr.

»Fanni«, sagte Sprudel mindestens zum fünfzigsten Mal. »Du trägst wirklich keine Schuld. Wie hättest du denn ahnen sollen ...« Er schloss erschöpft die Augen, öffnete sie wieder und sah Marco flehentlich an.

Der atmete hörbar ein, räusperte sich zweimal, dann begann er zu sprechen. Bei seinem Tonfall zuckten sowohl Fanni als auch Sprudel zusammen. »Gut, lassen wir gelten, was du dir vorwirfst, Fanni«, sagte er hart. »Du hättest dies sollen, du hättest das müssen. Hilft so eine Selbstanklage Sprudel dabei, schneller gesund zu werden? Drehen Selbstvorwürfe die Zeit zurück?«

Da hat er aber mal ausgesprochen recht, der Junge! Höchste Eisenbahn, dein Hirn wieder die Regie übernehmen zu lassen, Fanni Rot!

Fanni hob den Kopf und wischte Tränenbäche weg.

In Sprudels Augen erschien ein dermaßen erleichtertes Lächeln, dass sie sich sofort wieder schuldig zu fühlen begann.

Mit Recht! Da liegt er in diesem Krankenzimmer, mit Schrammen und Blessuren, mit einem Bruch und etlichen Prellungen. Doch Fanni Rot hat nichts Besseres zu tun, als ihm was vorzuheulen! Mea culpa, mea maxima culpa, ich hab's verbockt, ich hab's verpatzt, ich, ich, ich ...!

»Du hast uns Willis Mörder geliefert«, sagte Marco nun freundlich. »Wer weiß, was der noch angerichtet hätte, wärst du ihm nicht auf die Schliche gekommen.«

Ich hätte Sprudel dabei fast umgebracht, dachte Fanni, wagte aber nicht, es noch mal laut zu sagen.

Nachdem Marco tags zuvor mit Frankl und einem Pulk Polizeibeamter ins Hütterl gestürmt war und Fritz Maurer festgenommen hatte, dauerte es eine ganze Weile, bis Fanni erkannte, dass sie nicht sterben würde, dass auch Sprudel lebte und dass Magermilch in Handschellen abgeführt worden war.

Ein Krankenwagen kam den Wirtschaftsweg herauf, zwei Sanitäter holten Sprudel ab und beförderten ihn auf einer Trage zu der großen Föhre, wo der Sanka wartete. Marco hielt Fanni mit festem Griff zurück, bis sie außer Sicht waren.

»Hör mir zu!«, sagte er dann eindringlich. »Zwei Beamte bringen dich und dein Auto jetzt nach Hause. Dort legst du dich ins Bett und nimmst eine Schlaftablette. Eine! Ich rufe Leni an, damit sie herkommt und sich um dich kümmert – oder möchtest du lieber stationär …?«

Fanni hatte den Kopf geschüttelt. »Und bitte scheuch Leni nicht auf. Ich pack das schon. Wenn nur Sprudel …«

»Er wird wieder wie neu«, versprach ihr Marco und bugsierte sie auf den Beifahrersitz ihres Wagens.

Zu Hause hatte sich Fanni weder ins Bett gelegt noch hatte sie eine Tablette geschluckt. Sie war in ihren Lehnstuhl gesunken, und dort waren die Selbstvorwürfe aufmarschiert wie eine Termitenpopulation, und sie hatten begonnen, an Fanni zu fressen.

Als Hans Rot nach Hause kam, täuschte Fanni eine Magenkolik vor und verzog sich ins Schlafzimmer. Später bekam sie mit, wie Marco anrief und, als Hans Rot abnahm, offenbar so tat, als wollte er Leni erreichen, denn sie hörte ihren Mann entsprechend antworten.

Das nächste Mal rief Marco am folgenden Morgen an, als Hans bereits aus dem Haus war, und sagte ihr, dass sie Sprudel ab vierzehn Uhr besuchen könne.

Am Nachmittag hatte Fanni Punkt zwei Uhr ihr Gesicht in Sprudels Handfläche gebettet.

Inzwischen rückten die Zeiger der Wanduhr hinter Sprudels Bett auf halb fünf zu, und Fanni merkte, dass sich die Termiten, die seit gestern ihren Denkapparat verheerten, allmählich zurückzogen.

»Ich fürchtete schon, Leni hätte dir gar nicht gesagt, dass ich mich mit Sprudel im Hütterl treffen wollte«, sagte sie zu Marco und bemerkte dabei erstaunt, dass Sprudel zu strahlen begann. *Er ist überglücklich, dass seine Fanni wieder zu Verstand gekommen ist!*

»Sie hat es mir gesagt«, antwortete Marco. »Und wir beide dachten, da wärt ihr zwei gut aufgehoben.«

Fanni sah ihn abwartend an, doch Marco schien plötzlich wieder in eines seiner Kommunikationslöcher gefallen zu sein.

»Was hat dich aufgehalten?«, fragte sie.

»Gisela«, antwortete Marco.

»Gisela?«, kam es synchron von Fanni und Sprudel.

Marco, der bisher am Fenster gestanden hatte, zog sich den zweiten Stuhl im Zimmer neben den, auf dem Fanni saß, und nahm Platz. »Gisela ist am Sonntag bei ihrer Mutter aufgetaucht – ziemlich desillusioniert, muss man wohl sagen. Als sie dort von Willis Tod erfuhr und sie daraufhin der Argwohn befiel, dass Fritz Maurer alias Magermilch dahinterstecken könnte, begann sie, sich Sorgen um Toni und Martha zu machen. Deshalb kam sie schleunigst hierher, stand am Montagmorgen um acht schon wartend vor meiner Bürotür. Wegen Gisela war ich nicht mit dabei, als zwei Beamte ausrückten, Fritz Maurer zur Vernehmung zu holen. Ich nahm gerade ihre Aussage auf.«

»Maurer hatte sie eingewickelt«, murmelte Fanni.

Marco nickte. »Nachdem sie mir erzählt hatte, was sie während der paar Monate, die sie bei Alfa Filmwelt gewesen war, über Fritz Maurer erfahren hatte, wollte ich ihn schleunigst im Verhörraum haben. Aber die Kollegen waren ohne ihn zurückgekommen. Sie hatten ihn weder auf dem Firmengelände der Stolzers angetroffen noch im Neubau des Seniorenheims, wohin er angeblich gefahren war. Martha Stolzer sagte, sie habe keine Ahnung, wo er sonst noch stecken könnte ...« Er brach ab und sah Fanni schuldbewusst an.

»Du hast anfangs gezögert, mit einem Trupp Beamter zum Hütterl zu fahren«, sagte Fanni.

Marco nickte. »Ich war überzeugt, dass Maurer von der Hütte nichts wusste, und wollte die Aufmerksamkeit nicht unnötig auf euren Rückzugsort lenken.«

»Was hat dich umgestimmt?«, fragte Fanni.

»Leni.«

»Leni?«

»Sie hat mich angerufen und gefragt, ob Maurer schon ein Geständnis abgelegt hätte. Als ich ihr gesagt habe, er sei verschwunden, hat sie drauf bestanden, dass ich sofort zum Hütterl fahre – mit Verstärkung. ›Maurer könnte Mama ja gefolgt sein‹, meinte sie. Das hat mich in Gang gebracht. Obwohl ...«

»Obwohl du dachtest, man müsse es merken, wenn einem jemand von Erlenweiler nach Birkenweiler und von dort auf dem Wirtschaftsweg zum Hütterl folgen würde«, kam es ein wenig verwaschen aus Sprudels Kopfverband.

Marco warf ihm ein dankbares Lächeln zu.

»Ist er mir tatsächlich gefolgt?«, fragte Fanni und nahm wahr, dass Marco wieder ein bisschen schuldbewusst wirkte.

»Fritz Maurer«, antwortete er, »saß in einem der grauen Lieferwägen von Stolzer. Einem Gefährt, wie man es werktags an jeder Ecke stehen sehen kann. Warum hättest du es beachten sollen? Und als du auf den einsamen Feldweg abgebogen bist, konnte er weit genug zurückbleiben, weil es ja nur noch eine einzige Möglichkeit gab. Nach einigen Kurven hat er dein Auto abseits des Wegs hinter der Föhre stehen sehen. Er ist daran vorbeigefahren und hat ein Stück weiter oberhalb geparkt. Du hast es nicht mitbekommen, weil die Föhre und ein paar kleine Fichten die Sicht auf den Wirtschaftsweg behindern.«

»Ich hätte es aber hören müssen«, sagte Fanni.

»Da hatte Maurer wohl einfach Glück«, meinte Marco.

»Hubschrauber«, nuschelte Sprudel.

Fanni runzelte die Stirn. »Stimmt«, sagte sie plötzlich. »Als ich zum ersten Mal ausgestiegen bin, ist ein Hubschrauber über den Wald in Richtung Deggendorf geflogen.«

»Maurer«, berichtete Marco weiter, »ist zu Fuß zur Föhre zurückgegangen. Da hat er beobachtet, wie du etwas ausgeladen hast, Fanni, und dann wieder weggefahren bist. Er konnte sich denken, dass du noch etwas holen, bald wiederkommen und die Sachen dann irgendwohin tragen würdest. Weit konnte das nicht sein. Er folgte dem Trampelpfad, der von der Föhre wegführt, und gelangte zur Hütte. Dort hat er Sprudel überrascht.«

»Wollte gerade Kaffeewasser aufsetzen«, ließ sich Sprudel hören.

»Maurer muss dich schon beim Holzaufschichten beobachtet haben«, sagte Marco. »Als du in die Hütte gegangen bist, hat sich Maurer mit einem Holzscheit bewaffnet und ist dir gefolgt.«

»Von hinten eins übergezogen«, kam es vom Bett her.

»Sprudel hat noch versucht, sich zu wehren, bevor er zusammenbrach. Deshalb hat ihn Maurer so zugerichtet«, sagte Marco, wieder an Fanni gewandt.

Ein paar Augenblicke herrschte Stille im Krankenzimmer, dann sagte Fanni: »Als ihr bei der Föhre angekommen seid, stand nur mein Wagen da. Ihr habt also nicht gedacht, dass ...«

»Doch«, sagte Marco. »Allerdings war es reiner Zufall, dass wir den Firmenwagen entdeckt haben. Der Streifenbeamte hatte auf meinen Zuruf zu spät reagiert und war schon an der Föhre vorbei. Er fuhr weiter, weil er eine geeignete Stelle zum Wenden brauchte. Hinter der nächsten Kurve stießen wir auf einen grauen Lieferwagen mit der Aufschrift ›Stolzer & Stolzer‹ an der Fahrertür.«

»Das hat dich gewarnt«, sagte Fanni.

»Es hat mich zu größter Vorsicht bewogen«, stimmte ihr Marco zu.

Sprudel regte sich. »Bin ich eigentlich der Einzige, der noch immer nicht sämtliche Zusammenhänge kennt?«

»Magst du uns die ganze Geschichte erzählen, Fanni?«, fragte Marco. »Es würde mich wirklich interessieren, was du alles herausgefunden hast.«

Fanni setzte sich zurecht. In Sprudels rechte Handfläche, worin noch kurz zuvor ihr tränennasses Gesicht gebettet gewesen war, legte sie nun ihre linke Hand.

»Ich sollte wohl von vorn beginnen«, meinte sie und fing beherzt an.

»Eine Zeit lang glaubte ich, Magermilch und Hannes wären ein und dieselbe Person«, sagte sie. »Dann wieder kam mir der Gedanke, Hannes könnte Johann sein, dieser ungeratene Neffe der Brunners.«

Schau, Sprudel ist ganz Ohr! Der denkt jetzt bestimmt kein bisschen an seine Verletzungen!

»Aber irgendwie passte Hannes nicht ins Rheingau. Verwendet man da Ausdrücke wie: Kiberer, Burschi, Goschen oder Schmalzdackel? Dem Dialekt nach hatte Hannes seine Kindheit in Österreich verbracht. Ja, und die Aufkleber auf den roten Autos waren halt auch nicht identisch.«

»Warst du dir da schon sicher, dass es nicht der Wagen von Hannes Gruber gewesen ist, der auf dem Kundenparkplatz stand, als Fritz Maurer überfallen wurde?«, fragte Marco.

»Nein«, erwiderte Fanni, »ganz und gar nicht.« Und sie erzählte weiter, wie sie Steinchen für Steinchen zusammengetragen hatte.

»Wie ist dir denn klar geworden, welche Rolle Gisela in der ganzen Geschichte spielt?«, wollte Marco wissen, nachdem sie ihren Bericht beendet hatte.

Fanni zuckte die Schultern. »Hinsichtlich Gisela habe ich nur eine vage Theorie zu bieten.«

»Lass hören«, sagte Marco.

»Es gab zwei Dinge, die zusammenpassten«, erklärte Fanni. »Einerseits war da Giselas Lebenstraum, Schauspielerin zu werden, andererseits hatte ich die Information, dass Giselas Unterhalt unter dem Kennwort ›Alfa Filmwelt‹ auf ein Konto in Stockheim überwiesen wird. Mehr konnte ich allerdings nicht in Erfahrung bringen.«

Marco schmunzelte. »Die Bank gibt keine Auskünfte, und bei Alfa Filmwelt hieß es, der Chef sei auf Reisen, und eine Gisela Stolzer sei dort nicht bekannt. Frankl kam auch nicht weiter.«

»Ich nahm an«, fuhr Fanni fort, »Gisela hätte ein Angebot bekommen, das ihr ihren Traum erfüllte. Und vor ein paar Tagen konnte ich Fritz Maurer mit diesem Angebot in Verbindung bringen. Ich bekam nämlich zufällig mit, dass er meiner Nachbarin eine Filmrolle angetragen hat. Die Nachbarin beschrieb Maurer ihrer Freundin und erwähnte dabei ein gewisses Kettchen, das er immer um den Hals trägt.«

Marco nickte anerkennend. Bevor er jedoch etwas dazu sagen konnte, klopfte es an der Tür. Überraschenderweise trat weder eine Krankenschwester ein noch der Zivi mit dem Fieberthermometer.

Herein kam Toni Stolzer am Arm eines gut aussehenden Mittvierzigers.

»Günther, mein Lebensgefährte«, stellte er seinen Begleiter vor. Dann beugte er sich über das Krankenbett und tätschelte Sprudels Arm. »Sie erholen sich, hört man reden. Das Glück war wohl mehr auf unserer Seite. Fritz Maurer hat verspielt – endgültig.«

»Rien ne va plus«, fügte Günther lächelnd hinzu.

»Das Glück war oft auf unserer Seite«, sagte Marco. »Sonst wäre auch Ihr Unfall nicht so harmlos verlaufen.«

Toni wiegte den Kopf. »Maurer hatte vermutlich nicht die Zeit, mein Ableben richtig zu planen. Vorerst lag ihm nur daran, mich an der Fahrt nach Wörgl zu hindern. Aber irgendwann wäre ich wohl fällig gewesen.«

Günther legte den Arm um Tonis Schultern.

Im selben Augenblick klopfte es wieder. In der Tür erschienen Gisela und Martha. Plötzlich war es unangenehm voll in Sprudels Krankenzimmer.

Marco gab seinen Sitzplatz auf und lehnte sich wieder ans Fenster. Toni und Günther drückten sich neben ihn an die Wand. So wurde für Martha und Gisela der Weg ans Krankenbett frei.

»Fanni, Fanni«, sagte Martha kopfschüttelnd, nachdem sie Sprudel begrüßt hatte. »Ich war immer so zufrieden mit unserem Geschäftsführer, und du entlarvst ihn als Mörder meines Mannes.«

Fanni schaute so zerknirscht, dass es ringsum leise glucksendes Gelächter gab.

»Keine Sorge«, sagte Toni. »Maurers Posten ist bereits bestens besetzt: Günther wird bei uns einsteigen. Er kennt sich aus im Holzhandel, ist hervorragend geschult im Ein- und Verkauf.«

»Günther ist momentan Leiter einer Obi-Filiale«, vernahm Fanni ein leises Murmeln von Martha, das an Gisela gerichtet war.

»Und Gisela haben wir ja auch zurück«, fügte Toni hinzu.

Fanni konnte nicht anders. Sie musste Gisela einen fragenden Blick zuwerfen, den die offenbar richtig deutete.

»Ich beziehe die Wohnung über den Büroräumen, die wir vor zwei Jahren für Fritz hergerichtet haben«, sagte sie. »Günther wird bei Toni wohnen.«

»Man wird über die Stolzers klatschen wie nie zuvor«, meinte Martha missmutig.

»Kostenlose Werbung noch und noch«, konterte Toni. »Die halbe Stadt wird aus lauter Neugier bei uns auftauchen, und wir werden das Geschäft unseres Lebens machen.«

»Hannes und seine Giulietta werden aufheulen vor Wut«, sagte Gisela.

»Alfa Romeo Giulietta«, murmelte Fanni vor sich hin. Dann sagte sie laut: »Seltsam, dass dieser Johann, dieser – ähm –Filmproduzent auch so einen Wagen besitzt.«

Gisela setzte sich auf den Stuhl, den Marco frei gemacht hatte. »Johann Brunner besitzt eine rote Giulietta, einen Alfa Spider und einen Alfa Brera. Johann steht auf Alfa.«

»Johann Brunner«, wiederholte Fanni den Namen. »Magermilch ist noch immer mit ihm befreundet.«

»Fritz ist von Johann abhängig«, korrigierte sie Gisela. »Wie du ja offenbar selbst herausgefunden hast, ist Fritz ein Spieler. Er hat bei Johann mehr Schulden, als er je zurückzahlen kann. Johann kommt das zupass, denn Fritz ist tüchtig. Ohne seine Spielsucht hätte er es weit bringen können. Mit ihr ist er darauf angewiesen, Geld und Vermögen zu ergaunern, zu lügen, zu betrügen.« Sie wirkte einen Moment nachdenklich. Dann sagte sie: »Vermutlich wollte er nach Willis Tod das gesamte Vermögen der Stolzers einsacken.«

»Unsere Firma?«, fragte Martha verblüfft. »Aber wie …?«

Sie verstummte, weil Gisela mit der Hand wedelte und sich

bequemer zurechtsetzte. »Mit den Unterschlagungen fing es an. Besonders in den Niederlassungen brachten sie ihm mehr als ein Jahr lang gutes Geld ein. Unterdessen bekam er heraus, wie er mich ködern konnte. Er machte mich mit Johann bekannt, und der versprach mir Rollen noch und noch. Ich fuhr zu Probeaufnahmen in sein Studio nach Mainz. Johann setzte einen Vertrag auf, in dem er sich verpflichtete, mir drei Filmrollen jährlich anzubieten.«

Gisela schluckte, dann sagte sie betreten: »Alles machte einen so echten, einen so vertrauenswürdigen Eindruck, und Johann selbst wirkte so – glamourös. Ich bin auf ihn hereingefallen. Habe alle Brücken hinter mir abgebrochen.«

»Ein paar Wochen lang«, fuhr sie nach einer Pause fort, »hat sich Johann sehr um mich bemüht. Wir reisten durch Italien und Ungarn, er machte mich mit Filmproduzenten bekannt. Ich durfte in Werbespots mitspielen. Als wir zurückkamen, bot er mir seine Wohnung an, bis wir was Geeignetes für mich gefunden hätten. Dann kam die erste Filmrolle.«

»Dieser Kerl dreht Pornofilme«, kam es entrüstet von Toni. Gisela seufzte. »›Erotikkino‹ sagt Johann dazu.«

»Ich versteh noch immer nicht ...«, setzte Martha an.

Wieder brachte Gisela ihre Schwägerin mit einer Geste zum Schweigen. »Ursprünglich hatte Fritz vielleicht nur vor, Johann meinen Unterhalt zu verschaffen und mich als Darstellerin obendrein. Die Unterhaltszahlungen, redete mir Johann ein, sollten über ein Konto seiner Filmgesellschaft laufen, das wäre gescheiter, solange ich noch keinen festen Wohnsitz hätte, und steuerlich sowieso viel günstiger für mich. Ich habe ihm vertraut. Zugleich bat er mich, nichts über meinen Einstieg ins Filmgeschäft verlauten zu lassen. Mir kam das entgegen. Wozu den ganzen Deggendorfer Landkreis in Aufruhr versetzen?«

Sie sah Martha offen an. »Ja, ich war blauäugig, naiv und dumm.« Dann hob sie den Zeigefinger. »Ich vermute, dass Fritz seinen Plan geändert und seine Ansprüche aufgestockt hat, als Willi in Wörgl selbst nach dem Rechten sehen wollte. In diesem Augenblick muss Fritz klar gewesen sein, dass er bald auffliegen würde. Fritz hatte zwei Möglichkeiten: entweder zu verschwinden oder Willi auszuschalten. Er hat sich für Letzteres entschieden. Und weißt du, warum?«

Martha schüttelte den Kopf.

»Weil dann nur noch Toni zwischen ihm und der Firma Stolzer stand.«

Marthas Augen weiteten sich ungläubig.

Gisela schmunzelte. »Du hast Fritz Maurer gemocht, du hast große Stücke auf ihn gehalten – zugegeben, tüchtig ist er –, hättest du seinen Heiratsantrag abgelehnt?«

Martha schnappte nach Luft. »Warum hast du uns nicht viel früher gewarnt?«

Gisela stand auf und nahm sie in die Arme. »Weil ich, als mir über Johanns Filmgesellschaft allmählich die Augen aufgingen, noch keine Ahnung hatte, dass Maurer drauf und dran war, die Stolzers zu ruinieren. Bis ich von Willis Tod hörte, nahm ich ja an, Fritz hätte es nur auf mich abgesehen – leichte Beute für Johanns Ensemble.« Sie drückte Martha einen Kuss auf die Wange und setzte sich wieder neben Fanni.

Es war auf einmal still im Krankenzimmer. Jeder hing seinen Gedanken nach, bis Fanni sagte: »Magermilch hat uns alle an der Nase herumgeführt.«

»Aber letztendlich hat er zu hoch gepokert«, sagte Toni.

»Er hat wohl nicht mit einem Gegner wie Frau Rot gerechnet«, ließ sich Günther hören.

Von Sprudel kam ein leises Glucksen. »Nein, Fanni Rot lässt sich nicht so leicht bluffen.«

Fanni zog ein Gesicht und sagte traurig: »Maurer konnte genug Unheil anrichten.« Nach einer Pause fügte sie an: »Und nebenbei hat er es noch geschafft, Hannes in Verdacht zu bringen.«

»Daran«, sagte Toni, »ist Hannes selbst nicht ganz unschuldig mit seinen Bosheiten, Vorwürfen und Anklagen. Er lässt ja nie vernünftig mit sich reden.«

Wieder wurde es still im überfüllten Krankenzimmer. Fanni streichelte Sprudels Hand. Martha blickte versonnen vor sich hin. Plötzlich sah sie Fanni an.

»Wieso«, fragte sie, »konnte dir Fritz bis zu dieser abgelegenen Berghütte oberhalb von Birkenweiler folgen, ohne dass du es bemerkt hast? Die Stolzer'schen Lieferwägen sind doch unverkennbar.«

Niemand antwortete. Fanni hatte den Kopf bis fast auf die Bettdecke gesenkt. Günther und Toni sahen so angestrengt zum Fenster hinaus, als müssten sie ein bestimmtes Blatt an der Birke dahinter finden. Marco studierte den Inhalt der Obstschale neben Sprudels Bett. Gisela kramte in ihrer Handtasche nach ...

Nach dem Lippenstift vermutlich!

Und Sprudel? Ja, Sprudel grinste so breit, wie es sein Kopfverband zuließ.

Hans Rot würde jetzt sagen: Wenn mein Fannilein am Steuer sitzt, kann eine ganze Panzerdivision hinter ihr herfahren, sie würde es nicht merken!

16

Sprudel erholte sich schnell.

Schon bald redete er davon, aus dem Krankenhaus entlassen werden zu wollen, aber die Ärzte hörten ihm zwei Wochen lang nicht zu.

Darüber beklagte er sich bitter, wozu er eine Menge Gelegenheit hatte, denn der Platz an seinem Bett war selten leer.

Fanni besuchte ihn jeden Tag, fand sogar am Wochenende Vorwände, die es ihr möglich machten, Stunde um Stunde im Krankenhaus zu verbringen.

Die Stolzers wechselten sich mit regelmäßigen Gastspielen am Krankenbett ab. Sogar Hannes Gruber und Elvira ließen sich sehen. Marco schaute schier täglich vorbei. Am zweiten Wochenende brachte er Leni mit.

Marco und insbesondere Fanni hatten versucht, vor Leni zu verbergen, wie groß die Gefahr gewesen war, in der sie und Sprudel geschwebt hatten. Aber Leni hatte ein feines Ohr, und sie hatte Augen im Kopf. Deshalb bekam sie haarklein heraus, was auf der Hütte vor sich gegangen war.

Sie besitzt eine Sonde, dachte Fanni. Eine spezielle Sonde, die es ihr ermöglicht, in die, die ihr nahestehen, hineinzuhorchen, hineinzufühlen, hineinzuschauen.

Mit einer engen Verwandten dieser Sonde triezte Leni ihre Mutter, bis sie von ihr das Versprechen bekam, in Zukunft die Verbrecherjagd Marco zu überlassen. Fanni gab es einerseits bereitwillig, denn sie hatte sich fest vorgenommen, nie wieder jemanden in Gefahr zu bringen.

Andererseits …

Danke

Wie immer danke ich meinem Mann und meinen Kindern für die Antworten auf Dutzende von Fragen, die oft wie Sturmböen über sie herfallen.

Speziell bei diesem Buch danke ich Hans Kürschner vom DAV Deggendorf für die Durchsicht des Manuskripts mit Augenmerk auf Bergsport und Anseiltechnik.

Für Infos über die Milchkuh danke ich Familie Aigner vom Hof am Gunst.

Zu guter Letzt danke ich ganz herzlich dem Emons-Team, besonders meiner Lektorin Stefanie Rahnfeld (die mit harter Hand durchgriff) und Matthias Auer von der Aulo Literaturagentur.

Jutta Mehler
MILCHSCHAUM
Broschur, 208 Seiten
ISBN 978-3-89705-803-3

»Eigenwillig, mit beachtlicher Menschenkenntnis und bayerischer Bodenhaftung löst die bayerische Miss Marple ihre Fälle im dörflichen Mikrokosmos. Ein großes Lesevergnügen.« Deggendorf Aktuell

»Langsam, aber sicher wird die Bernrieder Romanautorin Jutta Mehler ihrer englischen Kollegin Agatha Christie immer ähnlicher.« Wochenblatt

Jutta Mehler
MILCHRAHMSTRUDEL
Broschur, 208 Seiten
ISBN 978-3-89705-963-4

»Ganz großes Kino!« Krimi-Forum

»Nicht nur für Niederbayern lesenswert.« Buchjournal

www.emons-verlag.de

Jutta Mehler
ESELSMILCH
Broschur, 224 Seiten
ISBN 978-3-95451-006-1

Eigentlich wollten Fanni und Sprudel einfach nur gemeinsam ihren Urlaub genießen. Doch dann kommt Fannis Freundin Martha ums Leben – und Fanni wittert einen Mord. Mitten in Marokko beginnt sie im Mikrokosmos ihrer bayerischen Reisegruppe herumzuschnüffeln – und bringt sich und Sprudel damit in höchste Gefahr.

Erscheint im September

www.emons-verlag.de